独角兽书系

作者简介

唐 缺

原名戴飞，1981年出生。毕业于北航，曾居住北京多年，现居于四川成都。曾以笔名"雨夜屠夫"发表科幻小说若干，自2006年开始奇幻创作，以九州世界作品为主，已创作九州作品近两百万字，有单行本《英雄》《星痕》《云之彼岸》《轮回之悖》等出版，风格自成一家，以"反英雄主义"精神游走于严谨与虚幻之间，擅长以幽默调侃的文字与诡诈多变的悬疑布局拨动读者心弦。

画师简介

ESC，插画家/漫画家，GGAC全球游戏美术概念大赛专家团荣誉专家，作品《沉醉东风》入选首届全国动漫美术作品展。作品有"古代名剑拟人系列"《杀鱼集》《菜刀集》；古诗词系列《江城子》《沉醉东风》等；参与编写《涂鸦王国13周年画集》。

九州

茧语

九州系列长篇巨作

唐缺 著

THE COCOON SAYINGS

重庆出版集团 重庆出版社

图书在版编目(CIP)数据

九州·茧语 / 唐缺著. —重庆:重庆出版社,2023.5
ISBN 978-7-229-16654-0

Ⅰ.①九… Ⅱ.①唐… Ⅲ.①长篇小说—中国—当代 Ⅳ.①I247.5

中国版本图书馆CIP数据核字(2022)第038430号

九州·茧语
JIUZHOU·JIANYU

唐 缺 著

责任编辑:邹 禾 唐弋淄 陈 垦
装帧设计:谢颖设计工作室
封面 / 插图:ESC
责任校对:杨 媚

重庆出版集团 出版
重庆出版社

重庆市南岸区南滨路162号1幢 邮政编码:400061 http://www.cqph.com
重庆出版社艺术设计有限公司 制版
重庆豪森印务有限公司 印刷
重庆出版集团图书发行有限公司 发行
E-MAIL:fxchu@cqph.com 邮购电话:023-61520646
全国新华书店经销

开本:890mm×1230mm 1/32 印张:9.625 字数:220千
2023年5月第1版 2023年5月第1次印刷
ISBN 978-7-229-16654-0
定价:84.00元

如有印装质量问题,请向本集团图书发行有限公司调换:023-61520678

版权所有 侵权必究

献给亲爱的苏冰女士,感谢她为九州奇幻世界奉献的一切。

目录

- 001 序章　镇魔
- 014 第一章　叶空山与岑旷
- 149 第二章　镇远侯与苢
- 230 第三章　木头脸与他的朋友
- 269 第四章　毁灭与轮回
- 286 尾声　谎言

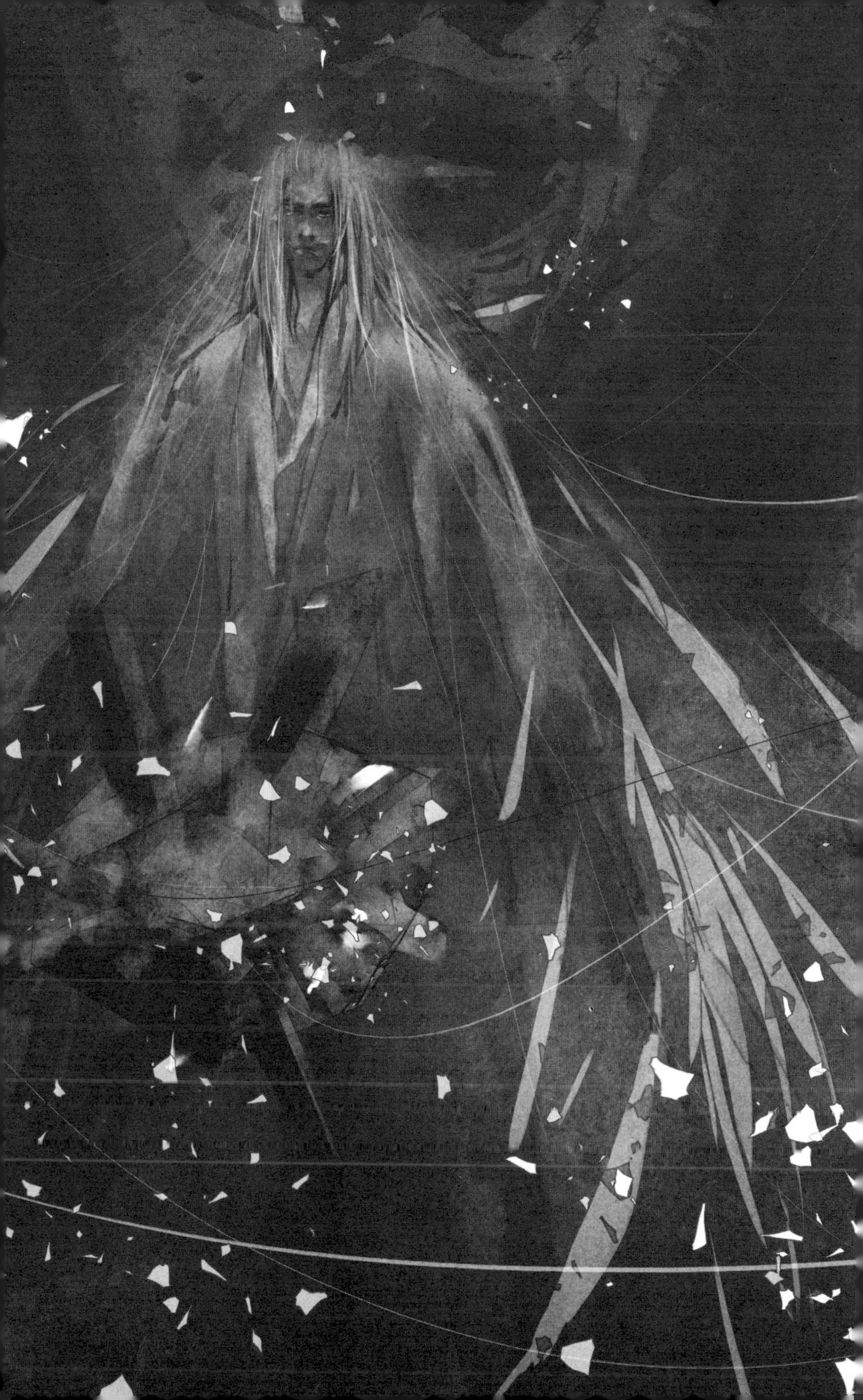

九州·茧语

THE
COCOON
SAYINGS

序章 镇魔

铲子发出一声清脆的叮当声，听上去应当是挖到了什么硬物。

"停下来！"乌洪对挥铲的工人摇了摇手，然后快步上前，双手扒开地上的泥土，从掘开的大坑里捡出一块形状不规则的铁片，大概有半个手掌大小。

"这是什么？"葛垣问他。

乌洪用自己的衣袖把铁片擦拭干净，在阳光下细细查看："这是用来镇魔的铁符，把铁片铸造成西南天空中最亮的星团形状，上面刻上向神明祝祷的巫文。按照你们东陆通行的天文术语，它叫作炎冽星团；但在雷州的很多地方，这个星团被称为神居，代表着我们所信奉的创世之神——星母。"

"什么你们我们的！"葛垣在他背上拍了一下，"我虽然只是个微不足道的小小县令，既然来了雷川为官，就是雷州人。星母的传说我当然也听说过，不过挖出这块镇魔符，能说明什么呢？"

"神居是雷州天空中所能见到的最亮的星团，星母是很多雷州土著心目中至高无上的神明。"乌洪把铁片摊在手心，"一般的雷州人祈求神明庇佑，都不会向星母祈祷，因为担心用自己小小的欲念去打扰最尊贵的神明，那是一种罪过。"

"所以？"

"所以，如果有人会使用象征着星母化身的镇魔符，通常只意味着一件事。"乌洪慢慢地说，"他想要镇压的，或者说他正在面对的，是一种极度危险的存在，一种超越普通常识的巨大恐怖。他只能祈求最有力量的星母去拯救他。"

"如果世上真的有妖魔，那这枚镇魔符所对应的，大概就是最邪恶、最骇人听闻的那一种。"

葛垣打了个寒战："那个疯子……那个疯子……到底是在这儿找到了什么啊？"

"他真是这么被活活吓疯的吗？"

三天之前，第一场雪落下来的那个清晨，疯子被送到了衙门里。

疯子是在距离县城不远处的山谷里被樵夫发现的。那是一个三十来岁的矮瘦男人，被发现时正在雪地里漫无目的地乱转，神情恍惚，衣衫褴褛，身上布满各种撞伤摔伤的小口子。樵夫们向他问话，他也没有丝毫反应，只是嘴里不停地嘟囔着些什么。

这种疯子，官家一向是不闻不问，任其自生自灭，所以樵夫们原本也只是把他带到了县城里的大善人林畅溪的粥厂。在这样酷寒的冬日里，乐善好施的林大善人总能给他一碗热粥喝。

但最终，他还是被林家的伙计五花大绑押送到了衙门的大门口。

"疯疯癫癫的,给他粥也不喝,反倒撒泼打人,砸了我们的碗,还把老邓的脸都抓破了。"押送他的伙计对县尉乌洪说,"我们只好把他绑来送官了。"

乌洪看了一眼同行另一个脸上带有明显的抓痕、满眼愤愤不平的伙计,无声地笑了笑:"这种流浪汉,甭管疯不疯,每年冬天都要冻死十好几个,衙门收进来还得管他们饭,死在监牢里我还得多好多文书工作,这种亏本生意做不得。你们啊,把他打一顿,翻一翻身上还有没有什么能换钱的东西,然后扔出去得了,就别给我找事了。"

"还是您心黑!不愧是乌爷!"伙计由衷地竖起大拇指,"我们早搜过啦,这孙子的衣服破破烂烂,就算有东西也早丢光了,只有一截不值钱的破蜡烛。也不知道他为什么把那么一根快烧完的蜡烛当宝贝捏在手心里……"

乌洪目光一闪:"蜡烛?是不是白里泛黄的颜色,闻起来像牛骨头烧焦的臭气?拿给我看看。"

"您怎么知道的?"伙计既惊讶又佩服,"蜡烛早扔啦,反正不值钱。"

乌洪不答。他沉吟片刻,对伙计说:"把这个人留给我吧。衙门收了。"

伙计也是个乖觉的人,看着乌洪突然严肃起来的表情,也不敢再多问,连忙带着同伴离开。乌洪也不多理睬,只是盯着眼前遍体鳞伤却依然目光呆滞的疯子,轻轻哼了一声:"居然是个盗墓贼……"

"你说这是个盗墓的?"县令葛垣问乌洪。

乌洪点点头:"我虽然没有亲眼见到那支蜡烛,但根据林家伙计的描述,肯定是越州盗墓贼的宝贝。那种蜡烛是特制的,掺入了越州特有的幻骨蛇的胆汁,对各种洞穴里的毒气、杂质、污浊空气都很敏感,稍微遇毒,火焰就会变成绿色,越州盗墓贼就用它来判断墓里的空气是不是安全的。"

"我们这里应该没有什么大墓或者知名的古墓值得一盗吧?"葛垣说,"上任之前,我就把和本县相关的资料全部记熟了。除非是林大善人现在就死掉,他的墓里才会有些值钱的陪葬品。"

"本县若干年来都比较穷,这不假,但历史上那么多的战乱纷争,也许会有一些古墓掩埋在时间的灰烬之下。"乌洪说,"我细细审了这个疯子,还让大夫给他瞧了病,大夫说,这个人应该是惊吓过度才导致头脑错乱的。"

"惊吓过度?"葛垣眉头微皱,"是因为在盗墓的时候见到了什么吗?"

"我也是这么猜想的,所以决定不间断地审问他,哪怕把他逼死,也要让他多漏出几句话。"乌洪说,"最后,他在胡言乱语中好几次提到了一个有用的词。"

"什么词?"

"安叶城。"

葛垣恍悟:"对,对对,几百年之前,我们这一片曾经属于某个名叫塔弗亚的羽族城邦,他们的都城就是安叶城。所以这个疯子是来盗安叶城的墓的。"

他回忆了一下:"那可真不好找。按照我读过的资料,安叶城所属的城邦相当短命,在雷州的战乱中根本没有撑过多少年,留下的文字记录也很少。连考古学家都很难精确定位城址所在,更别提找到当年羽人们的坟墓。"

"但是这个疯子找到了。"乌洪说,"我派衙役去发现他的地方附近四处寻找,发现了一个盗洞。洞里还有一具已经冻硬的尸体,不过死因应当不是冻死,而是脖子折了。我猜测,这两个人是一起下去的,因为见到了什么可怕的事物而拼命逃跑,结果这个疯子逃出来了,那个倒霉的同伴一不留神爬到半截又掉了下去,就这么摔死了。"

"我本来想调查一下盗洞通向哪里,但洞的深处已经出现坍塌,所以他们究竟挖到了什么地方,发现了什么东西,我现在还不知道。"

葛垣摇摇头:"人为财死。不过嘛,倒是便宜了我们。"

"您想去前赴后继?"乌洪看了他一眼。

"别说那么难听嘛。"葛垣笑了起来,"本县财政一向紧张,万一能找到安叶城的古墓,从里面挖出些能换钱的玩意儿,明年的预算可就轻松多了。怎么?看你的表情,好像是很不希望我去挖古墓。这事儿犯了本地的忌讳吗?"

乌洪摇头:"相比起东陆,雷州就是一片蛮荒之土,别说挖死人墓,吃死人肉怕都算不上什么忌讳。但我想先问问您,您相信鬼神妖魔之说吗?"

葛垣思索了一下:"不能说信,但也不能说完全不信。我对于九州大地上流传的各种说得头头是道的鬼神之说都不是很相信,常得其中人工斧凿的痕迹太重。而且即便要相信,那么多自相矛盾的流派该听谁的？比如说，我们这个世界究竟是由于荒神和墟神的撞击而产生的，还是由星母一手创造的？"

"但是九州如此广大，所谓智慧生灵的眼界如此狭窄，我也不能确定某些超越自然之力的事物一定不存在。至少，作为卑微的人类，我不想太过自大和武断。"

"您倒是说得很严谨，但也很坦诚，所以我也直说了吧。"乌洪说，"相比东陆和北陆，西陆是一片野蛮生长的荒原。云州至今未曾被勘探，雷州也开化得太晚，还保留着许多从远古时代流传下来的神秘而难以解释的元素。那样的神秘、未知和无可名状的恐怖，在东陆人心目中或许只是原始人的无知与妄想，是可笑的迷信，对西陆人来说，却可能是深入骨髓的畏惧。"

"你这番话有些难懂。我不大明白你到底想要说什么。"葛垣诚实地说。

乌洪沉默了一会儿，斟酌着说："安叶城的消亡，在东陆的史书里没有答案，但在雷州的某些地方，在那些甚至没有形成文字的口口相传的胡言妄语里，却有着一些独特的解释。我把这个疯子的事情向您汇报，原本是想请您把盗洞附近设为禁区，不要让人接近那里。也许您真的可以找到古墓，找到能缓解您的预算的值钱的东西，但同样，也可能会找到一些让您后悔的事物。"

葛垣也沉默了，过了许久才说："我不会后悔。"

"您是县令，我听从安排。"乌洪微微躬身。

所以，在征调了民夫，准备好了各种工具之后，葛垣和乌洪来到了盗洞附近，开始探查和发掘。葛垣原本希望能很快挖出一些金银古董之类的东西来堵住乌洪的嘴，但此刻看到这枚镇魔符，他的心里慢慢滋生出一些不安和疑虑。

"你那天跟我说,安叶城在你们雷州有一些神秘的传说,但又不肯细讲。现在,既然挖到了镇魔符,我们离真相或许已经不远了,你愿意说了吗?"葛垣对乌洪说。

乌洪眼望着在寒风中仍然累得汗流浃背的工人们:"我倒是希望找不到真相……东陆的史书里对塔弗亚城邦的覆亡说得很简单,只是说这是个新兴不久的城邦,实力也偏弱,从建立后就处于各路敌人的威胁中。后来,领主全家在安叶城被刺杀,群龙无首,贵族们选择了投降,城邦很快沦陷,被敌国吞并。再后来,在连绵不断的战争中,安叶城也被毁,后世的人们甚至无法考证出城市的具体所在。是这样的吧?"

"大致如此。"葛垣点点头。

"但是在雷州,一直有着这样的民间传说,领主一家是因为触怒了邪神,遭到邪神的处罚而死的,死状惨不忍睹,而且非人力所为,绝对不是什么刺客的刺杀。而正是因为是被邪神所杀,这一家人的尸体,恐怕也不会按照常规的方式去埋葬。这块镇魔符就是证据。"

葛垣又是一阵寒战:"邪神?我只知道你们信奉正神星母,邪神又是什么?"

"让工人们继续挖吧。"乌洪没有正面回答,"说不定,你很快就能亲眼见到了。"

果然,接下来的一段时间里,工人们陆陆续续挖掘出了好几样类似镇魔符这样用于镇压邪魔的器物。根据分布方向来看,是摆成了一个圆形的包围圈。那么毫无疑问,包围圈的中央,就是需要被压制的魔物。尽管葛垣嘴上说着不信鬼神,心里却越来越惴惴不安,竟然有点害怕看到即将被挖出来的东西。

"乌县尉,挖到了一个大东西!"一名工人喊道。

"捆上绳子,慢慢拉出来,尽量不要损坏了!"乌洪下令说。

片刻之后,一个裹满了泥土的圆柱状的物体被工人们拉了出来。乌洪继续命令他们清除表面的泥土,露出了里面的东西。

"这是……木雕?人形木雕?"葛垣说着,用手轻轻抚摸着木雕,"雕刻得倒是栩栩如生,居然和真人差不多大小。而且这木料真是厉害,那么多年了都不腐朽。"

"当然和真人差不多大小。"乌洪淡淡地说,"这原本就是真人。"

葛垣像被火烫了一样缩回手,瞪大了眼睛,看着眼前这个比自己还高一头的"木雕"。从瘦长的体形来看,这应当是一个羽人,双臂以非常怪异的姿态被扭在背后,葛垣猜测或许是被绳子捆绑的,只是几百年后,绳子早已烂得无影无踪了。

而比双臂还扭曲的是羽人的面容,那是一种混合着巨大的痛苦和巨大的恐惧的表情,让葛垣甚至不敢多看一眼。他无法想象,到底是什么样的折磨会让这个羽人的脸变成这样。

"你说得对,如果真有艺术家能雕刻出这样逼真的神态,那他简直不是人了。"葛垣吁了一口气。

"这是一个'哈鲁克',是羽族的特有名词,用东陆语来解释的话,大致就是'献给星母的人形之树'。"乌洪倒是毫不在乎地拍了拍"木雕","这是羽人最高等级的血祭仪式。"

"血祭?"葛垣一惊。

"对,无比残忍的血祭。"乌洪说,"这些被选作哈鲁克的羽人,会被强迫吞服一颗特殊的食肉树的树种,然后在秘术师的秘术催化下,树种开始在他们的体内生根发芽,一点一点吞食掉他们的血

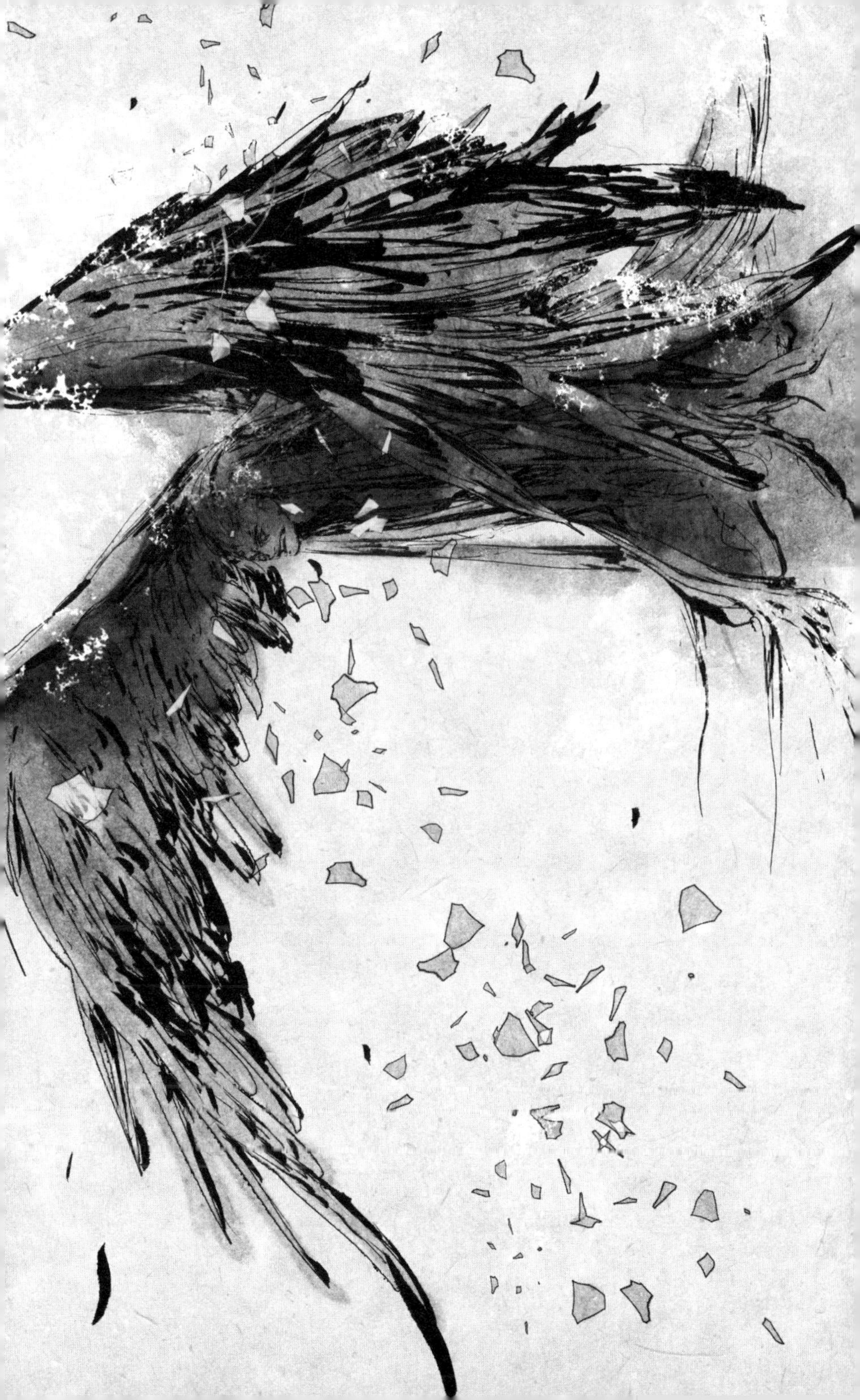

九州·茧语

THE
COCOON
SAYINGS

肉、内脏和骨骼,最后再用木质同化他们的皮肤,最终变成一个实心的人形木雕的样子。"

"在此过程中,哈鲁克会始终被食肉树的养分维持着最低限度的生命体征,直到脑子被完全木质化时才会死去。他们虽然无法动弹,无法反抗,却仍然能清醒地意识到发生在体内的一切,清醒地感受到每一分每一秒的巨大痛苦。所以你也看到了,一个最终完全木质化的哈鲁克,脸是这样的。"

葛垣觉得自己简直快要呕吐出来了。他强行压制着涌上喉头的不适,颤抖着问:"用这么残酷的仪式去对待活人,到底是为了什么?"

乌洪的话语里隐隐透出一种阴森:"和镇魔符相仿,都是为了祈求星母降下力量,镇压人力无法对付的最恐怖的邪魔。虽然雷州的羽人和宁州澜州的羽人各自选择了不同的神明去信仰,但羽人都依赖森林生存,骨子里对森林和植物的崇拜是一样。把活人做成'人形之树'的隆重祭礼,代表了他们对星母最虔诚的敬意和最紧迫的哀求——哀求星母速速以神力拯救他们。"

"我已经开始害怕你所说的这个邪神了。"葛垣喃喃地说。

太阳渐渐移向西方。但在黄昏之前,工人们总算挖掘出了所有的哈鲁克。这些悲惨的祭品,在之前挖出的各种镇魔物品的包围圈之内,又围出了一个小得多的圆圈。既然乌洪已经说过,哈鲁克是羽族等级最高、最隆重虔诚的血祭,那么,在这个圆圈的中间,应当就是真相所在了。

"你确定全都挖出来了?"葛垣问。

"组成神居星团的星星一共有四十一颗。而我们挖出来的哈鲁克,也正好是四十一个。这就是哈鲁克祭礼里的最高规格了。"乌洪说。

"四十一个活生生的人啊!"葛垣微微闭眼,"搅得我的脑子都乱了。假如不跟着你的思路去相信这个邪神的存在,我简直都会莫名歉疚,觉得这四十一个羽人白死了。"

乌洪笑了笑,冲着圆圈中央一努嘴:"好像已经挖到了。到底有没有这个邪神,大人您不妨自己去亲眼瞧瞧。"

工人们已经清理出了一个四方的大坑,坑里能看到一块宽大的铁板,而随着四周清理的继续,葛垣看出来了,铁板不过是一个立方体的一面罢了,位于这次挖掘区域的核心位置的,是一个巨大的铁制匣子。更确切地说,从大小来判断,这就像是一座埋在地下的铁屋子。

除了没有门也没有窗。

这个铁匣子的各处接缝都被完全焊死了。

"铁牢笼。"葛垣最终给这个庞大的铁匣定性。他能清楚地看见,铁匣的外面还缠着十多条极为粗大的锈迹斑斑的铁链。在镇魔符和哈鲁克的包围之中,在那一层又一层凝聚着深沉的惧意的防护中,沉默的铁牢笼仿佛正在散发着一种能令人血液冻结的寒气。葛垣甚至觉得自己产生了幻听,听见在那些坚硬钢铁的禁锢之中,传来了某些来自远古的悠长的呜咽。

"看来,需要调集一批铁匠才能打开这个大家伙了。"乌洪不知什么时候已经跳进了坑里,站在铁匣上,用脚踏了一下,刺耳的金属振动声响起。他仰起头,看着脸色煞白的葛垣:"今天来不及了。太阳快落山了。明天,明天带些铁匠过来,您看怎么样,大人?"

葛垣下意识地向后退了一步,叹了口气:"你这是在故意激我啊。"

"我还是那句话——您是县令,您的命令我执行。"乌洪说。

"我想,我恐怕已经不敢下这个命令了。"葛垣低声说,"那些镇魔符,那些人形之树,好像是唤醒了我内心深处某些沉睡已久的恐惧。何况,从眼下的情形来判断,这个铁牢笼里面,多半是找不出什么能帮我做好明年预算的了。相反的,如果真的把它打开,看到了被关在里面的事物,我担心我从此再也无法安睡。"

他向着乌洪招招手:"上来吧,让工人把这个大坑重新埋起来,回县城。明天我会把这里列为禁区。身为凡人,我们还是继续活在凡人的世界里吧。晚上陪我好好喝几杯,暖暖身子,忘掉这些我不想触碰的未知。"

"您说了算。"乌洪回答。

第一章　叶空山与岑旷

现实之一

假如九州有一个抱怨大赛的话，青石城的老捕头黄炯即便不得第一，也至少能名列三甲。青石是九州最著名的牲畜贸易中心，一年到头空气里都飘散着家畜的臭气，走在路上不小心踩上一摊驴粪乃是家常便饭，这是青石城不适宜生活的一面；而南来北往的牲口贩子们在这里会集，让城里的人口构成变得异常复杂、难以监管，时不时就会闹出一些治安事件，这是青石城不适宜捕快工作的一面。黄炯在青石城待了一辈子，也做了一辈子的捕快，无论工作还是生活都把他折腾得够呛，但为了那点稳定的薪水，他也没法离开，唯一能做的就是抱怨。

而在最近几天，他几乎要把自己一年份额的抱怨都用尽了，那是因为青石城摊上了一桩大事，大到整座城里所有的公务人员都被调动起来，连轴转地工作，半刻不得清闲。

"老爷们一发疯，小百姓就遭殃！"黄炯路过自己日常喝酒的小酒铺,甚至没有坐下来和酒友们聊两句,匆匆忙忙往喉咙里倒了一杯酒,然后气哼哼地离去。

"到底什么事把老黄头弄得那么疯疯癫癫?"酒友甲发问说。

"还能是什么?"酒友乙压低了声调,"侯爷来青石了呗。全九州都憋着想杀侯爷呢,你说老黄头这个负责安保的害怕不?稍微出点娄子,他有十个脑袋也不够砍的!"

酒友们所说的侯爷,就是当今东陆皇朝威名赫赫的镇远侯。这位侯爷年纪轻轻就开始率军东征西讨,到现在还不满五十岁,已经是皇朝军功第一人,位高权重。当然了,一个国家的军功就意味着别国的鲜血,酒友所说"全九州都憋着想杀侯爷"自然不是夸张。

"何况侯爷这次来青石,原本就是在和雷州的羽人赌气,那就更危险啦!"酒友丙插话说。

"赌气?"

"对,赌气。雷州打仗的事儿你们了解吗?"

"听说过。挑事儿的那个羽族城邦,叫什么若尔木城邦的,特别厉害,这些年来把雷州的其他城邦啦、国家啦、部落啦打得灰头土脸,别人没办法,被逼得联合起来一起用兵,最近才刚刚让那个城邦吃了个大败仗,死了好多人。"

"没错。就是这个什么木城邦,在被其他城邦胖揍了一顿之后,找到了镇远侯悄悄扶持他们的证据,恼火得不行。咱们国力强大,他们不敢起兵来硬碰,但是就有人传言,他们要派人刺杀侯爷。"

"原来是这么回事。但你为什么要说侯爷是在赌气呢?"

"你想想看,咱们青石城离雷州多近?差不多就只隔了一道海峡。侯爷故意挑这个时候大张旗鼓地来青石'巡视军务',摆明了就是要向雷州那些扁毛们示威啊。虽然从名义上来说，保护侯爷的主要是他自己的卫队，但是万一出了什么事，你再想想看，城里上上下下哪一个不得倒大霉！"

"得，那我全懂了，老黄头这次怕是头顶都得秃一块。"

"掉头发也比掉命强嘛。"

在酒友们轻飘飘的促狭揶揄中，头顶越来越秃的黄炯动用了自己所有的手下和眼线，几乎把青石城每一个可能藏污纳垢的所在都监控起来，不放过任何一个可疑的外来人员，而这样看似小题大做的安排并不是多余的。就在镇远侯来到青石的第五天，黄炯在城西某个蛮族皮货商的宅院里抓获了三名羽族刺客，虽然这三名刺客无论怎么受刑都一言不发，但从宅院里搜获的物品中，还是能确认他们来自雷州。

镇远侯正愁找不到杀鸡儆猴的机会，下令把案子尽量做大，于是连刺客带皮货商全家，带各种相关人员，最后一共抓捕了五十三个人。

"羽人凌迟。其他斩首。"镇远侯说了八个字。过了一会儿，他又补充了两个字，"从速。"

于是几天之后，青石人民迎来了一项他们十分喜爱的娱乐活动：围观公开行刑。该活动历史悠久，长盛不衰，那些与己无关的陌生人的鲜血和惨叫，每次出现都能引发全民的参观热情，这一次也不例外。

九月十三日，秋高气爽。午后的青石城万人空巷，人们纷纷放下手中的事情，前往位于城西南的刑场观看行刑。五十三个人犯被一一验明正身，开始处刑。首先进行的是斩首。刽子手们事先准备好了几十把刚刚磨过的刀,每砍下一个人头都会换一柄,以便保证每把刀都足够锋利。在这样的职业精神的支持下,斩首的过程干脆利落,人犯们的哭泣和"冤枉啊"的号叫似乎也更加能激发围观者的情绪。他们并不在意这些死刑犯是否真的罪有应得,也并不在意里面是否会有冤案,于他们而言,被杀者脸上的恐惧和绝望就是这个午后最佳的享乐。

不过对于这一天来说,斩首不过是"开胃菜",凌迟才是万众期盼的"大餐"。当三名罪魁祸首的羽人刺客被绑在行刑柱上时,人们的期待达到了顶点。尤其这几个羽人虽然表面上看起来硬气镇静,但脸色却苍白如纸,嘴唇微微颤动,双足无意识地在土地上轻轻摩擦。

他们也在从内心深处感受到对即将到来的酷刑的深深恐惧。

这样的恐惧,正是看客们的最爱。他们感同身受着同样的情绪——那种来自远古的、对死亡与痛苦的本能厌弃,却又因为这种情绪而感到刺激和快乐。即便是不知道见过多少鲜血的镇远侯,此时此刻,嘴角也禁不住微微上翘,残忍的笑意缓慢地绽开。

凌迟是一个技术活,行刑人也是从南淮城紧急调派过来的,据说已经是六七代的家传绝艺。看得出来,这位虽不强壮但十分精干的中年人很享受被万众围观展示技艺的感觉,人越多越显得从容不迫,握刀的动作甚至有几分像画家握着画笔。他剥去第一名受刑者上身的衣衫,高高举起手里用于行刑的小刀,像一个当红伶人一样向人们展示着。羽人的身体没动,但能看得出来牙关紧咬,浑身的肌肉也因为紧张而绷得像一张弓。

"盛宴开始。"行刑人微笑着说,然后举起刀,向着对方的胸口部位削去。人们也随之发出欢呼。

在那个充满快乐的时刻,没有任何一个人能够猜到,在接下来的一段时间里,这一场凌迟盛宴会给青石城带来些什么。

九月十四日。公开行刑的第二天。在青石城东一条专卖牲畜皮毛的热闹小巷里,正有一群人围着一个路边小摊指指点点。

这是一个很寻常的街边小赌的摊位,摊主是个歪嘴龅牙的微胖男人,身前放着一个没有盖子的倾斜放置的方形木盒。木盒里的结构很简单,下方是一个可以从盒外拉动的机簧,上方钉了两根相距很近的钉子。

"两个铜锱一次,用机簧发射铁弹子,顺着盒底升到高点后再下落,只要落下的弹珠能从两颗钉子当中穿过,就能拿到半个金铢呢。"几个围观的人小声议论,"看起来倒是简单。"

"两个铜锱一次!只要两个铜锱!"歪嘴的摊主吆喝着,"运气好就能换回半个金铢!两个铜锱换半个金铢!"

这个价码的确称得上诱人,按照这一时期东陆的官方兑换率,一个金铢能换八个银毫,一个银毫则能换十六个铜锱,也就是说,用两个铜锱博一把,运气好了就能翻三十二倍。

然而仍然没有人掏钱。二换六十四看起来很赚,但假如弹珠无法准确命中,那就是把两个铜锱扔到了水里。人们在观望,想等着有人去试试手。

"可以不花钱先试试。"摊主看着人们的表情,似乎已经猜到了大家的犹疑,"就是试一试,不用交钱——当然也拿不到奖励。"

听了这句话,一个十六七岁的少年先蹲到了摊位边,伸手拉动机簧。铁弹子被弹了出去,又沿着木板骨碌碌滚向低处,少年好像是用力稍微大了一些，铁弹子从钉子旁边擦过去，并没能准确穿过两根钉子中间。

"再试试。"摊主的话音里带着鼓励，"反正试试又不要钱。"

少年于是再试了一次。这一回，他调整了手上的力道，铁弹子弹出去的速度没有上一次那么快，下落的势头有所放缓，结果力道反而不够，正打在了钉子上，骨碌碌向旁边弹开。

少年琢磨了一会儿，慢慢从身上掏出两个铜锱递给摊主。

"这次来真的。"他说着，深吸一口气，轻轻拉动机簧，铁弹子的轨迹更加缓慢沉稳，虽然仍旧没能准确地从两枚钉子的当中穿过，却已经比先前试验的两次更接近。

"再来!"少年从牙缝里挤出两个字，又拿出两个铜锱。摊主正想要伸手接过铜锱，手腕却被旁人抓住了。他很不耐烦地一甩手，没有甩开，不由有点恼火，扭过头来刚想骂，眼睛已经看清楚了抓住他的是谁，立刻蔫了下去。

"×的，每次我想要赚点钱，你就来搞破坏……"摊主嘟囔着。说这句话的时候，他的嘴不歪了，原本显眼的龅牙也不知怎么的缩了回去，不再是先前那副猥琐丑陋的模样。他看来三十岁上下，长相平平无奇，但即便是在抱怨的时候，嘴角也还带着一丝好似对什么都不在乎的坏笑。

"都散了吧，这是个骗子。"抓住摊主手的来人向围观者们说道。这是一个衣着朴素的年轻女人，相貌美丽，从表情到说话的语气都显得和善温柔，但眼神里却隐隐有一股倔强的英气，令人不敢小觑。

"这家伙，和这位小朋友是串通好了的。等一下，这位小朋友就会把弹子打中，赢到半个金铢，诱骗你们也跟着交钱来撞运气。但等你们上手之后，就绝无可能打中了，因为他会在你们动手之前悄悄拨动木板下面的一个小机关,改变机簧的松紧,让你们根本掌握不了力度。"

"寻常的街头骗术,衙门每年都会抓好多。"

围观的人们恍然大悟,骂骂咧咧地散去,当托的少年人也尴尬地悄悄溜走,只留下了摊主和年轻女子。摊主叹了口气:"你的正义感永远都在这样不合时宜的时候发作吗?"

"不合时宜?哪儿不合时宜了?"女子反问。

"如果不是你天生不会说谎,我一定会觉得你是在反讽我。"摊主一脸无奈地把地上的木盒子一脚踢开,"你明明知道老不死的老黄头刚刚找借口又罚了我一个月的薪水……"

"黄捕头并没有找借口。"女子用很正经的语气回答说,"上个月你理应上工二十九天,实际上工只有十一天,剩余的十八天共有十四天迟到,按律例应当直接开除,他罚你一个月薪水,已经算是手下留情了。更别提再上个月你办粮店抢劫案的时候,借口公务花销去燕归楼里大吃大喝,结果被老板娘告了一状,这也是应当罚俸的。还有前几天,你在衙门里实验你的那个什么'记号弹',弄得满衙门臭气熏天,黄捕头被县令好好训了一顿。另外,不合时宜这个词不是这么用的……"

"行了行了!"摊主不耐烦地一挥手,"我知道你记性好还背过字典,不用再复述了!不过你最近不是成天忙得团团转、跟在黄炯屁股后面哄那个什么侯爷开心吗?怎么那么有闲跑到这儿搅我的生意?"

"这不能算什么生意,你是个捕快,本来就有双倍的理由不应当来搞这种街头骗术。"女子仍然正色回答,似乎对摊主的各种冷嘲热讽完全视若无睹,"是黄捕头让我来找你的,有案子了。"

摊主呸了一声:"死老头子又给我找事。又有什么无聊的案子他解决不了了?"

没等对方回答,他自己接了下去:"简直是废话,什么案子他都解决不了,我早说青石城就是个废物仓库……"

女子摇摇头:"不是,这次是真正严重的案子。"

她看了一眼对方,补充了一句:"而且是难以解释的怪案,这绝对是你会非常感兴趣的事情。"

她再想了想,第二次补充说:"而且不止一件,是从昨天下午到今天凌晨,连续发生的好几件。"

摊主又是愣了愣,突然一把抓住她的胳膊:"那还不赶紧走!这些天老子闲得骨头都要发霉了!"

"你怎么一下子那么激动?都还没听我说明具体事由。"

"废话!你从来不说谎,既然连你都说这是我会非常感兴趣的事,那就错不了了。路上慢慢说。"

这一男一女两个透出各种古怪的人,就是黄炯手下最得力的两员干将:青石城捕快叶空山和他的唯一徒弟兼唯一下属岑旷。叶空山在公门里恶名昭著,旷工偷懒装病简直是家常便饭,而且由于日常疏于锻炼,除了会发两手暗器救急,体格和武艺也让人难以恭维,好几次在抓捕过程中被寻常的地痞流氓打得头破血流。但这厮头脑着实灵光,总是能解决其他捕快解决不了的案子,所以黄炯力排众议,一直把他留在衙门里——尽管黄炯自己也经常被气得脑仁儿发疼。

岑旷则和叶空山刚好相反,工作勤奋,循规蹈矩,为人正直到有些迂腐刻板。她虽然有着人类的相貌，却并不是人类，而是一个由精神游丝凝聚而成的魅。魅的凝聚是一个极为漫长而艰难的过程，成功率极低，并且最终凝聚成型的"成品"往往会走极端——要么完美精致恍如艺术家的大作，要么丑陋不堪并且带有残疾。岑旷很幸运地获得了美丽的外貌和高强的精神力，能够自如地驾驭许多高深的秘术，尤其擅长十分艰深的读心术。但她却仍然存在着一个看起来不算什么、关键时刻却可能十分要命的缺陷：无法说谎。那似乎是藏在她脑子里的一个机关，让她无法说出任何不被自己所认可的假话。

大约三年前，岑旷被黄炯收留。黄炯对她的读心术十分感兴趣，却发现她心地过于单纯，在阅读犯人的精神世界时难以辨别真伪，尤其容易被对方故意构建的虚假记忆所欺骗，于是干脆让她先当叶空山的助手，指望着这个一肚子坏水的不良捕快能教会她如何识别人心的险恶诡诈。叶空山尽管狗嘴吐不出象牙，日常没少对岑旷各种挖苦讥嘲，倒也确实尽心尽力地指导她，两人一起合作破了不少案子，已经成为黄炯手下不可或缺的一对搭档，用他自己的话说，"老子手下的两朵奇葩"。眼下青石城突然发生了离奇的大乱子，黄炯第一个想到的就是这两朵奇葩。

"养猪千日，杀猪一时！"黄炯瞪大了布满血丝的眼睛对岑旷说，"现在就是老子杀猪的时候了！你去把叶空山揪出来，告诉他，这一次他决不允许用任何借口来推托，决不允许！"

"他应该不会推托。"岑旷说，"这种用常识无法解释的怪事，一向是他感兴趣的，他总是说，他天才的头脑不是拿来满青石城乱转抓无证商贩的，而是……"

"而是专门给我添堵的！"

黄炯嘴上说着添堵，内心却毫无疑问对叶空山充满期待。两人刚刚走进捕房大门，黄炯有如恶狗扑食，冲将上来一把揪住了叶空山的衣襟。

"行了，行了。"叶空山宽容地拨开黄炯的手，"我能理解你见到救星到来喜出望外的心情，但是揪坏了我的衣服也对办案不会有丝毫帮助。你要是把扣掉的薪水还给我，那倒是……"

"做你的狗屁美梦！"黄炯吹胡子瞪眼，"我告诉你，青石城已经有日子没有发生过这么一连串的恶性案件了，尤其是侯爷现在还在青石没有离开，那影响坏得谁都兜不住。万一查不出名堂来，你这辈子都没脑袋再领薪水了！"

"知道了知道了。"叶空山往一张椅子上一坐，"岑旷路上已经大致跟我讲了一下，但是我需要去亲眼看看那些死人。"

"你最好别看。我只看了一眼就忍不住想吐了。"黄炯阴沉着脸，"那些尸体的样貌……根本就不应该在这个世上存在！"

往事之一

祖父的去世，对全家人都是一个大大的解脱。尽管这么想显得十分不孝，但事实如此，我也只能实话实说。

你问我为什么？很简单啊，因为我的祖父是个疯子。不不不，他并不是一开始就这么疯的，不然也没法娶妻生子养下这么一大家子人。父亲告诉我，祖父是年轻时脑袋上受过重伤，伤到了脑子，一直没有痊愈，然后随着年岁的增长，伤情逐渐加深，脑子越来越不好使，这才慢慢变疯的。你想象一下，一个六七十岁的老头子，成天光着屁股在村里乱跑，饭不好好吃，喜欢在泥地里刨虫子来吃，拉屎撒尿不分时间场合……别说了，现在说起来我还觉得闹心呐。

受伤的原因？这个就说来话长了。这么说吧，别看我祖父是个老疯子，听说年轻的时候特别能干，是个什么……秘什么家？

对对，秘道家，对对，秘术师，就是会变法术的人，我听说只有特别聪明的人才能学秘术。祖父年轻时就特别聪明，秘术学得很好，还被什么秘术师的组织招收了，反正就是前途无量那种意思。

大概在他二十四五岁时，有一次，他被组织派出去办什么事，和一群同伙一起去了雷州。雷州可不是什么好地方，听说那里地势险峻，天气糟糕得很，有各种各样的怪兽毒虫出没，本地人也都是不开化的蛮子，喜欢吃人肉挖人心。但他们毕竟是秘术师，打架很厉害，什么怪兽毒虫野蛮人都伤不了他们，所以虽然路程很辛苦，但还是慢慢到了雷州北部山区。

他们顺利地完成了自己的任务，但是在回程时遇到了雷州野蛮人的部落战争。为了不多惹事，他们选择了绕路，结果不小心走错了道，拐进了一片很荒僻的山区。

那天夜里，下着很大的雨，秘道家们找不到歇宿的客栈或者村庄，只能在一个山洞里生起火堆休息。到了半夜的时候，一个被火光吸引而来的人闯进了洞里。

那个人就是我祖父悲剧的起源。很多年后，无论家里人怎么问他，他都不肯形容那个家伙到底是什么样子。他只是反反复复地说：

"那个人的样貌……根本就不应该在这个世上存在！"

总而言之，那是一个原本长相普通，却因为遇到了某些妖怪而突然变得很吓人的家伙。你问我什么是妖怪？妖怪嘛，反正、反正就是，就是，不是人的怪物呗，妖怪，妖魔，怪物，邪物，都是那么回事。那个人那会儿已经半死不活了，跪在火边向我祖父他们求救，说他是附近一个名叫李醇村的村民，他们村闹妖怪了，人人都被邪魔附体，变得像他那么奇怪，其中一大半的人都死掉了。他算是其中状况最好的，所以挣扎着跑出来求救，正好被秘道家们的篝火吸引过来。

我祖父那时候伸出手去触摸那个人，想要体会一下他身上所附的"邪魔"到底是什么，结果就是那么一碰，他就像是沾了毒药一样，身体马上就不舒服了。我也不懂他们的那些术语，好像是被什么什么力侵入了。对，精神力，就是精神力，祖父说，那个村民的身上有一种很可怕的精神力，连他都不小心中招了。

不过他毕竟是个秘道家，虽然不小心感染了精神力，也不至于太致命，于是同行的人把他留在山洞里休息，其他人一起领着那个半死不活的村民去往他的村子，打算探查一下究竟。

没想到，就是那个不小心的失误，反而救了祖父的性命。和他同路的那些秘道家，因为进入了那个李醇村，全都死了。

具体说来是这样的。那些秘道家带着村民出发了，我祖父留在山洞里休养，两天之后，他的身体差不多复原了，但那些同伴却并没有按照原计划返回。祖父很不安，就按照先前村民所描述的路线去寻找。按照祖父的说法，雷州本来就人烟稀少，不同的村庄部落之间又往往有着这样那样的仇怨,所以像这样方圆几十里地里只有一个小村子原本是很寻常的。

虽然有大致的路线,但毕竟山区道路艰险,祖父还是花费了很大功夫才来到李醇村的下方山脚。刚刚开始向上攀登,他就感觉到整个山体在颤抖,一场突如其来的山崩刚刚好在那时候爆发。祖父拼命逃脱,终于没有被埋在山石下,但脑袋却被一块落石狠狠砸了一下,直接把他砸晕过去了。没错,这就是后来他脑子坏掉的根源。

醒过来之后,他发现,唯一一条能通向村口的山路,已经被山崩的落石彻底堵死了,再也无法上山。而祖父在这些落石当中,感受到了那种什么力……对,精神力。他说,这是人为制造的山崩,是他的秘道家同伴们干的,目的就是截断这条路。他无法猜测山村里具体发生了什么事,但可以肯定,一定是非常凶险非常吓人的,以至于他的同伴们不惜牺牲自己的生命把自己封闭在李醇村里等死。

他们的目的,当然是为了把那个村子里的"邪魔"彻底封锁住,不让它离开那个山头,再去祸害其他人。祖父脑子清醒的时候,每次说起这件事都是止不住地掉眼泪,夸赞他那些同伴真是太伟大了,为了拯救世人而牺牲了自己。

后来?后来我祖父挣扎着走了好几天,终于来到最近的一个镇子,刚刚踏到小镇的石板路上就昏过去了。他在雷州养了两个月,外伤虽然好了,脑袋里却一直不舒服,经常莫名其妙地头疼得厉害,尤其是在使用那什么力,对,精神力的时候。

不能用精神力,也没办法当秘道家了,他只能退出了那个组织,回到宛州,在我们村当了个普普通通的教书先生。好在他挺有学问,当教书先生倒也能赚到饭钱,后来就娶妻生子,这么着过完了一辈子。当然了，因为头上的伤，年纪越大，就越糊涂了，我们也只能一直忍耐到他老死。咳，还是不该说这话的，不孝，不孝啊……

雷州的事？没有更多的细节了。他愿意说的就那么多。我小时候对这个故事还挺感兴趣，老是缠着他问，他见到的那个被邪魔附体的村民，到底长成什么样，能够让一帮子见多识广的秘道家都吓得不轻。但他打死也不肯说，只是反反复复重复那一句话。

"那个人的样貌……那副样子……根本就不应该在这个世上存在！"我祖父说。

——节选自佚名氏《绥中乡谈杂趣》

现实之二

九月十三日。下午。

蓟鹏带着一身酒意跨进了家门。

今天中午青石城有一场很热闹的公开行刑，但他没有去看，因为有两位多年来和他生意往来十分频繁的客商远道而来，他当然得体体面面地做东。他把地方挑在了樽如月，青石城最好也是最贵的酒楼之一，算得上是礼数周到——尽管也有点肉痛。毕竟这些年宛州的布匹生意竞争太激烈，利润一年不如一年，他已经想尽办法从各处削减开支。

但是要留住这两位最重要的生意伙伴，就一定要舍得出血，这一点道理蓟鹏绝不会不明白。所以他毫不犹豫地包了雅间，提前二天预订了从沁阳城快马运来的当日上等鲜鱼——因为青石城附近没有好的河鲜——还从朋友那里买来一坛昂贵的北陆名酒青阳魂。

觥筹交错，酒酣耳热，称兄道弟，这一顿酒喝得着实不错，至少明年上半年的交易基本上敲定了。钱没有白花就好。把两位醉醺醺的客人安排在同样昂贵的客栈徐来阁，蓟鹏这才满意地摇摇晃晃回家。

夫人乔娟和往常一样把蓟鹏迎进了门，和往常一样让仆人打来热水，然后自己亲自伺候丈夫，为他换掉已经沾上了不少污渍、散发出酒糟味儿的衣衫，为他擦拭脸和手脚，让他躺上床休息。她的动作永远是那么轻柔而体贴，态度永远是那么的耐心，在过去二十年里都没有改变过。

但是醉眼蒙眬的蓟鹏没有留意到妻子的眼睛。如果他仔细看的话，就会发现妻子的眼白上布满了血丝，好像是处在某种很不舒服的状态。

"安心睡会儿吧。"乔娟的嗓音也似乎稍稍有些嘶哑，不知道是不是着凉了。可是蓟鹏太困了，无暇去思考这些细节上的小小变化。他很快沉入了梦乡。

也不知道睡了多久，他突然感到腰间一阵剧痛，像是在被一把巨大的铁钳狠狠地挤压。他一下子睁开了眼睛，尽管双目依旧有些模糊，但眼前的一幕仍然可以看得很清晰，他几乎是立刻爆发出了夹杂着极度痛楚和极度惊骇的惨叫。

"夫人！你怎么了夫人！"蓟鹏痛呼着，语无伦次，"你不是我夫人！快放开我！痛死了！夫人！你不是我夫人！你是什么怪物？"

夫人乔娟双目空洞，仿佛灵魂已经被什么东西吸走了。她对蓟鹏的呼喊哀求没有丝毫的反应，只是双手掐住蓟鹏的腰，把他举到半空中，以至于他的头顶狠狠地撞到了天花板上。

——就在蓟鹏小憩这短短的时间里，乔娟的个头不可思议地长高了一倍有余,身量也变得粗大魁梧,这样的变化让她穿在身上的衣物都被撑破了,裸露在外的皮肤上,一根根粗大的血管醒目地凸出着。原本温婉端庄的面容,此刻也由于这种可怕的膨胀而变得扭曲狰狞,甚至连嘴角都开裂了,鲜血正在顺着嘴角不住地流下来。

蓟鹏的内脏已经被挤碎了,剧痛之下,渐渐失去意识。最后一眼,他看着自己曾经挚爱、如今看来却恍如巨魔的妻子,脑子里迷迷糊糊地想着:好像一个夸父啊。

我的妻子是人类,为什么会变成了夸父?

九月十三日。傍晚。

许三虎站在院子里,唉声叹气地劈着柴。未来的两个月,又轮到他照料老头子了,这样的苦差事实在是让人厌恶。

"怎么不早点得场病,死了干净!"他总是这样对老婆埋怨说。

"总是自己的亲爹啊,尽孝总是应该的。"老婆这样劝说他。

"可是我最穷!"许三虎哼哼着说,"那几个有钱的王八蛋多照看照看有什么关系?非要给我添麻烦。"

许三虎一家四兄弟两姐妹,每年轮流把老父亲许阿贵接到家里赡养,每家照养两个月。父亲年迈,百病缠身,在牲畜行工作的许三虎每天吭哧吭哧铲完马粪驴粪,回到家还要在小小的蜗居里伺候父亲的屎尿,这让他在这两个月里的心情格外恶劣。虽然在兄弟姊妹们的相互监督下,该管的吃喝基本不缺,但嘴皮子却绝不肯闲着,动辄数落责骂。许阿贵总是默不作声,逆来顺受。

中午的时候,许三虎悄悄溜号出去到刑场观看凌迟,但只看到第一名犯人被剐了一小半,就急匆匆赶回牲畜行,就这样还被老板抓住了，罚了半天的工钱，这使他的情绪更加暴躁。傍晚下工后，站在院子里劈柴的时候，他把每一根柴火都想象成父亲许阿贵的头颅，仿佛每一斧头下去劈的都是老头子本人，那些飞溅的木渣，就是老头子的脑浆。

"还不死！"许三虎一斧头劈下去。

"老不死的！"许三虎一斧头劈下去。

"老东西！"许三虎一斧头劈下去。

"早死早了！"许三虎一斧头劈下去。

终于，院子里的柴火劈完了，在嘴上泄足了愤的许三虎心情也好了不少。他把劈好的柴码放整齐，用汗巾擦着头上脸上的汗水。刚擦到一半，房后的厨房里忽然传来老婆惊惶的呼喊声，他心头一惊，扔下汗巾，大步冲进厨房。老婆正瘫坐在地上，双手拼命用力捂住自己的嘴，但即便那样也捂不住无法遏制的尖叫。

许三虎向前又走了几步，径直越过老婆，目光落在了灶台边用来蓄清水的大水缸上。

"你到底干了些什么？"许三虎只觉得自己的声音都已经完全变了，全身上下从脚指头到发梢都开始颤抖。

那是许阿贵，他一直盼望着早点死去的父亲，如今真的如他所愿死掉了。这原本是件好事，但那副死状太可怕，可怕到许三虎觉得自己的心脏仿佛被一只无形的爪子狠狠抓住了。

在许三虎的视线里，父亲许阿贵整个上半身都没入了水缸里，腰部以下还朝天露在水面上。他的身体一动也不动，毫无疑问已经被淹死了。

但令许三虎恐惧的并不是父亲淹死这件事本身，而是他露在水面上的下半身。许三虎是一个人类，父亲当然也是，腰以下应当是两条腿，用来走路、站立、跳跃、踢踹的腿。

但现在，两条腿都不见了，水面上竖立着的是一团模糊的血肉，呈现出近似流线型的长条状，还在散发出腐烂的恶臭味。

"那是尾巴！那是尾巴！"老婆好像要把自己的胸腔都喊破，"你爹长了尾巴！鱼尾巴！"

许三虎大吼一声，运起自己的蛮力，把父亲的躯体从水缸里硬拽了出来。老人直挺挺地砸在地上，一动也不动，眼睛瞪得大大的，脸已经被水泡得发白，看上去是死透了。他腰间的衣服卷了起来，可以瞧得很分明，腰部以上确实还是人体的皮肤肌肉，腰以下却变成了布满鳞片的长长的鱼尾。

好像听说，大海里的智慧种族——鲛人就长这样？许三虎调动着自己贫瘠的知识，人的身子，鱼的尾巴，应该就是这样吧？

可是我爹是人，不是鲛人啊。他要是鲛人，我不也该有条鱼尾巴了？

再说了，别人都说鲛人男的威武，女的漂亮，尾巴会是这样奇怪、丑陋、臭烘烘的？

再说了……

没听说过鲛人会被淹死的。

九月十四日。凌晨。

儿子的房间里又传出了奇怪的声响。多半又是做噩梦了，鲁银花想，可怜的儿子，看了那么多大夫也治不好这个怪毛病。天亮之后还是得劝劝他，别做那种刀头舔血的危险营生了，瞧瞧这成天紧张得。

鲁银花的儿子鲍杰是一个雇佣兵，不为朝廷开疆辟土，而是专门给有钱人卖命，做各种诸如保镖、押运、探险之类的活计，偶尔也会接绑架刺杀等违法的勾当。鲁银花很担心儿子有一天会死于非命，但这样的担心原本也无济于事。鲍杰的父亲在他三个月的时候就撒手人寰，留下鲁银花为了母子二人的生计而殚精竭虑，完全无暇顾及对儿子的管教。鲍杰四岁时能打街面上六岁的孩子，七岁时偷了他生平第一个钱袋子，十一岁时就成为青石城南某个黑帮的重要成员。鲁银花对此毫无办法。

　　后来青石城扫荡了几次黑帮，鲍杰没法再混下去，索性去当了拿人钱财替人消灾的雇佣兵，常年奔波在外。鲁银花也从不打听儿子每次具体接了什么任务，只是在他出门之后每天向天神祝祷，求神明保佑儿子好歹多活几年。

　　这一次，鲍杰又出了趟远门，四个来月才回到青石。鲁银花敏锐地注意到，儿子这一次回来后很有些反常，每天晚上翻来覆去很晚才能入睡，似乎是有什么沉重的心事让他彻夜难眠。白天的时候，鲍杰也总是面色阴沉，时不时地魂不守舍。

　　鲁银花的担心更甚，但鲍杰除了给她家用之外，从来不谈及自己所做的事，她也不敢问。除了每天早晚再多一次向天神的祈祷之外，她什么也做不了。

　　这一天的中午，街坊里和她要好的几个老妇人都去看难得一见的凌迟热闹去了，她却推说自己怕见血，并没有去。其实她怕的并不是那些血肉横飞的场面，而是不敢面对律法的威慑。任何一个被律法惩处的罪犯都会让她联想到自己的儿子。

　　入夜之后，鲁银花浅浅地睡了一阵子，又被儿子房间内的声响吵醒了。她本想用被子蒙住脑袋继续睡，但这一次，异响持续了很长时间，而且越听越是古怪，和以往那些辗转难眠的焦躁叹息全然不同，其中还夹杂着一些金属与硬物碰撞摩擦的刺耳声音。

鲁银花实在忍不住内心的担忧。她披衣起床，试探着敲了一阵门，没有得到丝毫回应，一咬牙，用力推了推门。门竟然没有闩上，她走了进去。

房间里的一幕差点把她的苦胆吓破。她看见桌上烛火明亮，一口气点着七八根蜡烛，还摆放了一面铜镜。鲍杰就坐在桌旁，面对铜镜，脸上带着一副痴痴傻傻的表情，好像是在笑。

鲍杰的手里握着一把锋锐的短锯，锯齿上还在往下滴血，这些血液来自鲍杰的身躯。在烛光的照映下，在面向着她的镜子的反射下，鲁银花可以看得很清晰，儿子的胸口多出来了一个血肉模糊的大窟窿。

而窟窿里并不是血肉，并不是心脏，而是一对……血红色的翅膀。这对翅膀畸形而丑陋，就像是还没有发育完全就被从蛋壳里掏出来的雏鸡，但鲁银花能确定这的确是翅膀。

在这个寂静的深夜，鲍杰用一把锯子锯开了自己的胸膛。只可能属于魔鬼的翅膀从胸膛里钻了出来。

往事之二

三十岁那一年，我在雷州被判火刑，差一点被活生生烧死。那也是我在九州各地的游历中，距离死亡最近的一次。

但那次火刑其实挺冤枉的，幸好我没有被真的烧死，不然还真是死不瞑目。我只是在毕钵罗港遇上了一队自称是长门修士的人，和他们谈得很投缘，于是约好同行，我做向导带他们前往雷州北部一片险恶的群山，一同绘制那里的山形图——那正好是我的一个心愿。我虽然不是本地人，但醉心于雷州那充满神秘与蛮荒气息的独特风采，已经在雷州各地游历了三年，北部山区更是去过两次了，但因为那里环境复杂，孤身一人始终不敢太过深入。现在有了一群人结伴，能相互照应，就可以走得更远了。

结果这个举动给我带来了大麻烦。在一路平安地抵达北部山区后，长门僧们的行为开始变得鬼鬼祟祟，经常分成两组，一组和我一起行动，另一组却总是不知去向。我向他们询问，他们只是随口敷衍过去，而绘制地理图之类的事，也始终是我一个人在做。

我开始怀疑他们来到此处是有其他不可告人的目的，甚至他们可能根本不是真正的长门僧。但倘若他们真有什么歹心的话，我如果贸然揭穿，也许就会直接被灭口弃尸。我只好假装镇静，暗中思忖着该怎么甩掉他们偷偷逃跑。

不过还没有等到这个机会，我们就一起被抓了，抓我们的是管辖这一片山区的人类国家。稀里糊涂之中，我连我犯了什么罪都还没闹明白，就被莫名其妙地五花大绑，嘴里塞上破布，在刀枪的驱赶下，去往了距离山区最近的一个小镇。

没有人审问我们，也没有人给我们送饭。在一间充满了各种臭气的拥挤的临时监牢里熬过一晚后，有人把我们押了出去，带到镇上的一片空地上。在那里，几根粗大的木头柱子早就立好了，周围还堆放了很多柴草。

我猛然醒悟过来，这是要烧死我们！那一瞬间我眼前一黑，只觉得自己的魂魄都飞离了躯壳。我不过是在山区里绘制了一下地图，难道就被当成斥候，犯了刺探军情的大罪吗？那么一片荒无人烟的群山有这么不容侵犯？

等到我恢复神志，发现已经被绑在了火刑柱上，准备执刑的士兵们手上都已经拿上了火把。说来惭愧，尽管我自认为在九州各地游历多年，经历过不少危险，也算是有见识有胆量的人，但在这突如其来的酷刑面前,想象着烈焰灼身的极度痛苦,我竟然吓得尿了裤子。

求生的本能让我奋力挣扎,也算是天神庇佑,竟然让我甩掉了嘴里塞着的布条。我大喊出声:"我到底犯了什么罪?为什么要杀我?我只是个普通的旅人,不是什么斥候!"

一名军官闻声走到我跟前,看了看我的脸,再看了看我已经尿湿的裤裆,眉头一皱:"你和他们不是一伙的?"

我从这句话里听到了一线生机,慌忙颠三倒四地开始诉说我和这些假冒的长门僧相遇和相约同行的经过。军官对我具体是什么人丝毫不感兴趣,听明白了我只是出于凑巧和他们同行的,便不再多听,挥了挥手,指向远处,士兵们听令把我解下来,然后毫不停留地驱逐着我离开这片临时刑场,一直把我赶到了镇口。

"马上离开这里,滚得越远越好,不许再回来。不然下次真的烧死你!"士兵恫吓说。

我死里逃生,哪儿敢接茬,只能一路狂奔向南,按他们的指示"滚得越远越好",也不敢找他们发还我的行李,心里只希望从这个可怕的噩梦永远逃离。一直到许多年后,我回想起当时的胆小和狼狈,还会忍不住觉得羞惭。但当我终于来到安全的所在并且冷静下来之后,我又把先前"永远逃离"之类的念头抛下了,开始想法子去弄清楚我到底遇到了什么人、什么事,究竟为什么差点被烧成焦炭。

毕竟我天性中的好奇心是没有办法压制住的。

我在酃州多方打听,搜集了很多民间传说的记录,后来又在天启、南淮等大城市的图书馆里翻阅一些冷僻的资料,总算是拼凑出了事实的真相。

在那个时候，我之所以险些遭受火刑，是因为被当成了那帮假长门僧的同伙。他们的真正身份，是一群邪神的信徒。

他们所信奉的，就是在雷州的神话传说中，被看作是正神星母的死敌的头号邪神：殁。

雷州的不少原始部落，包括人类、羽人以及不少没有真神信仰的河络族群，相信九州大地上一切生命的本质都来自天空星辰的赐予，而把这些生命的力量撒播到人间的，就是至高无上的星辰之主——星母。是她亲手创造了九州大地上数不胜数的各种动物植物。

但是，在另一个版本的雷州创世神话中，并不存在人、羽、魅、鲛、夸父、河络这六种智慧生物——某些雷州人认为，星母只创造了一种智慧生物，他们称之为"星之子"，星之子拥有着最完美的外形，最无可匹敌的力量，最聪明的头脑，天生既可以在陆地上奔跑，又能在空中飞翔，还能深潜于大海。

再加上善良光明毫无污浊的内心，简而言之，这就是一帮神的后裔。据说，在那个时代，这些星之子还能在大地和天空之间自由往来，甚至直接去往被称为"神居"的神殿参拜星母。

然而，这样完美的智慧生灵，却被邪神"殁"诱惑而堕落了。殁悄悄来到大地上，在这些神的后裔的心里注入了黑暗的种子。于是他们内心产生了种种私欲，欲望进而引发罪恶，让九州陷入了血与火的纷争中。他们的外形也变得丑陋不堪，不再完美。

这样低等的、不再高贵纯洁的智慧生灵，显然不会讨星母喜欢。于是星母以她无与伦比的力量，把原本形态单一的星之子分化为了六个低等种族。

贪婪而无限攫取的星之子,变成了人类,成为最有心计、最爱争斗、最有占有欲和征服欲的种族。

傲慢骄狂的星之子,变成了羽人,成为自恃高贵、等级划分最严苛、内部冲突最严重的种族。

野蛮狂暴的星之子,变成了夸父,成为拥有巨大身躯和惊人力量、却从来不善权谋,只能偏居高原苦寒之地的种族。

愚昧偏执的星之子,变成了河络,成为一生为了信仰而活,总是失去自我的种族。

怯懦冷漠的星之子,变成了鲛人,成为为远避其他各族而定居在浩瀚大洋之中的种族。

充满嫉妒的星之子,变成了魅,无法拥有属于自己的外形,只能依靠精神力的凝聚,以其他种族的身体为依附出现在世间。

——如果不是实在不敢笑,当听到雷州人向我讲述这段传说的时候,我真的很想仰天狂笑。六族啊六族,当只描述你们的丑陋面时,竟然能如此真切而赤裸裸。

不只是外形的变化,星母还剥夺了六族所有的神力,把他们永远禁锢在大地上,永远不再能进入神的领域,即便是羽人,也不过能飞翔到数十丈到数百丈的高度,那只属于造物主的天空终究变得遥不可及了。

殁也无法逃脱惩罚,星母把他的身体分割成了若干碎片,零散囚禁，深埋在九州大地的各个角落。但是殁纵然邪恶黑暗，毕竟还是神的身体，哪怕是被切碎割开了，被埋葬了，也并不会死去。于是伴随着星母崇拜，雷州也逐渐出现了殁崇拜。殁的信徒们认为，天空和大地终究是对立的，星母代表着抛弃大地众生的冷酷的形象，星之子是一种虚假而没有灵魂的傀儡；相反，殁才是让六族真正认识自己，顺应本心，真正找到自己存在意义的真神。

"泥土永远不会变成星辰。"在他们口口相传的教义里，有这样一段述说，"人类、羽人、鲛人、夸父、河络、魅，六族原本就是泥土。光明属于星辰天空，黑暗属于泥土大地。"

"当殁复苏时，他会让泥土恢复过去的本色，大地会吞噬光明，然后在黑暗中重生。"

把这几句话用人话翻译出来的话，就是说，这帮邪教徒相信，当殁重生时，这个虚假的世界将会被毁灭掉，然后按照殁的意志重塑，六族将重新恢复到当年的唯一形态，重新获得神力。

但那并不是星母所塑造的完美生物的原初形态，而是被殁引诱堕落后的形态。那才是他们心目中"顺应本心"的模样。

当然了，在雷州，相信这个神话，尤其愿意信奉殁的人，终究只是极少数，原本也不成气候。即便是在文明开化的东陆，各种光怪陆离谋财害命的邪教也是层出不穷，今天这个被官府取缔了，明天再冒出个新的，不足为奇。根据我查到的很有限的早期文字资料，在殁的神话最初流传时，其地位大致相当于寻常的民间闹鬼的怪谈，并没有引起太多关注重视。

然而，在某一个时间点之后，这个神话却突然发酵，开始引发了许多雷州人的关注，或者说，恐慌。从普通的民众到掌权者，从那个时间之后,不再轻视殁的传说,而是开始极力阻止它的传播。不但与之有关的文字记录被各种查禁焚烧,信奉殁的人也被看作是邪教信徒,只要暴露身份就会遭受逮捕。

更进一步的,如果殁的信徒做出了某些在官府看来认为是"出格"的举动,甚至有可能被当场诛杀。我所遭遇的差一点把我直接烧死的火刑,就来自我那些骗子同伴的出格。

但具体为什么出格,我却没能查到,毕竟相关文字资料不断被销毁,加上雷州经历了那么多年的战乱,很多真相已经湮没在历史的灰堆中,难以寻找了。

但我还是从一些隐晦的记录里,找到了殁崇拜从无人在意到引发恐慌的原因。据说在距今数百年到一千年左右的某一个年头里,殁曾经现身人间,让无数人都看到了他的神力。那一次的现身,让信徒的信仰变得坚定,让非信徒开始产生强烈的恐惧。毕竟,世界毁灭这种事,当成笑话讲讲倒也罢了,谁也不愿意看到它成真。

我同样没能找到殁现身的详细记录,似乎人们对此讳莫如深,不愿深谈。而我终究不是一个探案的游侠,也不是一个细细还原历史细节的学者,不能把所有的时间都投入到这一起偶然事件上。我制定了新的目标,继续在九州各地游历,增长见闻,火刑的阴影也渐渐被抛诸脑后。

我所能做的,只是把这件事记录下来,希望能对其他人有所帮助。我也无法预料,殁会不会在千年后的今天再次现身,再次让九州生灵领略他的神力,或者说邪力。我更加无法预料,假如这传说中的殁带着他的仇恨重返人间,会不会真的让九州大地"在黑暗中重生"。

站在我个人的角度，我希望这一天永远也不要到来。

——节选自邢万里《九州纪行·邪事录》

现实之三

"半个白天加一个晚上，十七个人变成怪物，一共造成二十六个死者，每一起命案都古怪得不像真的，每一起都惨不忍睹。"黄炯唉声叹气，"绝不可能是巧合，一两件、两三件还能算巧合，十七件，那么密集地发生，一定是有预谋的。"

"你说得对，巧合也得有个限度，不然成说书了。"叶空山翻看着笔录，难得地没有顶嘴，"好家伙，几乎每一起的死者都莫名其妙出现了身体突变畸形的状况，然后死去，其中好几起赶在死之前还动手杀了身边的人。够得上鬼故事的题材了。"

"你别说得那么轻飘飘的。"黄炯一跺脚，"鬼故事？我看这些案子比鬼故事还吓人！"

"那就先让我去看看那些吓人的怪物吧。"叶空山说着，扭头看了一眼岑旷，"你去看过了吗？"

"没有。"岑旷老老实实地摇摇头，"我没敢去。"

"非得跟着我，你才敢去，是吧？"叶空山站了起来。

岑旷没有回答，脸上微微有点红，但还是跟在叶空山身后，走出了捕房。

正值午后，户外阳光很是耀眼，但对岑旷而言，殓房里任何时刻都充满了一种穿透皮肤深入骨髓的阴冷。无论什么时候，她都很厌恶踏进这里。但身为捕快，一次次地进入殓房，查看那些她不愿意看到的尸体，却是无法摆脱职责所在。

好在还有叶空山。每次来到殓房,叶空山都会让她走在后面,而自己先行进入。从岑旷的心理上来说,这就好像是有了一块预先放好的盾牌,能够稍微安心一些。

"你过来看。"叶空山在殓房里招呼她,"虽然你怕看这个,但这一次非看不可。"

岑旷深吸了一口气,迈过门槛,走了进去。短暂地适应了一下光线变化之后,她看清了放在殓房的大木桌上的事物。

"希望我死的时候不要那么难看。"岑旷喃喃地说。

由于经费有限,殓房的工作台其实就是几张陈旧的大木桌,虽然简陋,倒也够大够结实。此刻桌上摆放着几具尸体,如同文字记录里所形容的,全都奇形怪状。比如离门最近的一具尸身,上半身看起来是一个枯瘦衰迈的老年人类,但从腰往下,并没有人类的双腿,整个下半身变成了近似鲛尾的形态。

但那又不是标准的、充满流线美感的鲛尾,而更接近于一种畸形的变化。这条"鲛尾"整体看来就像是一块腐臭的肉块,上面的鳞片疏疏落落,有如皮肤病人的瘢痕,散发出死鱼一样令人作呕的气味。

"他从腰间的骨骼开始发生了变化。"常和两人打交道的仵作李青向叶空山和岑旷解释说,"整个下半身的双腿变化为鲛人的尾骨,但却变化得并不彻底。打个比方,就好比有人把他的下半身像小孩玩泥人一样重新捏了一遍,但是捏得很糙,虽然大体上有些近似鲛人,但细部的骨骼和肌肉都不对。"

"我明白。"叶空山点点头,"前两年有个案了和鲛人有关,我亲眼见到了鲛人的骨头是什么样。"

"而且最要紧的是,他长出了鲛尾,却并没有在耳后长出腮裂,这让他无法像真正的鲛人那样在水里呼吸。所以,他的死因是溺水而亡——他自己头朝下栽到了家里的大水缸里,淹死了。"

"他是在心里面……把自己当成了鲛人吗?"岑旷问。

"这我就不知道了。那应该是你们捕快的活儿。"李青回答。

岑旷继续看向下一张桌子,然后发现殓房把两张最大的木桌拼在了一起,这样才能放下第二具尸体。

因为这具尸体实在是太大了。

"这就是那个突然变成夸父的名叫乔娟的中年女人吧?"岑旷强忍住恶心,很专业地看着尸体被剖开的胸腔,"但是骨骼虽然长大,却显得有点儿细。"

"对,太细了,和那个变鲛人的老头儿一样,变得不完整。"李青说,"血肉膨胀了,体重增加了很多,骨头却既没有变粗也没有变结实,所以在捏死了自己的老公之后,她自己的身体也支撑不住,脊柱断了。"

第三具尸体更加显得古怪,那完全就是一团挤在一起的肉球,好在岑旷早就读完了所有卷宗,马上判断出了这具尸体的状况:"这应当是那个在裁缝铺里帮工的羽人,韦芊芊。和变成夸父的乔娟正好相反,韦芊芊的身体急剧萎缩,就好像变成了河络——但又并不是真正的河络。"

"骨骼和肌肉缩小了,内脏却没有缩小,所以活生生地挤破内脏而死。"李青接口说,"其他尸体也都大同小异。每一个人都产生了无法解释的畸变,展现出另一个种族的生理特征,但又变化得半点也不完善。比如有一个倒霉蛋,明明是人类,竟然长出了翅膀,但羽人展翼是靠精神力凝聚的，时间到了会消散，他的却就是一对肉乎乎的翅膀，而且是从胸口钻出来的，真是要多难看有多难看。"

"所以你刚才的比方很精当。"叶空山说，"就像是顽童在胡乱捏泥人，似是而非，最后捏出一堆做坏了的成品。"

他转过头望向岑旷："剩下的也都差不多，不必看了，再看下去你今天晚饭都可以省了。出去琢磨一下吧——你看，我如果是个教书先生，直接把她揪到学堂，把这张脸冲向学生，就能最生动地解释'如释重负'这个词。"

这后半句话是对李青说的。李青哈哈大笑。叶空山说："岑旷要是能多向你学学就好了。都是女人，你就能成天待在殓房里。"

"这个和女人不女人没关系。"李青瞪了他一眼，"我以前有两个男助手，后来都受不了跑掉啦。"

离开那些骇人的尸体，回到捕房，岑旷的脸色好看了一些。她毕竟一向敬业，马上想到了向叶空山汇报："对了，还没跟你说初步的调查情况呢。距离案件汇总起来刚刚才过了半天，能掌握的东西还很有限。不过，根据初步的询问走访，暂时没有找到这些受害者之间的关联——除了死状。"

"也就是说，如果这是某种手法独特的谋杀案，我们暂时还找不到动机和嫌疑人；如果这是意外状况，也暂时不知道原因。"黄炯补充说。

"嗯，我刚才还在想，这些死者之间会不会有联系。"叶空山说，"现在看来，表面的、明显的联系是不会有的，如果他们有什么隐秘的关系，就得费力气去挖掘。所以共同点就只有案件发生的时间？"

"还有地点。"岑旷说,"这些案子全部发生在城西南到城南的一片区域,大概分散在四五个不同的街区里,但总体来说,假如从青石城地图上来看,就是那么一块。到目前为止,没有更远的案情报告。"

"城西南到城南……"叶空山半闭着双目琢磨了一会儿,慢慢睁开眼,"好像距离刑场不是太远,是吧?"

"不太远。"黄炯说,"你是觉得这些案子和刑场有关联?是因为昨天的公开行刑吗?"

"不一定,我就是随口一问。"叶空山说,"相关的证人,尤其是直接的亲属都盘问了吗?"

"因为牵涉到的人数太多,只是先整理了初步的口供,主要是对案发现场的描述。"黄炯说,"有重要关联的亲属同事都被带到了捕房,正在详细询问,大概太阳落山之前就能有结果了。不过,因为此事还没法定性为谋杀,他们都算不上嫌犯,只能算证人。"

"那就先等等。岑旷,去买几个烧饼回来。"叶空山说。此刻的他目光炯炯,显得精力十足,很显然这些密集爆发的奇案把他的好奇心充分地激发起来了。他再也不提薪水的事,也不谈什么"太阳落山的时候老子就该下工回家了",已经沉浸在了案件中。

"你这个狗杂种要是什么时候都像现在这么认真,老子天天喊你祖宗都不要紧。"黄炯恶声恶气地嘀咕着。

岑旷听话地离开捕房,去往街边的小铺子买烧饼。这几年来,她不只是叶空山的徒弟,也是跟班和跑腿的,经常被指使着去做这做那。不过她一向勤勉而且乐于助人,对于此类跑腿的任务倒是从无怨言。

买完烧饼往回走的时候，从长街的另一头传来一阵急促的马蹄声。在青石城，敢这样在大街上打马狂奔的，一定得是有权势的人，尽管按照律法，哪怕是皇帝本人也不允许这样闹市纵马，但不会有任何人去真正地进行管束。岑旷刚开始的时候对自己在日常生活与工作中所见的种种特权行为大惑不解，但时间长了，也就不得不接受了。

"人类社会就是这样的。"即便是叶空山这样面皮厚如香猪的，说起这些事来，居然也会十分难得地在脸上挂着一丝歉疚，"规则是规则，律法是律法，但在规则和律法的天空之下，总有一片片灰色的云。"

"我……我会慢慢习惯的。"岑旷那时低声说，"想要当一个人，这也算是付出的代价之一。"

"但你绝不会喜欢。哪怕有朝一日这样的便利落到你自己头上。"

"绝不会。"从不说谎的岑旷回答。

三年过去了，岑旷尽管仍然不喜欢这些只有权贵们才能享受的特权特例，却也只能逐渐习惯，逐渐接受。此刻听到奔马靠近，她立即避入了街边的店铺，打算等到马匹过去之后再继续行路。

然后她就注意到，来的不是一两匹马，也不是七八匹马，而是一支马队，至少有三十个人。这样的马队在青石城内极少出现，她不禁侧头看了一眼，看见马上的每一个骑士都身着镇远侯府的服色。

这些全是镇远侯的人，岑旷想，他们是来做什么的？为什么镇远侯会一下子派出那么多人，而且个个全副武装？

她注视着这支马队，直到马队以几乎整齐划一的动作全部停下来，骑士们以几乎整齐划一的动作一齐下马，她才意识到有些不妙。

——马队停在了捕房门口。

这群侯爷府的骑士的目的地,是捕房。

岑旷没有急于回去,回去也无法阻止任何事情。她远远地站着,看着骑士们鱼贯而入走进捕房,不久之后又一起走出来,人数却多了一倍也不止。

他们还带出来了一批平民百姓,每一个平民都被反绑双手,面色或慌张或惊惧,不少还在出口求饶。但骑士们完全不为所动,押着这些平民,马队慢慢行走,离开了捕房。

那些都是从昨晚到今天的十七桩奇案的证人!岑旷认出来了。他们有的是死者的亲属,有的是死者的邻居,有的是死者的同事,原本是被带到捕房作正常询问的,现在却被镇远侯的手下一股脑全都抓走了。不用数数她也记得,一共有三十八个人。

为什么?岑旷大惑不解。镇远侯是国之栋梁,做的是指挥千军万马征战沙场气吞山河的大事,为什么会参与这样原本应当由微不足道的捕快们去费脑筋的民间凶案?而且即便是想要破案,交给捕快们不就行了吗,为什么要这样大动干戈亲自派人来捉拿?

她等着骑士们去远了,赶忙快步奔回捕房,正看见黄炯垂头丧气地站在院里,叶空山则站在他身边,脸上表情不怒不喜。

"发生了什么?为什么侯爷要把那些证人全都提走?"岑旷把手里的烧饼扔给叶空山,对黄炯发问说。

黄炯叹息一声:"没有为什么。没有理由。没有解释。侯爷要提人,那就提了,谁还能阻拦他?不只是这些活着的证人,仵作房的尸体也都被全部拉走了。"

岑旷默然,看了叶空山一眼,欲言又止。

"想说什么就说。"叶空山拍拍她的肩膀,"横竖不过是个侯爷,有什么关系?"

"我是觉得,侯爷并不像是个会单纯对破案或者为死者申冤感兴趣的人。从侯爷的反应来说,他多半知道一些这一系列怪案的根底,要么是不想让我们从中查出些什么,要么是他自己想要从中查出些什么,所以才会那么快下手把所有的证人和证据都带走。"岑旷回答。

她的神情显得有点黯淡:"可是,我们不可能去盘问侯爷,不可能从他手里把被抢走的物证人证拿回来。我跟着你学习了三年,虽然还是很笨,但也学会了不少人类社会里的规则。以这个案子为例,尽管侯爷直接从衙门把人抓走不合律法,尽管律法赋予了我们向侯爷抗议的权利,但事实上,我们连他的面都见不到就可能直接掉脑袋。"

叶空山看向她的目光里有一种难得的温暖和关切:"那你怎么打算呢?"

岑旷摇摇头:"我没有打算。虽然我很不甘心,但这个世上的许多事,原本就不是不甘心这三个字能够解决的。我只是为那些死者感到遗憾,因为案子落在我们手里,才有为他们查清死因、伸张正义——如果这当中存在着犯罪行为的话——的可能性;落在侯爷手里,他们只是工具。"

"小声点儿!"黄炯低声说,"这些话要是被听到了,你就麻烦了。"

岑旷冲他笑了笑,不再说下去。

夜渐渐深了。

岑旷回到住所,那是叶空山替她在捕房附近租的一间小房子,位于一个有不少住户的大杂院里。虽然她一向节俭——确切地说是除了基本的吃穿外完全没有花钱的需求——三年下来略攒了点钱,但是既没有想着换一套更舒服的房子,也没有在房间里摆放任何装饰陈设。她终究还是和真正的人类女性不大一样。

这间房子的门锁经常出毛病,门板也薄得似乎一只老鼠都可以撞破,好在岑旷是个高明的秘术师,等闲的恶人就算打了什么坏主意,也绝没有可能靠近她。所以她每天晚上回到这个简陋的居所后,都可以安心地睡得很香。

但今晚她睡不着,躺在床上不知道翻了多少个身,仍旧睡意全无,脑子里始终在想着先前发生的那些事。她亲眼见到了几具在这次惨剧中变成怪物的尸体,也见到了几个死者的亲属和朋友。虽然成为青石捕快以来,她见过的死亡与离别并不少,但每一次遇到,仍然会让她心里添堵。尤其是今天来到衙门做笔录的那个衰迈佝偻的老妇人,在遭受了重大的打击之后,必须要靠旁人的搀扶才能勉强行走。她神情恍惚,眼睛麻木得像两个深深的空洞,半个字也不说。岑旷询问押送她的捕快她身上出了什么事,捕快说:"这个老太婆守寡几十年,辛辛苦苦把儿子拉扯大,儿子就是她活着的全部意义。结果就在今天凌晨的时候,儿子死了,把自己的胸口锯开了,然后从里面长出一对翅膀,你想象一下她看到尸体的时候会是怎么样的情形。"

那是许许多多的生命啊,岑旷想,就在半日一夜之间突然消逝，永远和这个世界告别，而且一个个死得那么惨，连自己原有的外表都无法保留。作为一个魅，获得生存的机会本来就是极为艰难的大幸运，这让她比普通人更加珍惜生命，无论是自己的还是旁人的。眼下发生了这样的惨案，她原本打定主意，一定要协助叶空山和黄炯彻查到底，找到背后的真凶——假如有的话——为死者和悲痛的亲人们查明真相讨还公道。

但是镇远侯的突然插手，让这个公道不太可能被讨回了。在当今这个皇朝的统治下生存的人们，或多或少都会知道镇远侯其人，这位侯爷的军功，即便是放在九州的历史长河里与那些传奇名将们相比，也绝不会逊色。他的眼光里所看到的九州大地，大概就是一幅铁与血的地图长卷，有山川大河，有丰富物产，有经济数字，有人口统计，有兵强马壮的军队和不堪一击的敌军，唯独不会有一个个蝼蚁般的平民个体。

镇远侯绝不会是为了"伸张正义"才抓走那些证人的，蚍蜉的正义比灰尘还微不足道。他一定是为了自己的利益，为了从这些充满黑暗气息的难以索解的谜案中隐藏或者攫取某些能对他有用的事物。那么，在完成了这个不可告人的目的之后，无论死者还是生者，对镇远侯而言都是无用的废品了。非但只是无用，说不定……

说不定……

岑旷猛地从床上弹起来，匆匆披上外衣穿上鞋袜，刚一拉开门就怔住了。叶空山就站在门外不远处的大杂院的中央，站在静谧的月光之下，好像已经站了很久了，好像一直在等她。

"我想到了！我想到了！侯爷他……我想到了！"岑旷有些语无伦次。

"我知道你一定会想到的。"叶空山说，"所以我来了，在这里等着你，不然反正你也会跑来找我，把我从梦里敲醒。"

"对不起。"

"你这些年给我说的对不起，能装好几箩筐了。"叶空山说，"不要紧。我早就习惯了。"

九月十五日，清晨。

年轻的捕快吴文龙刚刚上工，就听到捕房里传来激烈的争吵声。这可不大寻常。他连忙循声跑过去，看清楚了争吵的双方，倒是立马就不紧张了。

吵架的是捕头黄炯和他的得力手下叶空山。吴文龙和叶空山接触很少，但也听不少同事讲过此人的诸多事迹，知道这是个脑子很聪明但脾气比茅坑里的石头还臭的大混蛋，专门擅长偷奸耍滑旷工闹事，没少把黄炯气得七窍生烟。

"我早就说过了，罚你的工钱是因为你无故旷工，这是有律例可以依循的。"黄炯气得胡子都在发抖，"你再敢跟我胡闹，我连你下个月的薪水都罚掉！"

"是啊，你要是高兴了，还能把我明年的薪水一起都罚了，你是上司嘛。"叶空山的脸上满是鄙夷和不屑，"当然了，也可以理解，像你这样混到骨头都要烂掉了也就是个区区小捕头的货色，脑子里填的除了愚蠢就是迟钝，这辈子唯一能展现你的存在意义的事情，就是拿下属开刀摆摆那比鸡毛大不了多少的架子了。"

吴文龙皱皱眉头，觉得即便是日常吵架，叶空山的这番话也讲得太过了。但他毕竟是个新人，也不敢上前劝阻，眼睁睁看着身边围过来的人越来越多，心里有了一些不妙的预感。

果然，黄炯本来一副被气得要鼓胀起来的模样，听了这番话，反而不发抖不吹胡子瞪眼了。他的脸色铁青，整个人像是一块散发着寒气的冰块。

"我带了你这么多年，照料了你这么多年，我在你的心里，就是这么一个人吗？"黄炯的每一个字都像是从喉咙里一下一下抠出来的。

"你以为呢？"叶空山冷笑着反问，"你除了能抓点鸡零狗碎的小偷地痞，管一管打老婆的汉子和违章占道的小贩，还干过些什么？这么多年了，哪一个稍微难一点儿的案子不是靠我？没有我的话，以你那核桃大小的脑仁，你搞不好已经被丢去扫大街了，哪儿还有机会天天找借口扣我的薪水。"

"说得好，说得好极了。"黄炯这次非但没有愤怒责骂，反而冲着叶空山鼓起掌来。"原来你一直是这么恨我的，一直是真的恨我的。我早该知道的。那么现在，你说得那么直白，是已经打好了主意了，对吧？"

"你看，你的破脑子偶尔还是能正确思考的。"叶空山把自己的捕快腰牌往地上一扔，"老子不干了。"

围观的捕快们面面相觑。他们大多受过叶空山的各种鸟气，但因为黄炯一向对叶空山的庇护，也没法发作。眼下叶空山竟然和黄炯闹翻，竟然要甩手不干，于他们而言，隐隐有一些喜从天降的快慰。

"那你呢？你是跟着他走，还是留下来？"黄炯转过头，看着一直缩在旁边一言不发的岑旷。

岑旷低头看着自己的脚尖,简直连脖子都要折断了,似乎脚尖上有花苗正在长出来。过了很久,她才用蚊子打呼噜一样的声响说:"他是我的师父。我得跟着他。"

黄炯的脸上露出了极度失望的神情,吴文龙和其他捕快们也都暗暗在心里叫着可惜。于私而言,岑旷长得那么漂亮,性情又那么纯真质朴,吴文龙这样的单身汉们多半都会对她怀有几分念头;于公而言,岑旷的读心术是黄炯一直十分看重的,在过去的好多案子里都派上了大用场——尽管基本都是在叶空山的指导下进行的。叶空山固然如绊脚石一般人人恨不能赶紧踢开,岑旷要走,大家多半是舍不得的。

然而人们也都知道,岑旷从不说谎。她既然已经说出了口,那这件事就没有挽回的余地了。

岑旷垂着头,双手把腰牌递到黄炯的手上,深深地鞠了一躬,然后跟随在叶空山身后离开了捕房。吴文龙看着岑旷纤弱的背影,心里一阵怅然,这样的怅然压过了恶魔般的叶空山终于离开所带来的轻松愉悦。

吴文龙侧过脸,悄悄看了一下黄炯的表情。黄炯往地上啐了一口痰,显得对叶空山愤怒已极。但当黄炯拂袖转身的时候,吴文龙却注意到,有那么一个小小的瞬间,老捕头的双眼里闪动着某种别样的光芒。

像是饱含着哀伤与不舍。

往事之三

不会再有希望了。

汤泽躺在大树高高的枝杈上，凝视着头顶遥远的星光，这或许是他最后一次见到星星。身下的这片森林是秘术师们紧急用秘术化生出来的，可以为羽族的高飞作战提供起飞的支点。对于身躯相对瘦弱、绝对力量不足的羽人来说，飞起来，从高处向低处开弓射箭，是这个种族千百年来同人类、夸父、河络等异族抗击的立命之本。

但对于这场即将到来的大战来说，森林也好，起飞也好，都没什么用。实力悬殊之下，等待着羽人的，其实只有一场注定的屠杀。

斥候们早就打探清楚了，即将到来的这一支东陆人类皇朝的军队，配备了运用河络科技的超远程强弓，即便是高飞的羽人们也难以逃脱强弓的射程范围。何况即便没有强弓，这支军队还有大量的烈火冲车，就是用来焚烧森林的。森林一旦被烧掉，羽人就失去了在高空中的落脚之处。羽族的飞行能力和体质有关，能够长时间飞行的只有极少数精英，大部分羽人都必须要靠森林来获取体力的补充。没有森林，他们飞不了多久就只能被迫降落，成为人类铁蹄下的肉泥。

而之前所能盼望的三路援军，全都无法赶到了。与领主交好的另外两个羽族城邦，本来答应了派兵援助，没想到东陆人和雷州的两个人类国家以闪电般的速度达成了同盟，说动了这两个国家分别出兵攻打两个羽族城邦。这两路盟友只能屯兵自保，没有办法再出兵了。

至于第三路援军，那是领主原本指望着的一个河络部落，也临阵倒戈，和东陆人缔结了盟约。据说是东陆人许诺给他们提供大量的精铁，这帮该死的河络就出卖了自己的老朋友。总而言之，援军不存在了，敌人的大军天明之后就会到达。洛瓦普城邦，这座在蛮荒的雷州大陆上顽强生存了将近两百年的羽族小城邦，即将迎来自己的末日。

而汤泽，洛瓦普城邦的一个普通的士兵，也将迎来自己的死期。

"来一口？"有人打断了汤泽忧伤的思绪。汤泽回头一看，是自己的朋友鹤通。他手里拿着一个酒瓶，正冲着汤泽摇晃着。

汤泽接过酒瓶，往嘴里灌了一口："妈的，明天就要打仗了，喝这么烈的酒，不怕连弓都拉不开？"

鹤通嗤嗤直乐："拉不拉得开弓有区别吗？横竖都是一个死。明天来的可是夔军，东陆镇远侯的夔军，从来没有打过败仗的夔军。那些几十万人口的大城邦都被碾得跟尘土一样，我们拿什么挡？用头皮吗？"

"有理。"汤泽又咕嘟咕嘟喝了几大口，不顾鹤通"给我留一口"的哀求。他扔下空空的酒瓶，满足地抹抹嘴，叹了口气："也不知道这个镇远侯到底和雷州有什么仇，这些年来，不停地带兵来打雷州。羽人他也打，人类国家他也打，河络夸父也不放过。"

"谁也不知道。"鹤通说，"镇远侯这个人，从在东陆朝廷能说得上话开始，就一直对雷州用兵。北陆的蛮子他打过，但打得不多；南海作乱的鲛人他让别人去；越州那些河络大部落他也兴趣不浓，就是一门心思地打雷州。而且这么多年来，他的手段一直都那么硬，要么结盟投降，要么整个灭掉你，没有第三种选择。"

"这个人难道年轻的时候在雷州受过什么屈辱，甚至雷州人杀过他的家人？"汤泽猜测。

"好多人都这么猜，不过也只是瞎猜而已。"鹤通说，"镇远侯这个人的身世很神秘,雷州的君主们专门派出不少斥候去打探,也不得要领,最多就是知道一些人人都知道的大路货:他并不是名门出身,好像只是一个东陆满大街都能见到的很普通的小贵族,乡下小贵族,在朝廷里也没有人,纯粹就是投军从普通小将做起,凭着本事一步步升上去的。"

"倒也算是个有能耐的人,可惜这样有能耐的人偏偏要把我们当成死敌。"汤泽呸了一声:"你说说我们雷州有什么?到处是沼泽、毒蛇、瘴气,人类种不好田,羽人养不好树,河络想要冶炼都嫌矿产稀薄。虽然有传言说,在极北和极西的地方可能有丰富的矿藏,但那毕竟只是完全没影的传言,他总不会为了这些不靠谱的流言就来大动刀兵吧?"

鹤通撇撇嘴:"那谁知道啊!我听说,就算是在东陆皇朝的内部,也有很多人不支持镇远侯把那么多的军费拿来打雷州,但是镇远侯手段厉害,又很得他们皇帝的信任,谁也奈何不了他,反而一些激烈弹劾他的大臣都被降职撤职甚至关进大牢。反正我们算是倒了霉了,就算镇远侯以前在雷州受过气,能和我们这样连自己都吃不饱饭的小城邦有什么关系?也得被他捎带着灭了。唉,郁闷。领主为什么不投降呢?"

"小声点!"汤泽嘘了一声,"领主最恨人提投降,要是被别人听到了,不等明天开战,你的脑袋先得被挂在树上!"

他把声音压得更低:"关于投降这档子事,我倒是听到了一点传言。"

"什么传言?"

"我听人说,好像领主嘴上说得硬,背地里也派人去求见了镇远侯，表示愿意服软。你也知道，镇远侯并不是一定要赶尽杀绝，只要愿意投降的小部落小城邦，他都不会杀。但是挺奇怪的，他就是不肯接受我们投降。"

"为什么啊？"

"我也不懂。我们这么一个小城邦，哪儿知道什么时候得罪过他！据说我们的使者见到镇远侯后，表达了投降的意思，镇远侯眉头一皱，问：'你们是洛瓦普城邦吗？'使者连忙点头。镇远侯又问了一次：'是那个出产铜矿、上一任领主名字叫翼恪的洛瓦普城邦？'使者说是的，我们的老领主就是翼恪·艾尔·赫达斯，镇远侯马上轻蔑地笑了笑，说：'既然是这样的话，你们的城邦活该要被屠灭。'使者就这么被赶回来了。"

"难道真的是老领主得罪过他？"两人一起发出猜测，但又一起意识到，不管怎么猜测，都没有意义了。东面的天空正在一点一点变白，太阳很快就要升起来了。从远处快速飞回来的斥候来判断，夔军的先锋部队马上就要抵达城邦的防线。

这道脆弱的防线，是无论如何也挡不住夔军的铁蹄的。洛瓦普城邦会成为镇远侯又一个微不足道的征服对象，往他的勋章上添加一道血痕。

无敌的镇远侯。冷酷的镇远侯。象征着死亡的镇远侯。

现实之四

九月十四日。深夜。

岑旷和叶空山站在散发出种种可疑臭气的乱糟糟的大杂院里。岑旷稍微平复了一下心情，深深地做了几次呼吸，缓缓地说："我想到了。不管侯爷是想要隐藏些什么还是想要寻找些什么，也不管最后能不能找得到,他一定会把那些证人全部灭口,一个都不会留下来。他们都会死。"

"是的,他一定会这么做。"叶空山说,"而且他有一百种方法可以捏造案情捏造证据,让每一个死者都'罪有应得',完全不会给他带来麻烦。"

"那我们……"岑旷看着叶空山,没有把话说全。

叶空山笑了笑:"和你这样完全不会撒谎的笨蛋说话,真是很省脑子。直接告诉我吧,你是不是想去救人?"

岑旷低下头:"我是想,可我也知道我没有这个本事。我的秘术功底算是很不错的了,但镇远侯身边那么多武士,里面或许还有比我更强的秘术师,我一个人根本就是以卵击石。何况,如果只是救一两个人,或许还能想想办法,这可是三十八个人。我可不会什么把人变成豆子装在兜里带走的妖法。"

"那你有没有想到向我求助呢?"叶空山的语声很奇怪,说不清是讽刺还是鼓励。

"向你求助,你也帮不上什么忙啊。"岑旷照例是表达自己毫不作伪的真实念头,"你只是脑子聪明擅长分析破案,但打架别说和我相比了,随便抓几个街头地痞都能把你打得头破血流。你能有什么办法从镇远侯手里救人?"

"要不然说你是笨蛋呢。"叶空山走到岑旷身边,像抚摸一只猫一样摸了摸岑旷的头顶,"救人就一定要硬拼吗?你是要救人,不是抢人,为什么一定要舞枪弄棒地去打个热热闹闹让全青石城的聋子都听到?"

他伸脚踏了踏脚下的地面:"举个例子来说,能不能想办法打探到那些人被关押的具体位置,想办法用迷药把看守都迷晕了,然后找个河络……"

"挖地道！"岑旷跳了起来，"真是个好办法！你这样无恶不作的家伙，肯定有办法搞到好用的迷药，也肯定认识非常善于挖洞的河络！"

"我刚好认识。"

她兴奋地在院子里转着圈说："你只需要提前让河络把地下的逃命通道挖好，找一个你认识的飞贼同伙偷偷潜入，准备好施放迷药；我可以想办法用秘术制造一些动静，吸引侯爷的其他手下的注意力……咦，你是在跟我开玩笑，不是认真的，对吧？"

岑旷虽然淳朴，却也不至于完全不懂察言观色，她分明地从叶空山脸上看到了她已经十分熟悉的那种坏笑。每一次，当岑旷尝试着自己剖析案情或者出主意、但却犯下十分严重的错误的时候，叶空山都会这样坏笑。

"不是开玩笑，挖地洞救人这种玩法，虽然很老套，但却经常能奏效，也不能说就是异想天开胡言乱语。"叶空山说，"但是你考虑得太不长远，稍微多思考一下，你就会知道，上门抢人也好，挖地道偷人也好，都是没有任何意义的行为。"

"为什么？"岑旷愣住了。

"我问问你，你为什么要救那些人？"叶空山说。

这个问题问得岑旷又是一愣。她想了一会儿："当然是因为他们是无辜的，不应该被侯爷杀掉灭口，所以要想法子让他们活下来。"

"那么，假如一切顺利，什么岔子都不出，你成功地通过地道把这三十八个人救出来了，他们就算是活下来了吗？"

"为什么不算？"岑旷不明白。

"他们被镇远侯抓走了，尽管不合律法，但只需要稍微操作一下，就会变成合乎律法的罪犯。他们被关着的时候是罪犯，被你救出来，依然是罪犯，而且是比罪犯名声还糟糕的逃犯。你想一想。"

叶空山说。

岑旷思索着:"救出来依然是罪犯……是啊,就算把他们救出来,他们也依然是朝廷记录在册的逃犯,再也无法回到过去的生活了。"

"他们不能回家,也不能继续过去的工作,从此只有拖家带口离开青石城,逃到遥远的异乡,隐瞒身份悄悄地重新开始。而镇远侯,一定会动用自己的力量编织成天罗地网去抓捕他们。你能想象这其中的艰难吗?还是说你有什么通天彻地之能,能够把他们安排妥当?"

"我只是个小捕快,当然不能。"岑旷低下了头,"我懂你的意思了。的确,让这一群平民去当逃犯,太艰难了。那和让他们直接去送死也没有什么区别。对不起,我想得太不周到了。"

"你的出发点没有错。"叶空山说,"这就是为什么我一直在说,虽然你想要努力地成为一个人,但其实你比很多人更有人味儿——或许也包括了我。不过,你得反过来想,为了真正地帮助到你想要帮助的人,你就一定要追求到最好的结果,而不是凭着意气仓促行事。"

岑旷显得很难受:"你说得对。但是,按照你刚刚说的,我们根本没有办法去救人啊。"

叶空山目光炯炯:"有的,人可以救,只不过不必救。"

岑旷被这句绕口令一样的话弄得糊涂了,呆呆地看着叶空山。叶空山说:"根本不必要执着于把他们从镇远侯的手里弄出来。唯一的办法是:抢在他的前头查出事情的真相,尤其是查出这些案件中藏着哪些可能会让他感兴趣的利益,掌握这种利益,并且以此和那个老小子谈判。"

"谈判?"

"对,杀人本身并不是镇远侯的乐趣所在。他虽然杀过很多人,但都是有明确目的的。杀掉这些证人灭口,对他而言是最优选择;但倘若杀了这些人就得不到他想要的东西,他就只能退而求其次,宁可放过这些人,也比鸡飞蛋打一场空强。"

岑旷握紧了拳头:"所以,要救他们的性命,就必须赶在镇远侯之前查明真相——尽管我到现在都猜不到这到底是什么样的真相,又和镇远侯所掩盖或追求的有什么关联。这回的事情,比我们以前遇到过的鬼婴案、童谣杀人案、剥脸案……加在一起都要更诡异。"

"案子本身再诡异也能找到解法。不过,有一点你可得想好了。"叶空山淡淡地说,"选择了和镇远侯作对,也许我们能拯救那三十八条生命,但我们自己的生活,就会发生改变了,确切地说,是被彻底地摧毁。你再也无法在青石城平静地学习,安宁地融入人类,而是要重回到颠沛流离的日子,随时面对着一股巨大力量的追杀,甚至有很大可能性直接丢掉小命。你舍得吗?"

"我没有什么舍不得的。想要做一个人,总得要坚持做对的事情。"岑旷很坚定,"但是……你……你……"

她支吾着不知该怎么开口。叶空山替她说下去:"我也要抛弃我现在的生活,走上这条危险的道路。而我只是一个日常喜欢混吃等死的糟糕捕快,人生最大的理想就是黄炯发高烧烧坏了脑子给我加薪,不像我们的岑大小姐这样充满正义感,充满小孩子打妖怪一样的热血,似乎很不适合参与进来,似乎很不像是干出这种侠肝义胆的伟岸事迹的人,是吗?"

岑旷张了张口,想要否认,但却无法说出违心的谎话,相当于承认了叶空山所说。她的脸腾地一下红了。

"算是给你一个小谜题吧。"叶空山说,"你可以慢慢想,慢慢猜,我为什么愿意和你同流合污?"

"我早和你说过,你要是不会用成语就不要乱用……"

"另外,还有一点。"叶空山说,"我们俩现在都是黄炯的手下,假如还要以捕快的身份去找镇远侯的麻烦,非但不方便,还一定会让黄炯很不好过。你懂我的意思吗?"

岑旷的面色变得苍白:"我懂。不过……我不能说谎,甚至连表情都不怎么会伪装,要扮恶人的话,还得靠你。"

"不用扮,我就是如假包换的恶人。"叶空山一龇牙。

"需要先跟黄捕头通一下气吗?"岑旷问。

叶空山摇摇头:"不用。什么都不必跟他通气,他一定能明白。在这个世界上,假如只剩两个人了解我的话,一个是你,一个就是他。"

岑旷的脸又悄悄地红了一下。

所以现在叶空山和岑旷不再是捕快,而是两个刚刚和前上司彻底闹翻的无业游民。两个无业游民来到城西南,发现那里的街区已经散布了许多镇远侯的手下。他们远远注视着镇远侯派出的武士们从一座座民居和一间间商铺里走出来。按照律法,不管他们是侯爷的亲兵,还是侯爷统辖的军队里的军人,在没有证据的情况下,也并不能这样强闯民宅。但很显然,没有人敢去阻止。

"看来侯爷和你的想法一致,都觉得是这片区域里有什么人在捣鬼。"岑旷说,"但是这几个街区的地域也足够大了,无的放矢的话，怕是很难搜出些什么。"

"我们俩是无的放矢，镇远侯未必。"叶空山说，"也许他知道他想要找的到底是什么，也许这些枉死的怪物本就是因为他才产生的。所以我们最好的选择是等着螳螂捕蝉，让镇远侯先找到了，我们再去捡便宜。"

"但是我们不可能把这儿附近的街面上的状况都看清楚啊。"岑旷说，"除非每条街都派一两个人，可现在只有我们俩。"

"还是有可能的。"叶空山冲岑旷眨眨眼，"居高临下就行。"

岑旷怔了怔，反应过来了："啊，你说的是那个早就废弃了的会馆。会馆里面有一个挺高的星相台，可以用来观星占卜，对吧？"

岑旷所说的这个废弃会馆，是宛州商会开设在宛西南的最大的一个会馆，在它还在营业的日子里，里面吃的玩的什么都有，还有不少是从宁州、越州等地引进的新鲜玩意儿，是青石城和周边地带的有钱人最爱光顾的场所。

只不过，盛极必衰，会馆在十年前被查封了，所以三年前才来到青石的岑旷并未有幸一睹会馆的真容。她那时候还问过叶空山，这么热闹又赚钱的会馆到底为什么被查封。

"这事儿说起来就有点复杂了。"叶空山那时回答说，"表面上的理由是偷税漏税和参与人口买卖，里头的真相是某些势力拿它做了谋反的据点。还记得我怎么跟你说的吗？"

"记得。要想在人类的社会中生存，一定记住不要过问朝堂的事情。"

"对了。所以你就只当它是偷税漏税被查封的就行了。"

不过查封归查封，这里毕竟还是宛州商会的产业，并没有被抄没，也没有被彻底拆除。宛州商会财力雄厚，经这么一闹，也没有心思在这里找新的经营方向，索性就一直空置着。

叶空山对青石城的各种小巷近道十分熟悉，带着岑旷很容易地绕开了候爷府的人，来到会馆门外。

岑旷仰头看着这座虽然门楣布满尘土，却仍然威势犹在的大宅院，怀想着几年前它曾有过的风光。那时候这里一定是车水马龙夜夜笙歌吧，她想，但是突然之间，一纸封条就能让它安静下来，静若尘土。过往的喧嚣一夕散尽，让晚到一步的外来者都完全不知道它曾有过的辉煌。

叶空山顾不上去管岑旷的伤春悲秋，领着她绕到会馆的东南侧，那里有一道黑沉沉的侧门，上面挂着一把有些生锈的大锁。侧门上同样有封条，却早已断裂，叶空山从怀里掏出一根铁丝，三下五除二捅开了锁，推开门。

"快进来，不想被逮住吧？"他招呼岑旷。

岑旷已经习惯了叶空山的不守规矩，略微踌躇一下，还是跟着进了门。

大院里的野草已经疯长到比人都高，房屋建筑也都有不少虫蛀腐朽的痕迹，不过毕竟这里用的都是上好的木料砖瓦，整体结构倒还显得结实。岑旷小心地躲开地上的鸟粪狗粪和天知道什么生物留下的遗迹，跟在叶空山身后，走向了那座醒目的观星台。

"你对这个会馆好像挺熟悉的。"岑旷说，"难道以前也经常来这儿吗？十年前你应该是二十岁上下吧？也有资格来这里吗？"

"不算经常。"叶空山说，"这里的地窖里窖藏了很多好酒，然后因为客流很大，酒的消耗也人，容易做手脚。我有时候就来这里偷酒喝，那儿年倒是没少喝到真正的美酒。至于说进来的'资格'，我二十岁的时候固然没有，三十岁四十岁也不会有的。"

岑旷叹了口气："这还真是你的典型作风……"

两人踏着已经开始糟朽的旋转盘绕的楼梯，小心地爬上观星台，脚步所踏之处，在厚厚的积灰上留下了清晰的脚印。四四方方的台顶同样是杂草丛生，还有好几个鸟窝。原有的顶棚已经消失了一半，雨水令四壁长满了绿森森的苔藓。观星台的中央原本有一台羽人设计、河络打造的观星长镜，价值不菲，商会的人离开时还是将它拆除搬走了，如今只剩下锈蚀得一触即断的支架。

叶空山早就准备好了两副同样是河络磨制的千里镜，分了一个给岑旷。岑旷尝试着向远处看去，果然，临近几条街道上的场景都能看得很清楚，这样的话，就不会漏过镇远侯的武士们的行动了。

两人一时无话，各自负责着一边的高空监视。岑旷一面观察，脑子里也没有闲着，开始尝试整理一些思路。

她甚至都不知道他们到底在找什么，岑旷远望着那些凶神恶煞无人敢挡的武士。虽然严格说来，她也是从一团虚无中"变化"成现在这样的人类女子的模样的，但是其他智慧生物并不是这样。何况，即便是魅，也没有办法在凝聚成型后再度变化。这当中显然存在着某些超越常识的力量或方法，但到底是怎样的力量……

岑旷想不到。

她唯一能肯定的是，镇远侯对这件事如此上心，如此大动干戈，其中隐藏的秘密绝对非同一般。但这只是一句正确的废话。

要破解这样的秘密，还是只能靠叶空山的智慧，岑旷想，以她的脑子，多半是不成的。

正想到这里，她注意到，那些在街区里野蛮搜查的武士们的行动起了变化——他们开始向会馆方向集中。

"我们被发现了。"叶空山说,"多半是有人注意到了千里镜的反光。"

果然,镇远侯的武士们已经围住了会馆,并且用简单粗暴得多的方式进入了。

"宛州商会回头得找镇远侯赔大门才对。"叶空山在这当口倒还能讲得出笑话,"是我低估了镇远侯。我原以为在这样一座城市里,在这样一个他只手遮天的环境里,我们的行动并不会让他在意。但是看起来,他是拿出了打仗时的谨慎精细来应对这件事,而很显然,他的手下一丝不苟地执行了这种精细。果然是镇远侯带出来的兵。"

岑旷却有些发愁了:"出师不利啊,都还没正经开始调查,就被侯爷抓住了……这座观星台四面无依无靠,我们俩根本跑不掉。"

"你忘了你的金属变身术吗?"叶空山继续讲着笑话,看神情似乎挺轻松,"把你和我变成两尊金属雕像不就行了?"

"你也不怕人家看这两个雕像不顺眼、顺手就扔到楼下去……砸碎了我们可没办法还原。"岑旷嘴上说着,心里知道也没其他办法可想,索性不多想了。有一句话叶空山没有明说出来,但她也能理会:宁可被擒,也不能出手和镇远侯正面对抗,否则的话,就没有办法通过谈判去救人了。

于是她并没有释放秘术进行抵抗,乖乖地让爬上塔的武士们包围住她和叶空山,乖乖地让他们捆住双手。好在这些武士虽然态度高傲无礼,倒也没什么粗鲁的举动,两人十分驯服地跟着武士们下塔,好似被羊倌驱赶的绵羊。

与此同时,另一批武士则在例行搜查会馆内部。两人下塔后,正看到武士们砸开一个又一个房间的大门,扔出各种糟朽的桌椅家具或者不值钱的坛坛罐罐。

当看到一个大块头的武士一脚踢开某一扇很像是厨房的建筑物的木门时,叶空山叹息一声:"酒窖就在厨房的地下。可惜那些好酒在查封的时候就全部搬走了。曾经的美好时光啊……"

叶空山平时说话一贯阴阳怪气狗嘴吐不出象牙,此刻回忆起当年被他喝进肚子里的那些美酒,语调竟然难得的十分真挚,充满了深沉的想念与感叹,岑旷纵然满怀担忧,也忍不住笑出了声。

但没等她笑完,一旁忽然起了一阵骚动,原来是从会馆的二楼狂奔而下两个衣衫褴褛的流浪汉,应当是冒险翻墙而入在此处避风歇宿的乞丐,在被突然闯入的全副武装的陌生人惊扰后,不明所以夺路而逃。一名武士二话不说,刷刷两刀,把两个流浪汉砍死在地上。

对于镇远侯的士兵来说,干这种事无疑是家常便饭。

岑旷怒从心起,立马就要发作,叶空山在她手腕上轻轻掐了一下,低声说:"死的已经死了。想想那些活的。"

这话的意思是说,岑旷再怎么生气,这两个无辜的流浪汉终究已经被杀,没法救回来,她应该忍住怒气,想法子搭救那些还没来得及被杀的被镇远侯抓走的证人。

岑旷自然能领会。她固然愤怒,也知道此刻孰轻孰重,唯有强行忍耐。

不多一会儿,她听到进入厨房的武士们在喊叫:"快过来!找到了!快过来!就在地窖里!"

往事之四

宛州商会是一个很奇怪的组织。它表面上看起来只是一个与世无争的商业联合会，结构相对松散，也没有什么明确的章程，但在暗地里却始终汇聚着非常强大的政治力量。在历史上的很多时期，宛州商会都会直接或间接地影响到国家之间的政治和军事博弈，改变着九州的势力版图。

这倒是不足为奇，毕竟一切政治与军事的基础，都是金钱，没有金钱，一切高层建筑也不过是空中楼阁，毫无根基。宛州商会用尽全力攫取金钱，相当于掌握了一切国家的经济命脉，牵一发而动全身。

因此，宛州商会的历代首领也从来不是纯粹的商人。他们往往喜欢隐身于幕后，甚至很多商会成员都不知道自己的会长究竟姓甚名谁，但对于各国的统治者们来说，这个名字却重若千钧，有时候是他们的心头尖刺，有时候是他们的救命稻草。

——节选自宇文非《九州结社考·宛州商会》

青石城一直是个相对比较乏味的地方，在宛州众多名城当中更是毫不出众。在所谓的"宛州十城"当中，青石城是最小最破旧的一座，也是最无趣的一座，这大概也和这里的空气中总是飘散不去的牛马臭气有关系。

正因为如此，青石绝少能找到那种高级的娱乐消遣场所，这里的酒楼赌馆比南淮的至少低一个档次，青楼比南淮的"差了十八档"。瀚州、越州等地的有钱人跑到宛州来享受生活，只要不是生意需要，往往都会有意无意地避开青石。

这样的情况一直到了宛州商会青石会馆的出现，才算有所改变。这里无论是装修陈设还是人员服务，都赶得上宛州的一流水准，考虑到青石城本身物产相对贫瘠，吃的用的也都是从外地运来的。

这也难免给人们带来某些疑惑：宛州商会为什么会把这样高级的一个会馆开设在青石呢？假如是放在南淮，放在淮安，能赚取的金钱无疑会多得多。

于是就慢慢产生了这样一种猜测：这个会馆的开设，背后蕴藏着一些不可告人的目的。考虑到青石城作为楚唐平原最重要交通要冲的特殊地理意义，这样的猜测难免让人不安，流言传入天启城，也引起了朝廷的担忧。

所以最终，这座会馆盛极而衰，在当年的七月一夜之间遭到了查封。此后也一直没有重新开张，昔日通宵达旦灯红酒绿的会馆成为黑漆漆的空楼。

考虑到宛州商会的特殊地位，这起查封并没有给出过任何公开的说明，民间的小道消息是，为了控制住高昂的成本——毕竟光运输费用就十分惊人——这间会馆一直在税务问题上不太干净，甚至会向户部官员直接行贿以便逃税。

除此之外，据说这里还暗地里兼营人口买卖，会把羽人、鲛人藏在会馆里竞价出售。这也是理所当然触犯了律法。

不过，相对于宛州商会的体量来说，偷税漏税也好，人口买卖也好，都不是太大的问题，另外一种比较隐秘的传言认为，青石会馆被查封，背后还有更加严重的情由。

那就是政治阴谋。

这仍然和青石城特殊的地理位置有关。一方面是楚唐平原的交通咽喉，一方面又和雷州相距甚近，如果要借助会馆的掩护做一些不利于皇朝的勾当，选在青石无疑有着不少的便利。

这次查封的后续操作更加耐人寻味。就在会馆被查封后不久，青石城富商郭之浩夫妇突然失踪，从此杳无音讯。小道消息说，会馆被查封的当天，郭氏夫妇就被秘密逮捕了，其后不久更是被秘密处决。

郭之浩是青石城颇有地位的瓷器商人，在宛州商会里也很有名望，是青石城分会的会长。尽管宛州商会的城市会长只是个荣誉职位，并没有什么实际的权力，但这份荣誉本身就是实力和声望的象征。这样一个成功的商人，竟然就被朝廷秘密处死，光是用逃税和贩卖人口一类的陈词滥调是解释不通的。

当然，毕竟并没有公开的官方说法，郭氏夫妇具体为什么会被处死，人们能得到的也只有各种各样的猜测。经过此事之后，宛州商会也收敛了许多，但只要这个组织还存在，它就始终会是九州大地的一个不安定因素。

——节选自龙渊阁《九州编年史·星流五千七百一十二年》

七月二十日　晴　微风

今天烦心事不少，马家的案子找到了新的目击证人，证词对我方十分不利。如果不能想办法证明这个证人所言为谎话，这个官司的赢面又会减少。

童家又找我商量削减年费的事，做那么大生意的财主却这么吝啬。没办法，童家是我最大的主顾，失去他们的话，损失会更大，不得已只好松口，答应和他们择日商议。

下午的时候，郭家的千金找上门，要我帮忙写诉状状告朝廷抓了她的父母。真是个什么都不懂的千金大小姐啊。郭家的事我有所耳闻,并未公开逮捕,就算要喊冤也不会得到官家的承认。更何况此事水极深,碰不得。

我告诉郭小姐,莫再追究,就算找到天启城去,也没人能帮得了她。她绝望的泪眼让我看了于心不忍。但这就是人世间的真实。

无能为力。

但愿明天能有一些好心情。

——摘自青石城状师区逸材的私人日记

现实之五

找到了?

找到什么了?

岑旷先是愣了愣,很快明白过来。武士们果然是在有的放矢。很显然,如同先前所推测的,镇远侯知道他要寻找什么。她一时好奇心起,几乎就想要用秘术把押送她和叶空山的武士们打发了,然后追下去看个究竟。但这个念头一闪而过,她知道叶空山没有说出口的指示是对的,这当口只能忍辱负重,尽量不要和镇远侯的势力起任何正面冲突。

她默不作声,和叶空山一起跟随着押解的武士向外走去。刚刚走出几步,地窖里传来的骚乱声忽然像是被放大了,喊叫声此起彼伏,紧跟着,声音变得更加嘈杂,吵闹,人们的调门都一下子拔高了许多,当中夹杂着许多金属碰撞的声音、器物被打碎的声音、重物摔在地上的声音、男人的惨叫声,光从这些声响就能判断出现场一定是热闹非凡。

原本散落在院内的十余名武士知道出事了,也一起拔出武器冲进了厨房,只留下两人看管叶空山和岑旷。岑旷运起秘术,用只有叶空山才能听到的声音对他说:"不太妙。我已经感到了厨房里面的地下,也就是你所说的过去的酒窖,发生了非常强烈的精神力的波动,绝不是这些寻常的武士所能抵御的。凡是进去了的,怕是一个都活不成了。"

"换句话说,我们俩可能是瞎猫碰上死耗子了。"她接着说,"没猜错的话,镇远侯想要找的东西,刚刚好就在那里。只不过,这帮人没可能把它带回去。"

似乎是为了印证岑旷所说的话,从地下传来的厮杀声越来越响亮,不时响起一两声男人垂死的惨呼。两名武士对望一眼,也顾不上看管两名俘虏了,抽出腰刀也跟着钻了下来。

岑旷立即用秘术切断了两人手上的绳索,然后问叶空山:"我们要不要也下去看看?"

叶空山摇摇头:"下面现在很凶险。如果我没有听错的话,镇远侯的这帮龟孙子大概是自己和自己打起来了。每一个人都卷入了战斗,自相残杀,下手毫不留情。"

"自己和自己?"岑旷一惊,"也就是说,我刚感受到的那股精神力……干扰了他们的神志?"

"应该存在这样操控他人精神的秘术吧?"叶空山问。

岑旷皱起眉头:"有当然是有,但是智慧生灵的精神世界都是很牢固的,即便是一个高明的秘术师,能够操纵一个人也就不错了。一下子让几十个人一起精神错乱,这样的能力我从来没听说过。"

她伸出手,在叶空山的头顶轻抚了一下。叶空山不解:"你是给我加了什么秘术吗?我脑袋上像被人浇了一杯热茶。"

"我已经给我和你都施加了一层精神力防护,以防万一。"岑旷说,"我可不想突然间脑子发昏,然后回过神来发现你已经被我杀死了。但如果这个东西真的那么强大，我的防御能不能奏效还很难说。"

"凭什么不是我杀死你……"叶空山悻悻地"嗤"了一声，"别回答！这不是在向你发问！"

两人嘴上开着玩笑，脚步却不约而同地向远处移动，以便距离地窖更远一些。那个潜藏于地下的神秘存在，还没有露面，就已经让几十个精锐的武士陷入死亡困境，确实让人不得不防。

"声音……声音没了。"岑旷颤声说，"难道是所有人都死了？"

"还剩了一个。"叶空山说。

随着他的这句话，岑旷果然听到了一阵隐隐的爬行声，一条黑影慢慢从门板已经倒塌的门洞里钻出来。

那是一个身材异常高大的武士，几乎比常人要高出一个头，体魄雄健，肌肉虬结，无怪乎能最后存活下来。只是虽然活着，情况也不大乐观，此刻他全身上下深一道浅一道至少得有二十多处伤口，一只眼睛上戳着半截断掉的匕首刃，左腿的腿筋被挑断了，已经无法行走，只能用双手撑地，近乎爬行着前进，每向前爬出一步，地上就留下一道长长的血迹。

岑旷看得老大不忍心："这个人一直朝着院子中间爬，是想干吗？难道他不应该向门口爬以便呼救吗？"

叶空山摇摇头："他的目的并不是寻找救援。在被那股精神力侵袭之后，人们的思路都会变得很不一样。仔细看着他的举动，也许会有用。"

岑旷不明所以，但既然叶空山发了话，她就专注地盯下去，可以看到那个大汉慢慢地爬到院子中央，爬进了一处早已废弃、如今只剩下荒草的花坛,从腰间拔出一把刀,开始跪在地上掘土。他身受重伤,完全没有包扎伤口,失血过多之下更是已经接近力竭,但仍然在拼命地、用尽全力地挖土。

他这是想要挖什么?岑旷看不明白。只见地上的土坑越来越大,也逐渐有了一些形状,那是一个长方形的坑,长大约八尺,宽大概有两三尺,只是深度好像还不符合要求,所以大汉还在努力地挖掘……

"墓穴!他在挖墓穴!"岑旷忽然看懂了,"他是想要给自己挖一个墓!为什么?他的伤明明还有救的,为什么要把全部剩下的力气用来挖墓?"

"我倒是稍微有点猜到些什么。"叶空山的语声听起来有点儿阴森森的,"但是眼下还只有这个孤证。还需要更多的证据才能形成一个初步的结论。"

岑旷眼看着大汉拼尽全身力气向下挖掘,眼看着他身上的鲜血流成纵横交错的河流,眼看着他终于呼出了最后一口气,一头栽倒在地上,上半身趴进了那个只挖了一小半的墓穴里,双腿还搭在地面上。他的身体不再动弹,双手却还死死地握着那柄短刀,仍然保持着挖土的姿势。她的心里一阵阵发毛,忽然想到:"如果刚才在地窖里的不是镇远侯的人,而是我和叶空山,我们俩也会像这样莫名其妙地自相残杀、自己弄死自己,却连个原因都找不到吗?"

那股突如其来的异种精神力,到底是对人们的头脑做了些什么呢?

"你施加的这层防护,如果离'那个东西'靠得很近,还能管用吗?"叶空山问岑旷。

"你是想我们俩一起下到地窖去?"岑旷犹豫了一下,"在事先有戒备的情况下,我也许能靠近试一试,但你不会秘术,单纯靠我给你施加防护,我不是很有把握。而且我刚才也说了,即便是在全力戒备的状态下,我也应该不是这东西的对手。"

"那也得试试。"叶空山果断地说,"如果它确定在地窖里,我必须亲眼看到。"

"那我尽力而为。"岑旷点点头,在叶空山的身上又添加了两重秘术防护。两人走进已经没了门的厨房,看见里面一片狼藉,横七竖八的死尸躺在遍地砸碎的器物里,一路延伸向一道同样被砸开的小门。

"那就是通向酒窖的门。"叶空山伸手一指,和岑旷一起小心地绕过死者们的尸身,踩着嘎吱作响的半腐朽的木质楼梯下到了地窖里。刚刚踏下最后一级阶梯,看清楚了地窖里的事物,岑旷就呆住了。

"这是个什么东西?"岑旷喃喃地说着,同时在身前幻化出了一块巨大的悬空的冰盾,脸上的神情高度戒备。

"倒也挺好的。"叶空山反而很轻松,"至少证明了一点:我们所要寻找的的确不是人。"

岑旷在冰盾的掩护下,一步一步小心翼翼地慢慢往前靠近。打架能力一塌糊涂的叶空山只能跟在她身后,看上去像一个需要妈妈保护的小孩儿。如果换一个人,大可以趁着这个机会好好挖苦两句,但岑旷天性宽厚,根本想不到这一节。她只是注意着把叶空山挡在冰盾的遮挡范围内,继续向前走。

"停下。"叶空山忽然说,"我感觉到不对劲,好像有什么无形的东西在朝着我的心里撞击。很难形容,但这种感觉的确存在。"

"我能理解。"岑旷也停住了脚步,"这是那种精神力的发散又开始了,而且力度比之前还要大,可能是刚才那些武士的闯入对它产生了不小的刺激。"

"赶紧退出去。"叶空山说,"查案虽然重要,也比不上小命要紧。"

"来不及了。"岑旷说。她伸出自己的手:"握住我的手,千万别松开。"

太阳渐渐落山。但青石城并不会因此而陷入黑暗。这座城市的繁华程度虽然比不上南淮和天启之类的大城市,至少也是人口稠密,充满了烟火气息。天黑之后,城里的灯火次第亮起,如果这时候有一个羽人从天空中俯瞰青石城,能够很轻易地从灯光的密度判断出青石哪里比较贫困,哪里聚集着官宦显贵。

镇远侯此刻就处在灯火最为璀璨的区域。每一次到南淮城来,他都会住在他的多年盟友西淮王的王府里。之所以说是"盟友"而不是"朋友",是因为镇远侯是一个基本上没有任何私交的人,他在朝堂内对皇帝恭顺尽忠,和其他朝臣或结盟互利,或相互倾轧,却没有任何真心真意的朋友。

"朝廷里面不需要什么朋友,只需要按照原则办事。"镇远侯如是说,"朝廷之外就更不需要什么朋友了。"

所以即便是住在和他同样喜欢对外开战的西淮王府上,两人除了谈论公事之外,也没有什么多余的见面倾谈。在这个下着毛毛细雨的秋日夜晚,镇远侯独自一人坐在书房里,喝着清茶,等待着手下们的回禀。

他对自己这一系列的行动不是太满意,消息得来得已经有些晚了,不知道会有多少信息泄露出去,到时候难免会有人说他违反律法啦、阻挠正常破案啦、非法抓捕监禁平民啦诸如此类。不过在青石城这样的地方,他和西淮王拥有绝对的权威,就算有人感觉到了什么不妥,应当也不敢造次。

何况,即便真的有人敢来干扰他的计划,他也一定会毫不留情地把对方直接铲除。他寻找了那么多年,总算等到了这一线可能的机会,绝对不能轻易放弃。

哪怕事情一路向上捅到了皇帝那里,他也决不放弃。

夜色渐深,雨依旧没有停的意思,镇远侯始终耐心等待,侍从们也没有敢劝他休息的。

终于,就在午夜到来的时候,专供镇远侯的手下出入的王府东南门口传来了响动。镇远侯站了起来,让侍从传话出去,命令所有人去议事堂见他。

片刻之后,镇远侯已经在议事堂坐定。这间大厅是西淮王专门按照他的要求布置的,没有任何多余的装饰陈设,甚至连地毯都没有铺,只在坐北向南的位置摆放了一桌一椅。武士们带着淋漓的泥水迈进议事堂,离那一桌一椅很远就停下脚步,鞠躬行礼,在烛光的照耀下,只能看到桌后的镇远侯遥远的影子。

"秉侯爷,我们找到了要找的那样东西,因为它太过危险,现在是由何先生他们几位秘术师控制着,暂时不敢带到院子里来。"为首的武士屈膝半跪禀报说。

"不妨事,带进来。"镇远侯说。

镇远侯的话就是绝对权威的死命令,不容置疑。武士立即起身出去，过了一会儿，七八名武士费力地用绳子拖拽着一样巨大的物事走进了议事堂。在这些武士身畔，还跟随着五个身材略显瘦弱、年纪参差不齐的男女，那是镇远侯随身的秘术师。他们一个个目光警觉，衣服上不知道是雨水还是被汗水湿透了，显得如临大敌。

"侯爷，请允许我们在这儿停步。"一个长须及胸的秘术师说，"这个东西的精神力极不稳定，我们费了好大力气才勉强控制住，太过靠近怕对您有危险。"

"不妨事。"镇远侯仍然说出这三个字。然后，他站了起来，离开自己的座椅，径直走到议事堂中央。秘术师不敢阻拦，脸上的神情更加不安。

这件物事，乍一看像是一块巨大的水晶，形状很不规则，带有很多突出的棱角。它的颜色十分奇异，始终处在不断的变幻中，有时候呈现出雪亮的白色，有时呈现出淡紫色，有时候呈现出浓重的血红色，有时候又会变得如墨般漆黑一片，甚至满堂的灯火都不能让这种黑色产生一丁点反光。

但是如果用手摸上去，则会发现这并不是一块水晶，水晶的质地是坚硬的，但这个东西的触感却类似皮革，柔中带韧。

"侯爷请看。"长须及胸的秘术师伸手向着"水晶"虚挥一下，一道风刃发出，在水晶上切开了很浅的一道小口子。他的秘术功底不凡，这哪怕是一块花岗岩，都能被风刃切成两半，但这块"水晶"显然比花岗岩还要硬得多。

秘术师接着从那道切口处拉出了一道细丝，那细丝完全透明，同样很接近水晶，却也有一种韧性。

"这应该是一个茧，茧里面恐怕藏着某种极为凶险的生物，以至于即便是在茧壳的覆盖下，也能向外发射出精神游丝。这些精神游丝具体能做哪些事我们还没有完全掌握，但至少知道了一点：它们能干扰人的头脑，让人发疯发狂，做出一些穷凶极恶的事情来。"秘术师说，"在今天——确切说是昨天——的搜捕过程中，我们死了二十多个人……侯爷？侯爷？"

秘术师直到这时候才注意到，镇远侯压根没有听他说话，多半也没有看他先前用风刃切割"水晶"的举动。侯爷一直注视着，或者说死死盯着这块"水晶"，几乎连眼睛都没有眨一下。

这是人们许久都没有见过的眼神。自从功成名就之后，镇远侯的目光就始终冷酷如冰，即便是在一战击溃羽族城邦三万人的联军，或是利用反间计割下最大夸父部落首领的头颅、兵不血刃地瓦解夸父族的入侵时，他的眼睛里也并没有出现多少热情。他似乎已经习惯了一次又一次的征服，一次又一次的胜利，那些军功和开辟的疆土都不能让他的心热起来。

"有时候，站在他面前，我会觉得自己其实是在面对着一个没有生命没有感情的傀儡。"某位朝廷高官曾这样在私底下评价说。

然而此刻，在这个秋雨绵绵的清冷夜晚，面对着这块被认为是"茧"的奇异事物，镇远侯的眼神变得和往常大不一样。他的目光里好像有火在燃烧，让身边的从人们都感觉到了一种没有实体的灼烫，令他们不自觉地向后退出几步，并且没有人敢再多说半个字。

因为他们知道，在这种情形下，任何人多嘴多舌，只会给自己招致杀身之祸。无论镇远侯过去有多器重他，无论他过去曾立过怎样的功劳。

凝视良久之后，镇远侯做出了更为令人惊诧的举动。他继续向前几步,站到了茧的旁边,伸出手来,触摸着茧。人们的心都提到了嗓子眼里,唯恐发生些什么,倘若茧里突然放射出什么东西伤害了侯爷,他们就只有死路一条了。但同样的,出口阻拦侯爷,仍然是死路一条。因此他们只能充满紧张与惶恐地等待。

万幸,什么事都没有发生。侯爷慢慢收回手来,转过身时,眼神已经回复了常态。仿佛只是在刚才那短短的一小会儿,侯爷表现得像是另外一个人,但这样的改变转瞬即逝。

"何先生刚才说,死了不少人,是吗?"侯爷向武士头领发问说。

"一共二十二人。"武士头领回答,"从现场的状况来看,并没有其他敌人的痕迹,很像是他们互相砍杀而死的。就是先前何先生所说的,或许是这个茧能让人发疯。"

"按老规矩。"镇远侯说。这四个字的意思,就是厚葬死者,抚恤家属,这是镇远侯受到军人们拥戴的重要原因之一,只要为他卖命,他就一定不会亏待你,不管你是生是死。

"此外还有一件事需要侯爷您来做主。"武士头领说,"我们是在废弃的宛州商会会馆的地窖里找到这个茧,但在现场,还有两个外人,是两个青石城的捕快。当时这两个人正在用秘术和茧全力相抗。因为他们是捕快,身份特殊,我不敢贸然把他们处理掉,所以也一起带回来了。"

"两个捕快而已,处理了也没关系。"镇远侯毫不迟疑地挥了挥手,但紧跟着却又立刻说,"等一等。你说他们当时用秘术和茧对抗?"

"是的。"武士头领回答,"虽然我不会秘术,但当时的场景一望可知,那两个捕快四手交握坐在地上,身畔有隐隐的光泽浮动,那是在用秘术护身。也正是因为双方在激烈相抗,所以何生生他们才能乘虚而入,比较轻易地压制住茧。"

"普通捕快竟然会秘术?"镇远侯略一思索,"是不是一男一女?"

"是的,正是一男一女。"武士有些惊奇,但多年来养成的习惯让他绝不会多余发问。

"那就不要处理。"镇远侯说,"带他们来见我。"

九月十六日。凌晨。

叶空山和岑旷在王府里见到了镇远侯。这是一次意料之外的会面,岑旷心里忐忑不安,不知道这位以冷酷铁腕著称的侯爷会怎么对待他们。叶空山却始终镇定得好似自己是被请上门吃饭的客人——尽管两人的手被结结实实地反绑着。

镇远侯饶有兴味地打量了一番这两个敢于捋虎须的小捕快,用手指示意了一下,会意的武士头领立刻动作麻利地为两人松了绑。叶空山一边大模大样地活动着手腕,一边听到镇远侯向他发问:"我想,你就是叶空山,对吧?"

"我想,是因为我那位了不起的哥哥,你才决定不杀我的,对吧?"叶空山故意用同样的语气反问。

叶空山的兄长名叫叶寒秋,长居在帝都天启,是皇朝的刑部主事,年轻有为,前途无量,和至今还是个底层小捕快的叶空山不可同日而语。

"叶寒秋吗?我倒的确知道这个人,他还算是有些才干。"镇远侯说,"不过,光凭他的脸面,还不够换回你的命。"

"那就是我那个死去没太久的爹了。"叶空山自嘲地笑了笑,"没想到,他虽然死了,还能偶尔替我做点事。"

这位被在叶空山的语气里没能得到半点尊重意味的"死去没太

久的爹"，名叫叶征鸿，生前曾经是一代名将。不过他和二儿子叶空山素来不睦，叶空山日常也绝少提及这位尊荣的父亲。

"没错，就是叶老将军。"镇远侯说，"他曾经提携过我，我今天饶了你们的性命，也是看在他的昔日情分上。我现在可以放你们离开，但有一个条件，不许再插手这件事，也不许向任何人提及你们所见到过的这个东西。"

叶空山看着那个巨大的水晶状的茧，还没来得及答话，岑旷却已经抢着插话："那被你抓来的那些死者亲属呢？你放不放他们？"

镇远侯的脸上闪过一丝怒色："那不关你的事。你以为叶征鸿能当一面免死金牌，让我容忍你在我面前放肆吗？"

"你可以放叶空山走，现在放肆的只是我一个人！"岑旷不顾一切地甩开叶空山一直悄悄拽她衣袖的手，大声喊道，"我知道，你得到了这个怪东西，一定会杀那些人灭口！其实你的目的已经达到了，放了那些普通草民也没关系的吧？他们听到你的名字都怕得要死，绝不会敢泄露你的秘密！更何况，他们没有一个人见到过这个茧。"

"岑旷，闭嘴！"叶空山大声吼道。他转向镇远侯，说话的语气里万年难得的多了一点点谦卑："侯爷，别搭理这个不懂事的小姑娘，她是一个魅，来到人世间不过三四年的时间，平时做什么事都是一根筋，脑子笨一点也不奇怪。"

镇远侯微微一笑，笑容有如殇州高原上的万年寒冰："在我这里，脑子笨从来不是理由，种族和年龄更加不是理由。看在叶老将军的分上，我再饶你们一次不死，但是活罪免不了。"

"你打算把我们关起来，一直等到你处理完了和这块茧有关的所有事务，我们俩不能再阻挠你了，你才会放我们走，对吗？"叶空山问。

"和聪明人说话总能让我省很多力气。"镇远侯依旧微笑。

往事之五

库涅拉尔部落的灭亡，是雷州自有文明记录以来的最大悬案。一座地下城里的三千个河络，竟然在一夜之间全部暴毙，没有留下半个活口，也没能找到可信的死因。当人们发现该部落已经好几天没有任何动静，冒险进入查看时，眼前只有已经开始腐臭的层层叠叠的尸体，那一幕场景恍如地狱之门洞开，足以让人陷入无法摆脱的噩梦。

这起恐怖的惨剧引发了各种各样的猜测与传说，比如有人认为，是这群河络的生活方式触怒了他们所信奉的真神，因而遭遇了残酷的神罚；还有人认为，河络们在地下采矿时释放出了某种邪恶的妖魔，他们都是被妖魔的诅咒所杀害的。无论哪种说法，没有人认为他们是死于寻常的、可以描述的方式，而全都把目光投向了那些缥缈不可知的神秘力量。

现在要收集到关于这个部落的详细资料已经很困难了。我在龙渊阁里寻找了很久，也只找到几条和他们有关的零散的记录。比方说，《雷西散记》里曾经提到，库涅拉尔部落位于雷州西部偏南的位置，最繁盛的时候人口超过三千。这样的人口数量当然并不能和越州大型河络部落动辄上万人乃至数万人的规模相提并论，但考虑到雷州向来人烟稀少、生存资源贫乏，能够达到三千人已经算相当不错了。

事实上，按照《雷州战史补》的记载，这个拥有三千人口、一千多精壮战士的部落已经是当时雷州十分强大的军事力量。和东陆的河络不大一样，雷州的河络部落在技术方面要落后得多，却多了许多剽悍和野蛮。他们并没有学会制作将风之类的铠甲，然而有着独特的驯兽天赋，战斗时骑着各种各样符合他们身型的矮小的雷州野兽向前冲锋，作战勇猛异常，似乎完全不畏惧死亡——也从不忌惮杀人乃至屠杀。他们在战阵上击败对手后，基本不留活口，即便有俘虏也会悉数斩首，然后把敌人的头颅当作自己的战利品。如前所述，雷州人口很少，各势力都苦于兵力不足，为了减少兵员损耗，会极力避免与库涅拉尔部落这样悍勇嗜杀的对手产生冲突，所以这个河络部落很快发展壮大，虽然不足以攻城略地建立王朝，但却能让任何王朝都忌惮。

从这样的描述来看，他们的生活方式的确和热衷于通过创造——也就是制造各种精美的器械器具、研究各种科技——来取悦真神的东陆河络大相径庭，假如真的存在真神的话，要惩罚它们似乎倒也合情合理。

惨剧发生的当天，正在举行库涅拉尔部落的一个重要庆典，具体内容已然不可考，唯一能确定的一点是，在这个庆典到来之时，该部落的所有成员全都回到了地下城内。倘若是在越州，一座河络地下城一定会在城外安排巡逻部队，但库涅拉尔部落深信没有人敢于冒犯他们，并没有安排任何守卫。

所以他们才会被干干净净地灭族，从此在雷州大地上消失。

根据资料，最早发现该部落存在异样的是曾经被他们洗劫过的一个羽族城邦。他们得到情报，说库涅拉尔部落有计划在近期对他们展开一次新的劫掠，于是安排了斥候严密监视河络们的动向。庆典开始的当天，斥候们眼见着地面上的河络们陆陆续续回到地下城,入口被关闭。在那之后,就再也没有任何一个河络出来。第二天一整天都没有,第三天也没有。

到了第四天的黎明时分,斥候们终于意识到了不对劲。他们小心地尝试着踏入河络设立的警戒线,假如是在过去,只要有陌生人跨过警戒线一步,马上就会收到弓箭的警告;而再往前多前进几步,则会被直接射杀。但在这一天清晨,迎接他们的只有阳光和风,以及几声不大吉利的鸦啼。

过了许久,仍然没有河络为了他们的公然越界而现身。斥候们经过商议,决定派出两人冒险进入地下城探查究竟。他们扳动早就调查清楚的地下城石门的机关,开启大门,钻了下去。

越州的河络会在地下城通道里镶嵌能自然发光的萤石,但雷州很难找到萤石矿,因而这座地下城还是靠火把照明。而此刻,通往城内的甬道里一团漆黑,所有火把都已经燃尽,却没有人来添加燃料。空气十分浑浊,掺杂着明显的腐烂气息。

再往后的场景没有特别详细的描述,那是因为两位斥候都吓坏了,以至于根本不敢看得太仔细。他们也算是见识过很多战阵厮杀的人,但面对这样离奇吊诡的场面,还是会感到难以承受。

"全是死人。到处都是死人。"其中一位斥候后来在汇报时说,"而且一个个都是横死,身上好多伤,遍地是已经干了的血。"

"我也是上过战场的人,成百上千的尸体不是没见到过,但是地下城那么挤,那么封闭,那么多的死人密密麻麻……就像是……就像是一座早就修好的坟墓,就等着填进那些河洛。"

在这种不可名状的恐惧侵袭下,两名斥候不敢停留哪怕是一分钟,连滚带爬地逃离了地下城。斥候们迅速赶回城邦,汇报了这个惊人的消息。然而,当城邦派出一支部队重新回到库涅拉尔部落的领地、打算对地下城进行一次彻底的勘察时,却发现整座地下城已经燃烧起来，熊熊烈焰让任何人都无法再进入。大火造成了地下城的崩塌，一切的一切都被掩盖在深深的地下，再也无法找到谜题的答案。库涅拉尔部落永远消失了，甚至连他们存在过的痕迹都被火焰抹得干干净净，只留给人们无尽的猜测。

除了地下城的覆亡本身之外，还有另一件年代更早一些的记录也颇值得玩味，并且让我产生了不小的疑惑。那是一位笔名为"九州漂萍客"的行商所撰写的《倦客杂记》，书中的某一章讲述了他去往雷州收购当地药材时的经历。他记述道，在途经雷州西部的白螺森林时，见到了一大群垂头丧气的河络，身上还或多或少挂彩带伤。但这些河络待人友善，见到他们一行人，还为他们送来了宝贵的干净饮水，行商们感激之余，也以东陆伤药相赠。

这位行商和河络们攀谈之后才得知，这些河络来自同一个部落，叫作库涅拉尔。他们部落规模不大，成员又普遍和善懦弱，生存在雷州这样的蛮荒之地，总是被欺负。这一次，他们连地下城都被另一个部落的河络强行霸占了，不得不抛离故土，全体迁徙。

如果这位"九州漂萍客"的记录属实的话，库涅拉尔部落曾经应当是一个人见人欺的软弱的部落，但后来他们为什么会成为整个雷州最凶悍嗜杀、最无所畏惧的势力？是什么促成了这样天翻地覆的变化？

而他们最终的悲剧性结局，会和这个转变有关吗？

我很希望把这桩悬案作为一个课题来进行研究，但我的老师毫不留情地当头泼了我一盆冷水。

"这种事情有什么值得去费神追索的?"老师很生气,"我交给你的任务是研究正史,不是这些莫名其妙的神怪奇谈!"

"悬案、疑踪、野史、传闻逸闻、未解之谜、怪奇事件……你这都是什么样低俗不堪的爱好?"那时候老师脸上的每一根皱纹都在叹息,"龙渊阁研究的是真正的学问,是天地运行的大道,是日月星辰的变迁,是九州大地不可溯源也永无穷尽的浩瀚历史,而不是这些坊间下九流小说家胡编乱造的地摊文集!"

"可是,地摊文集也是历史的一部分,下九流小说家的胡编乱造,同样包含在天地的运行当中……"我小声嘀咕。

老师同样是不搭理我,同样是摇着头拂袖而去,大概是觉得我朽木不可雕也。

我很惭愧,觉得对不起老师在这两百余年的见习期内对我的谆谆教诲,但那些看似胡编乱造的怪谈,却总是能击中我的心弦,比帝王将相的年表庙号或者某年某地的粮食收成与降水量更能吸引我。

何况这些事都发生在雷州啊。得益于海峡对文明的阻隔,雷州是一片开化很晚的土地,直到最近三四百年才逐渐发展起了不少各族的城邦势力,那些传自远古的蛮荒气息中蕴含着无穷的诡秘与未知,让我神往不已;而它又不像云州那样因为险恶的地理环境而难以勘探,让人完全无法一窥真容。也许雷州的魅力就来自这种半遮半掩的奇妙神秘感。它就像龙渊阁那些向着遥远的天际无限延伸的楼梯一样,仿佛在一刻不停地召唤着我。

所以我才决定,我会遵照老师的要求一丝不苟地完成对雷州正史的书写。但在完成任务的同时,我也会利用一切空余时间去整理我所感兴趣的野史怪谈,哪怕只是作为我的私人笔记,并且永远也不会被龙渊阁所收录、所承认。我自己可能不会有机会去亲自调查诸如库涅拉尔部落惨案这样的离奇事件,但说不定这些资料能被龙渊阁之外的其他人得到,并且借此解开这些谜团呢?

正如雷州沼泽巫民部落的谚语所说的那样:"太阳不是为了得到歌颂才照耀大地,星母不是为了求得回报才庇佑生灵。"

……

——节选自宇文非《雷州异闻录·西南篇》

现实之六

于是岑旷和叶空山被囚禁在了西淮王府里。两人的待遇倒是不错,各自得到了一间舒适干净的客房作为临时囚室,而且三餐日用都按需供应。

"老实说,关在这里,吃得比我在外面的时候好多了。"岑旷隔着墙,用心灵交流的秘术对叶空山说,"我这辈子还没有吃过王爷家的伙食呢。这里的饭菜和你父亲家的菜差不多了。王爷和大将军,果然还是当官的人家会享受。"

"当心别吃胖了。"叶空山回应说,"我倒是债多了不愁,正好算省饭钱了。他妈的这段时间被克扣得正穷得揭不开锅,死老头……"

提到黄炯,他的话语里忽然出现了一点情绪的下沉,这在精神交流中格外容易被捕捉到。岑旷忙问:"怎么了?你提到黄捕头的时候,情绪不对劲。"

"你有没有注意到,前天晚上——确切说是昨天凌晨,刚刚把我们关起来的时候,侯爷对我们看管得很严。他知道你秘术厉害,知道我老人家头脑过人,所以半点也不敢马虎。"

"没错,光是在外面守着我的秘术师就有三个。"岑旷说,"要一对一我的赢面或许还大一些，三个高手对付我一个，我就没可能逃脱了。但是既然你提到了……现在他们都不在了，为什么？我们是不是可以想办法逃跑了？"

"你真是无可救药的笨蛋。"虽然叹气不可能被岑旷在心灵交流中听到，但她可以想象，这会儿叶空山一定是在做作地大声叹气，"侯爷怎么可能犯这种疏漏？他只不过是算准了我们不敢跑而已。"

"不敢跑？为什么不敢跑？"岑旷不解。

"今天午饭的时候，给我送饭的托盘上多了一页纸。"叶空山说，"那是一张拓印的衙门的人事表单，正好是死老头子的那一页。你明白了吗？"

岑旷愣了愣，很快反应过来："啊，他查到了黄捕头身上，是想用黄捕头来威胁你。看来，我们俩那天玩的把戏没能成功骗到他，他还是猜出了黄捕头才是对我们而言最重要的那个人。"

她的情绪也低落起来："不只是黄捕头的一条命，他可还有一大家子人要养活呢。侯爷捏得很准，知道只要拿他来威胁，我们就肯定不敢造次啦。"

"所以，这一局，我们只能认栽。"叶空山说，"如果你硬要拼个鱼死网破，死的未必是你这条鱼，而可能是一窝老黄鱼。"

"侯爷太厉害了。"岑旷无精打采，"这是我第一次见到有人能把你的算计都识破。我要舍弃自己的一切很容易，要把你一起搭进去……好像……也不是很难，但要牵连到黄捕头一家，就没法子下决心了。"

"老子不过是一时大意轻敌！"叶空山很不服气。

但不管叶空山怎样不服气，这回镇远侯算是击中了两人的软肋。叶空山再吊儿郎当满不在乎，岑旷再充满济世救人的热血激情，也不能不顾虑到黄炯全家人的安危。对于老黄头这样老老实实的衙门小吏来说，镇远侯手指头都不必动一下就能轻松处理。

所以岑旷只能无奈地放弃。她再次体会到了自己在巨大权势面前的卑渺无力，但也对此毫无办法。不知道是第五百次还是第一千次，她又开始对自己尝试融入人类社会的努力产生了怀疑。

自己这么辛苦这么努力，这么执着地想要成为一个真正的人类，就是为了眼睁睁看着镇远侯蔑视律法草菅人命吗？

岑旷自怜自伤，自怨自艾，隔壁的叶空山倒似乎很有几分既来之则安之的从容。他每天里好吃好睡，时不时和岑旷讲几句笑话，尽管见不了面，岑旷也能猜到，这厮多半又要胖出一圈来。

在对镇远侯无可奈何的同时，她也一直在思考着那块茧的来历。毫无疑问，从镇远侯的举动就能判断出，茧就是造成那一系列离奇死亡案件的元凶，在和它有过短暂的对抗后，茧的体内所蕴藏的那种远超常人的精神力也能佐证她的判断。

但为什么那种精神力能直接让智慧生物的肉体发生那样可怖的变化呢？把人变成夸父，把羽人变成河络，将造物主安排好的形态硬生生破坏，这简直像是在渎神。茧为什么要这么做？它到底怀有什么不可告人的目的？

并且，以岑旷所了解的一些生物学常识来看，茧是生物成长演变过程中的一个环节，就像魅凝聚成形之前也会需要魅实的保护。而一旦藏在茧里默默生长的东西破茧而出，它的力量有可能会变得更加强大，更加难以应付。

到时候会见到怎样的一个怪物，岑旷着实不敢去多想。

她向叶空山询问对万对茧的想法，叶空山作高深莫测状，只是回答"我现在略微有点想法，但还没有证据来佐证，晚点再说"。这是叶空山一向的狗德行，她也没法追问。

不知不觉，两人在王府里已经被关押了十余天。镇远侯算准了两人投鼠忌器不敢逃跑，对他们看管得很是松散，甚至还满足了叶空山想要喝酒和岑旷想要读书的愿望。正好西淮王府上养了一些身无长技的闲散文人，其中一个碰巧是岑旷比较喜欢的地摊小说作者，她可以近水楼台地读到该作者的最新作品，也算是一种无奈的因祸得福。

"省了我好多租书的钱。"岑旷对叶空山说。

除了阅读那些没营养的地摊小说打发时间之外，岑旷唯一能做的，就是时刻感知监视着茧的精神力波动。但茧一直保持着一个平稳的状态，就像是风平浪静的大海，表面看来波澜不兴似乎很安全，谁也不知道它会在哪一个时刻突然浪涌滔天。这样的平静越久，岑旷就越觉得不安。

这一天傍晚，那本连载中的小说的最新一本又被刊印了出来，随着晚饭一起送到岑旷的房间。虽然只是薄薄的一本小册子，但这一次的新章节里的情节格外重要，讲到了故事的男女主角好不容易久别重逢，却遭到了暗恋女主角的奸人挑拨陷害，两人之间产生了巨大的嫌隙。

岑旷很喜欢那位英俊又温柔的男主角，也觉得倔强泼辣但心地善良的女主角和他是一对绝配，读到两人因为被阴谋设计而激烈争吵时，一颗心悬了起来，生怕女主角犟脾气发作，就此赌气离开，那两人再要碰面就不知道得是什么时候了。

当然，岑旷知道，怕也没用，那些写坊间小说的穷酸文人，为了尽量把书拖得更长一些，尽量多卖点儿钱，是一定会不停往书里添加类似的冲突桥段的——要是男女主人公第一天见面第二天就结婚生子，剧情还怎么能进行下去？就是要让男人和女人不停地分分合合，那些写书人才有字数可以凑，如岑旷这样的冤大头读者才会一直不停地追下去。

所以这本书里的这对欢喜冤家还是大吵了一场，女主角愤怒地说："我以后再也不要见到你！"然后跨上她心爱的白马绝尘而去。男主角犹豫了好一阵子，才决定去追赶。

岑旷愤愤地想，珍珠（该白马的大名）跑得那么快，耽搁了那么久，怎么可能追得上。眼瞅着这一册书还剩最后几页，岑旷纵然担心，也不得不继续翻页，心里祈祷着女主角碰巧遇到什么事停了下来，以便让男主角能追上这段距离。

但刚刚翻过那一页，还没在灯光下看清楚开头的几个字，她忽然听到了一阵嘈杂声。虽然距离两人被关押的地方还比较远，但确定是在王府内部，而且分别来自好几个方向。

似乎有什么突发事件。岑旷想着，用秘术增强了自己的听力范围，她渐渐能分辨出，那些远远的杂声中有很清晰的脚步声和兵器碰撞的声响，不时还能听到受伤者的闷哼。

"喂，王府里好像来了刺客！"岑旷砸了一下墙，"多半不是来找西淮王的，应该是来杀侯爷的。"

"没什么新鲜的，那些羽人迟早会动手。"叶空山显得并不在意，"他们基本没可能成功。侯爷身经百战，身边的人应付刺客就像吃饭一样稀松平常。特别是这一次，驻扎在王府里的直接就是夔军。听说过吗？"

岑旷听说过。夔车是跟随镇远侯上阵作战的正规军，向来令九州诸侯闻风丧胆。所谓夔，是九州传说中的一种怪兽，体形如牛，单足无角，能发出雷鸣般的吼叫声，一旦现身就会带来狂风暴雨。

而镇远侯的军队所过之处,也如雷鸣风暴一般威势惊人,令敌人血流成河,片甲不留。

她又听了一会儿。果然如叶空山所料,面对着战力强大、经验丰富的夔军,刺客们没能讨到任何便宜,从各个潜入方向都能传来他们重伤垂死的惨叫。而即便这些刺客能突破外围夔军的保护圈,在侯爷的身边还有大量的亲随高手,比如那些连岑旷都感到有些忌惮的秘术师。这样的刺杀,根本就是飞蛾扑火。

"你是不是在希望那些刺客获胜?"叶空山冷不丁发问,"当然,你没法儿说谎,如果不想回答可以不回答。"

岑旷沉默了一小会儿,犹犹豫豫地开口回答,"其实,有那么一点。毕竟如果侯爷死了,那些被他关起来的人也就没用了,可以被释放了。但是,我想我还是不希望他死。以暴制暴不是我心目中的正义。而且,如果侯爷死了,那就是天大的严重事件,整个青石城都要遭殃,说不定死的人会更多。"

她顿了顿,接着说:"我知道人命不应该这样简简单单地用孰多孰少来算计,我读的那些小说里,小说家总喜欢把故事里的人物放在'救一个还是救十个'的困境里,然后通过他们的口吻来说:'每一条生命都是无价的,不能用加减法来计算'。但是当真遇到这样的困境时,我确实也想不明白到底该怎么做。因为总会死人,而死人……死人不对。"

"好在现在也无需你去做什么选择。"叶空山说,"除非你想协助刺客杀掉侯爷。否则的话,他们的人数就算再多十倍,或者重金聘请了最优秀的天罗,也绝没可能伤到侯爷分毫。"

"协助他们杀人是绝对不可能的。"岑旷闷闷地说,"除非是侯爷需要拯救,那我才会陷入两难……"

说到这里,她忽然不再说话。叶空山明白她感知到了什么异动:"发生了什么?"

"有变化。"

"什么有变化?"

"茧。茧的精神力刚才突然闪动了一下。现在虽然又相对平静了一些,但状态肯定和过去这些天不一样了。"

"偏偏是这个时候……"叶空山在墙那边也陷入了思考。过了一会儿,他重重砸了一下墙,岑旷连忙接收他的思维:"快,把锁弄开,我们出去!"

岑旷一呆:"出去?出去干吗?你想帮侯爷还是帮那些刺客?"

她知道叶空山的命令总会有些道理,一面和叶空山说着话,一面已经用秘术打开了两人的房门门锁,门外并无人把守,因为镇远侯笃定两人不敢用黄炯的身家性命来冒险。她跨出房门时,叶空山也刚刚推门出来,看上去果然脸又圆了一点。

"谁都不帮,我们去瞧瞧那枚茧。"叶空山说。

"你觉得茧有什么问题吗?"岑旷问。

"你仔细想想,茧每次出现异常的精神力波动,都分别是在什么情况下?"叶空山反问。

岑旷很是茫然:"什么情况下?我们并不在茧的身边啊,哪儿知道是在什么情况?"

"今天晚上,有刺客来行刺,被卫兵杀死了不少,于是你感觉到了茧的异状。前些天在宛州商会的会所,两个流浪汉被侯爷的手下砍死了,于是茧把所有的武士都搞得发疯了。再往前数,青石城那一连串变身惨案发生之前,你想想看,有什么重要的大事?"

"那些惨案之前,那就是侯爷来到了青石……啊,凌迟!是刑场上的斩首和凌迟!"岑旷的声音都变了,"我懂了,是人的死亡!每次有人死去,都会刺激到茧!那场公开行刑就是这一切事件的根源!"

"所以,今晚肯定死了不少人,茧一定还会搞点儿事出来!"叶空山咬着牙说,"快,给你和我加上精神力防护,我们去近距离瞧瞧去。"

在岑旷的秘术掩护下,两人离开囚室,一路躲开旁人,来到了镇远侯放置茧的地方。那里是一处空置的仓房,茧被放在里面,用若干道秘术禁制束缚着,镇远侯的随身秘术师们也在那里日夜看守。两人就在距离仓房不远处的一座假山后躲藏起来。

"有点不对。"岑旷说,"刚才一路上为了用秘术躲开卫兵们,我没有太注意茧的精神力变动。现在我发现,它的精神力变得很弱。"

"变弱了?怎么会?"叶空山也有些意外。

"弱到几乎只剩下了一点点淡淡的气息,这很不对。"岑旷说,"我们得进去瞧瞧。但是,看守那么严密,怎么进去呢?硬闯的话,我一个人对付不了那么多。"

"我知道,说到打架,我一定是您老的累赘。"叶空山怪笑一声,"但是这会儿未必需要打架。"

他说着,向远处瞧瞧跑出数步,缩身在一座景观石桥下,忽然扯着嗓子大喊了一声:"不好了!侯爷遇刺了!"

这一声憋足了力气,有如一面被狠狠敲响的破锣,当真是声动百里。随着这一声喊,原本看守着仓房的几位秘术师立即狂奔向镇远侯的住处。

叶空山重新钻了回来,对目瞪口呆的岑旷说:"走吧,进去瞧瞧。"

但仓库里是空的。

茧不见了。

地上只剩下了一些碎裂的茧壳。当茧里面的东西还在时,茧呈现出色彩斑斓的水晶的形态,但当化为一堆碎片后,那些碎裂的壳就变得不再透明,显出粗糙暗淡的质地,仿佛是一些从远古地层里挖出来的岩石。

"快找一找它跑到哪儿去了。"叶空山说。

"我找不到。"岑旷摇摇头,"这里所残余的那一点精神力,应该是茧壳上的最后附着。茧里面的东西,一旦破茧而出,就好像能完全控制住它的力量了。现在我完全感受不到仓库之外有它的精神力存在,肯定是故意隐藏了。"

"算了。我们先出去再说吧。"叶空山说。

"去哪儿?"

"先去侯爷的寝室。我总觉得,侯爷那么在意这个茧,是不是和它之间有点什么不为人知的联系。"

两人离开仓库,去往镇远侯的寝室。这一路的过程要艰难得多,毕竟刺客刚刚光顾过,卫士们都在向那里聚集。今夜的西淮王府,注定热闹非凡。

"没法再靠近了。"岑旷说,"前面全是卫兵,我没这个本事。"

说话时,两人已经远远地瞧见镇远侯所居住的院子了。但院子已经被夔军团团围住,别说两个大活人,一只蚂蚱想要蹦进去也不容易。

"你说,以茧里面的东西的力量,有没有可能突破这些防守,进去伤害到侯爷?"叶空山说。

"我不知道。"岑旷诚实地说,"秘术这种东西说起来神秘兮兮,终究还是要依靠人力来驱动。虽然在历史传说中,辰月教的教宗能够创造出以一当千的近乎神迹般的战绩,但我毕竟没有亲见。何况这个茧里面到底是什么我都还不知道,也就无从判断。"

"我倒是希望它能够和侯爷面对面。"叶空山目光灼灼地盯着院子里隐隐的灯火,"那样我们才能知道侯爷想要什么,它又想要什么。"

这几句话说得岑旷都情不自禁地紧张起来,虽然她也不明白自己为什么会紧张。她索性闭上眼睛,不再用眼睛去看,而是全力释放自己的精神感知能力,在整个王府里搜寻着茧的精神力。

只需要一点点,只需要你稍微发散出一点点力量,我就一定能找到你。

但茧把自己的力量藏得很好,无论岑旷怎么努力,都始终一无所获。它就像是一条狡黠的大鱼,把自己深深沉在冰面之下,让渔夫无能为力。岑旷甚至一度怀疑茧已经离开了王府,然而,她还是选择了相信叶空山的判断。

茧和镇远侯之间一定有着某种特殊的联系。它不会离开王府。它会想办法接近镇远侯。

正当她全神贯注时,院子里陡然传出一声饱含着惊惶和恐惧的喊叫声,这一声喊让她和叶空山都禁不住浑身一震。

"侯爷不在房间里!"院子里不知道是侍从还是卫兵的人简直要把自己的嗓子都喊出血来,"侯爷不在!侯爷失踪了!"

而几乎就在他刚刚结束这一声让整个王府里的人都震惊不已的叫喊时,岑旷也猛地抓住了叶空山的衣袖。

"出现了!"岑旷又是紧张又是兴奋,"茧的精神力出现了!"

"出现了?在哪儿?"叶空山忙问。

岑旷的表情有些困惑:"在王府外,不过离得不远。难道是你猜错了?"

"这不正好说明我猜对了?"叶空山说,"侯爷失踪了,茧的力量出现了。他们俩大概是选在了王府之外会面。趁着这帮人还不明所以,我们赶快去。"

此处距离王府的任意一道门都还有些距离,出去的最快方法只能是翻墙。然而叶空山着实身手不佳,没法像故事里的英雄们那样潇潇洒洒地纵身一跃就跳出去,好在岑旷了解自己的导师,不必他开口,运起驱风之术,叶空山只觉得身体一轻,好似长出了翅膀,轻飘飘地飞过了墙头,当然,落地时难免摔得稍微有些狼狈。他龇牙咧嘴地揉着屁股爬起来,岑旷已经像一片树叶一样无声无息落在他身畔。

岑旷架住叶空山的胳膊,扶着他奔向王府西面的一条街道。那条街很短,通向属于王府的一片园林。这里虽然在王府院墙外,却仍然是皇帝赏赐给西淮王的土地。

"我感觉到茧的精神力就出现在这片园林里。"岑旷对叶空山说,"这里会有人看守吗?我从来没来过这里——来了也进不去。"

"按常理应该是有的,但不会多,园林里本身没有可以盗取的财物。今晚既然有刺客,这里的人手可能也会调派过去。"叶空山说。

果然,园林里的守卫形同虚设,士兵大多都被调走了,两人很轻易地钻了进去,循着精神力的方向来到了一间小屋外。这是一间相当简陋的小木屋,屋外堆放着一些工具,应该是给园丁之类的人居住的。

"先别靠近。"岑旷领着叶空山站得远远的,"茧的精神力太强了,靠近了我怕它万一攻击我们,我很难抵挡。上次在会馆里,我已经竭尽全力了,而那时它还并没有破壳而出。"

"侯爷也在里面吗?"叶空山问。

"我感觉不到,都被茧的力量覆盖了。"岑旷说,"你打算冒险进去瞧瞧吗?"

"我对侯爷的关心还没到这个份儿上。"叶空山忽然笑了起来,"再说了,真要冒险,也不需要我们。"

岑旷顺着叶空山的手势回头看去,原来是镇远侯身边的秘术师带着一队夔军也已经赶到。他们的秘术能力虽然比不上岑旷这样魅族的种族优势,总算也是人类中的佼佼者,还是捕捉到了茧的气息。见到岑旷和叶空山已经先一步到达,秘术师们也有些意外。

被镇远侯称为何先生的秘术师先开口了:"二位捕快,我不负责捉人,现在也不是追究二位脱逃罪责的时机,只是烦请告诉我侯爷是不是在这间木屋里?"

"你倒是很明事理,知道轻重。"叶空山赞许地微微点头,"只能确定茧在里面,侯爷不通秘术,精神力原本很弱,被茧的力量完全掩盖了。我们也只能在这里观察,不敢贸然行动,不然万一出什么事儿,这两个小脑袋顶不动那口锅。"

岑旷差点被噎住。

何先生无奈地摇摇头,只能先让夔军把木屋团团围住。从人们脸上紧张的表情,岑旷明白,镇远侯真的不能出事,一出事就会让很多人完蛋。

"侯爷不是一直处于你们的严密保护之下么,怎么能从眼皮子底下失踪?"叶空山问。

何先生继续摇头:"侯爷的寝室里有一条应急用的密道,可以通往王府之外,那是王爷专门为他准备的。即便是我们,也不知道密道具体的出入口。"

"那根据现场的情形,侯爷是被人抓走的,还是他自己离开的?"叶空山又问。

何先生犹豫了一阵子,不太情愿地回答说:"房间里……很整洁,没有丝毫凌乱的痕迹,更没有外人的脚印。"

"那也许就是……"叶空山只说了一半,没有说完。

岑旷也顾不上去细想为什么镇远侯会悄悄主动离开,为什么会——在很大可能性下——与茧里出来的东西选在这里会面。她只是全神贯注地注意着茧的精神力波动。她能感觉到,茧的精神力在不断增长,已经完全超出了她可能与之抗衡的界限。甚至,加上那几个曾经在十多天前压制过茧的镇远侯的秘术师,如今恐怕也不够了。

"万一茧突然发起攻击,我是不是该抓起叶空山就赶快逃命?"她想。要打肯定是打不过的。

不过她已经等不到茧主动发起攻击了。茧的精神力突然间又起了变化,仿佛是潮汐的暴涨,即便是并非秘术师的叶空山和夔军们,也会觉得有股无形的力量在冲击着他们的身体,让他们的脑袋里像敲钟一样嗡嗡作响,心脏也莫名地加速跳动。

紧跟着,空气中飘散来一股不明的腥臭味儿,让岑旷一下子想起了她最害怕的殓房里的尸臭。她的心里一紧,而何先生也终于沉不住气了。

"不能再等了。"何先生下令说,"再等下去怕侯爷会有危险。撞门!"

看来何先生在镇远侯手下拥有一定的特权。他一声令下,两名健壮的夔军立即冲向木屋的门口,默契地同时出脚踢在门上。那扇脆弱的木门应声倒下,而两名夔军也同时发出惨叫声,倒在了地上,不停翻滚,看起来陷入了极度的痛苦中。

岑旷看得很分明,两名夔军的脸和手赫然正在熔化!就在撞开门的那一瞬间,他们好像是遭到了什么剧毒物质的暗算,裸露在衣物之外的皮肉开始迅速熔化,已经能看到森森白骨,不可能挽救了。

"快后退!"何先生连忙喊道。

而叶空山也早已抓住岑旷的衣领,把她往后拖,不然她还兀自懵懵懂懂,站在原地想要看清楚究竟暗算两人的是什么。

夔军毕竟训练有素,即便后退,还是保持着包围的队形。岑旷也渐渐看清了,从那扇倒塌的木门后面,隐隐飘出一股暗绿色的烟雾,在黑夜的背景下很不容易分辨,两位死者应该就是被这股毒物侵袭了。

叶空山也看清了毒雾:"侯爷如果在里面的话,怕是活不了了吧?"

何先生面色灰败,无疑也是想到了这一点。

"这下子要有大麻烦了。"叶空山平时对各种大事小事浑不上心,动辄幸灾乐祸,这时候眼神也变得凝重,毕竟,镇远侯出事的话,会是整个青石城的灾难。

绿雾从木屋里不断飘出,持续扩散,好在扩散速度并不快。夔军谨慎地保持着包围态势，一步步后退。何先生等秘术师尝试着用不同的秘术去阻挡绿雾，连岑旷也出手试了试，但并无效果。这些毒雾的成分似乎完全不是人世间所能存在的物质，不受任何一种秘术的干扰。无论是冰、火、风、太阳、明月、谷玄……都对它无能为力。

反倒是可能被这些骚扰刺激了，茧的精神力开始加速膨胀。在岑旷的强烈建议下，夔军不再包围，而是集体退出半里远，只剩下几位秘术师留在木屋附近观察。岑旷自然也在其列。

"自己多小心。"叶空山也只能随着夔军后撤，"别冲动。"

然而岑旷知道，自己最大的毛病之一就是遇事容易头脑发热。面对着这个生平从未见过的古怪敌人——甚至都未必是"敌人"——她不知道会发生什么，也不敢确定自己的反应。尤其是茧的精神力当中仿佛带有某些奇特的感染力，当长时间感知它时，岑旷觉得自己的情绪也很不稳定，有一些莫名的烦躁，甚至是戾气。

之前那些自相残杀的武士，也是这样的吗？岑旷陡然一惊。刚想到这里，木屋里忽地响起一阵奇怪的声音，好像是木头弯曲断裂的声响。

"快退开！这屋子要炸裂了！"何先生喝道。

岑旷连忙随着秘术师们逃开。何先生没有说错，确实是整个木屋在胀大，似乎被里面的什么事物填满了。木屋的墙板出现了裂纹，裂纹持续扩大，屋顶也因为挤压而变形。终于，脆弱的木屋无法再支撑下去，随着一阵刺耳的碎裂声，化为无数碎片，轰然崩塌。

木屋里的东西终于暴露在了月光下。

那一瞬间岑旷差点以为自己还在睡梦中。她无法想象，眼前的场景会在现实中真的出现。

视线里是一大团蠕蠕而动的惨绿色,就好像一团可以活动的绿色泥浆,但是体积非常大,足够把一座木屋撑破。这团泥浆状的绿色怪物看上去十分柔软,仿佛完全没有骨架,因此形状也无法固定,不断地产生着变化。那些绿色的毒雾,就是从它的体表散发出来的。而即便是在绿雾暂时没有扩散到的地方,人们也可以闻到令人作呕的腐臭味儿。

但最令所有人惊恐的,是这团绿色怪物身体中部的位置,也许勉强可以称之为"腰"。在那里的身体上有一个开裂的口子,那个口子就像是一张大嘴,正在把一样物体往怪物的体内吞吸。

——那是一个人!

确切地说,此刻人们只能看到那个人的两只脚,整个身体剩余的部位都已经被吞进了怪物的体内。

而那两只最后残余的脚上所穿的,正是镇远侯的靴子。

在岑旷的想象中,这个完全就是一大坨烂泥、没有四肢没有五官的巨型怪物,仿佛正在发出响亮的嘲弄声。

秘术师们不顾一切地向怪物发起了攻击,但他们那些合在一起足以阻挡一支军队的秘术,只能让这团绿色的泥浆产生种种扭曲的形变,而并没有伤害到它的根本。当它藏在茧里时,茧壳那惊人的硬度让一切外力都无可奈何;当它破茧而出后,那种消解万物的柔软同样让一切外力都束手无策。

最后的靴底也被吞进去了,开裂的大口随即合拢,而岑旷和何先生同时感受到了茧的精神力再次发生剧烈波动。

已经来不及逃跑了。岑旷和秘术师们近乎默契地把自己的力量合在一处，形成了一道屏障。几乎就在屏障刚刚把人们遮蔽住的同时，绿色的怪物炸裂了。绿雾四处弥漫，人们不得不快速后退。

直到小半个对时之后，绿雾才慢慢散尽。何先生谨慎地放了一条狗进去测试，确定空气中不再有剧毒，这才敢带人重新回到事发地点。

但是现场只剩下木屋倒塌后的废墟，以及那两具几乎被完全消融、仅存衣物和少量骸骨的夔军尸体。怪物已经踪影不见。

镇远侯同样踪影不见。

往事之六

何睿兄：

我已经平安抵达雷州，不过接下来的陆上路程还很漫长。雷州地势复杂，道路崎岖，气候变化莫测，这一路的行程或许会比渡海还要辛苦。但没有办法，身为食皇粮的国家小吏，朝廷交给我什么苦差事都只能甘之若饴——哪怕只是表面上装作甘之若饴。

想起你我年少轻狂之时，喝多了酒就乱发各种豪言壮语，日后要行遍九州、游历天下什么的，没想到一语成谶，我真的要游遍九州了，却是用这种毫不自由的方式。

只能苦中作乐，隔一段时间就给你写封信，讲一讲雷州的所见所闻。今天先给你说说云望海峡上的独特风景。

（下略）

……

总之，雷州就是这么个地方，荒凉，粗犷，但仔细观察的话，也能发现一些不同寻常之美。这封信就先写到这里,祝安康。

聪弟草字

何睿兄:

我已经跨入了塔弗亚城邦的领地,这个城邦并不算大,休息一晚上,明天继续出发,日落前就能到达城邦的都城安叶城。

到了这里,我才能稍微松一口气。有城邦军队的一路护送,应该不至于再遇到盗匪,可以顺利地去觐见领主、呈上国主的亲笔书信和户部的文书了。当然了,两国之间要建立贸易往来,还需要经历漫长的谈判,在谈判完成前,我还得继续在这里逗留很久。

不过,留在这里总算会比留在雷州的其他地方要舒服一些。塔弗亚城邦的领土虽然不多,却大多是茂密的森林地带,空气清新,气候也不错。当然了,本地羽人对于我们这些外来的人类还是免不了警惕和敌视,所以也不能过于放松,只能在有城邦士兵监控的区域内行动。

现在我们所在的,是这座城邦的边境村落,名字曲里拐弯我也不必赘述。但这座村落完全是按照羽族树屋的模式建成的,整个村子都坐落在连成片的大树之上,实在是让人大开眼界,可以向你着重描述一番。

(下略)

……

只是，在那些高高的粗枝上小心翼翼地走动的时候，我注意到这里的村民们都显得心事重重，似乎有什么事情让他们非常担忧，这不仅仅是因为我们这几个人类使者的到来。晚餐的时候，我向陪同我们的羽族官员询问，他支支吾吾把话岔开了。只是在晚餐结束道别时，他才提了一句，说最近城邦处理了一批某个村子里的叛逆，所以弄得其他村的人也紧张起来。

既然是这样的情节，我就不便多问了，只是隐隐觉得这个与世无争的城邦也不如我想象中那么平安。以前有一位剧作家，在一出打戏里写了一句很著名的台词："有人的地方就有纷争。"那么，套用这句话，有国家的地方就有逆贼。

只希望我这样全力为国家卖命，不要有一天也被打成逆贼。

赶了一天路，先去休息了。祝一切平安。

聪弟

何睿兄：

来到安叶城已经有快半个月了。这里风景如画，的确地如其名，就像一片安静的树叶，放在雷州这样粗犷蛮荒的地方，带有世外仙境般与世无争的气质。

可惜我来得刚好不是时候。上封信里和你提到过的那桩叛逆案，当时我并没有太在意，以为就是一些羽人为了减税之类的小事儿搞的骚乱，现在却发现远远没有那么简单。这个案子非但别有隐情，而且性质好像非常严重，以至于城邦领主和我商谈通商事宜的时候完全心不在焉，一些简单的条款也无法做出决定。我没有办法，只好假称看山领主身体不适，建议他先休养一段时间再谈，在此期间我就只能待在安叶城无所事事。

唉，安叶城虽然风景不错，但是该死的羽人们不提供肉食，我现在一到吃饭的时候就嘴里发苦，觉得自己的脸都要变成绿色的了。

我尝试着向周围的羽人打听那起叛逆案的具体细节，但人们要么缄口不言，要么语焉不详，没有人肯告诉我。后来还是我的副手冒险去羽人的酒馆喝酒，才从酒徒那里套出了真相。

原来，那根本不是什么反叛事件，无非只是领主用来掩人耳目的虚假说法而已。真实的情况，是城邦里的一个村庄遭到了领主的血洗。

"领主突然派兵围住村子，所有村民就地处决，甚至都没有经过审讯。后来就传出来消息，说是村庄里的人偷偷向异族购买兵器，意图谋逆，所以被领主斩草除根了。这个说法不可能取信于任何人，那个村子本来就只有两百多人口，而且其中大多数是老人和孩子，怎么起兵谋逆？来二十个士兵就能把他们全端了吧。而且如果真的是谋逆，难道不应该先抓起来细细审问，以便揪出可能的幕后主使吗？"我的副手告诉我。

至于为什么领主要血洗这么一个看上去毫无威胁的小村子，那就暂时不得而知了。我会让副手想法子去打听更加详细的内情。我有一种预感，这件事情如果不解决好，城邦说不定会出大乱子，那样的话，我的任务就泡汤了。

很抱歉跟你絮絮叨叨说了那么多无聊的事情。身在异乡，身边的同族人都是些无法交心的工作伙伴，心里也着实有些苦闷。大概我比我想象的更加眷恋故乡罢。

颂安。

聪弟

睿兄：

　　出大事了。我不知道我忠实的副手能否想办法将这封信平安投递到你手里，但这是我向外界传出真相的唯一机会。

　　就在几分钟前，我得到了一个惊人的消息：领主死了！而且不只是领主，是领主全家人，从夫人到孩子到贴身侍从，大约有将近三十口人，就在领主府邸里全部惨死！死亡时间就是前一天的夜里。

　　事实上，作为外来人，虽然我们还没有被明确定为疑犯，却已经被立即软禁起来了，接下来会发生什么，完全无法预料。我们甚至有可能被当作替罪羊，安上谋杀领主的罪名直接处决。

　　尽管出发之前，这样"突如其来卷入异邦政治事件并因此丢掉性命"的可能性，早就在我的预估之中，真到了一头撞上这样的顶级厄运的情况，我还是相当的不知所措。

　　好在在安叶城居住的这大半个月里，我对待伺候我们的羽族下人们始终彬彬有礼，还曾经掏钱帮助过一位家里有亲人得重病的清扫杂役。正是那位杂役，冒死向我透露了一点真相，尽管他自己也所知不详。

　　领主之死，比一般人想象中的还要恐怖，其中可能牵涉到了雷州本地人或谈之色变，或恨不得以命追随的一位邪神。这个邪神的名字叫做"殁"。

　　（以下为简述殁的来由，略）

　　……

所以你能看出，在关于殁的信仰传说中，很重要的一个元素就是六族身体的重构。而那位杂役悄悄告诉我，据说，包括领主在内的那将近三十位死者，每一具尸体都惨不忍睹，全部产生了十分诡异的变异。

"听说，领主的骨骼变得异常庞大，就好像夸父的骨架一样，但他的血肉内脏却并没有跟随骨骼变化，于是那些变大的骨头生生把他的身体撑破了。"杂役说起这一节时，面如土色，而听着他说话的我也禁不住身子颤抖。那是怎样可怕的折磨啊！到底是什么力量让领主和他的家人遭受到这样的死亡方式？难道真的是殁在彰显他的神力？

除此之外，还有两名在外巡逻的卫兵也死掉了。他们倒是没有发生什么古怪的变异，但死得同样很惨，似乎是被什么剧毒的毒液腐蚀了，身上的皮肉全部烂掉，可以见到白骨。

当两人被发现时，其中一个人竟然还有一口气，他嘴里咬牙切齿地喊了好几遍"怪物……绿色的怪物……"，这才最终死去。

杂役说，在殁的神话里，"绿色的、变化不定的身体"是殁的化身之一。这位雷州人心目中最可怕的邪神，据传有着上千种不一样的化身，但每当它以"绿色的、变化不定的"形态出现时，通常意味着杀戮的决心。

坦白说，就这么短短的一席话，就要让我相信雷州的大地之下埋藏着这么一位邪神，而且这位邪神还钻出来杀掉了领主一家，我恐怕还是做不到。但是，我能感觉到一种极度邪恶的力量的存在，在这样的力量面前，城邦会怎么样处理领主的身后事？

在这方面，东陆千百年来的历史倒是可以提供很多可借鉴的经验，其中最常用的处理方式大概就是隐瞒真相、寻找代罪羔羊。这么一想，我再次觉得，我很有可能回不了东陆了。

所以，即便这封信最终能幸运地来到你手里，也很有可能会成为我写给你的诀别信。虽有千言万语，但情势紧迫，无暇多写。唯愿兄多福多寿，平安度过此生，不要像兄弟我这样营营役役半生，最后反而送了自己的小命。

弟　但愿不是绝笔

现实之七

"你就不能想想办法吗？"岑旷问。

"能有什么办法可想？"叶空山翻翻白眼。

"总得设法救救黄捕头他们啊！"岑旷在屋子里来回踱步，"如果不能破解这个案子，我担心他们最后都会被杀头的！"

"'总得设法救救'，你上下嘴皮一碰倒是容易！"叶空山继续翻白眼，"我们俩现在连捕快都不是，只是两个普通的平民，青石城全城戒严，恨不得上街吃碗馄饨都要查户口，你能干点什么，我又能干点什么？"

岑旷很是泄气，一屁股坐在了椅子上，紧跟着又弹起来，用蚊子一样的声音哼哼着："但是……还是……得想办法救救黄捕头啊……"

这时候距离镇远侯出事已经过了十来天了。如同叶空山之前一直在担心的，镇远侯的死震动了朝野上下，青石城立即进入全城戒严状态，城里包括黄炯在内的大官小吏都被关押起来受到盘查，之前被镇远侯抓走的证人们也被一并移交继续审讯。但是那天晚上发生的事情实在太过离奇，迄今都没有人能给出任何合理的解释，而茧在那一夜之后也消失得无影无踪，搜查范围扩展到青石城周边依旧一无所获。

叶空山和岑旷之前为了不连累黄炯，故意制造纠纷辞去了捕快的职务，这一回反而因此没有被株连，倒像是有些未卜先知的幸运。两人无事可做，岑旷每天都跑到叶空山的家里，求他想法搭救黄炯，令叶空山不胜其烦。

除此之外，她还想方设法搜集和茧相关的资料，但目前所能得到的信息十分有限，在她的阅读范围内从未见过类似的存在，能找到的一些书籍里也没有相关记载。青石衙门里倒是有几位颇为博学的同事，但这几个人和黄炯一样，也被关押了起来，无法接触到。

而不管官家怎么封锁消息，和镇远侯有关的种种传言还是迅速传遍了青石城甚至于整个东陆、整个九州。这是一起有可能改变九州大陆格局的奇案，听闻者自然有人欢喜有人担忧，在这样山雨欲来的情势之下，青石城的氛围更加显得紧张，而叶空山也更加拒绝跟着岑旷去"想想办法"。

岑旷无奈的时候，也尝试着自己出去打听。但诚如叶空山所言，现在的青石城，哪怕是随便在街边走走都不自由，到处可以见到全副武装的士兵在巡逻，如果想要像过去那样走街串巷寻找证人问话，一定会引起注意。至于衙门、殓房等地，更是戒备森严，哪怕岑旷依旧是捕快都很难进去，何况现在她只是个平民。

所以晃悠了一上午之后，她还是一脸颓丧地回到叶空山家里，尽管很不满叶空山每天在床上躺着睡懒觉不去积极"想办法"，她还是给叶空山买了几个烧饼作午餐。但是刚刚来到巷口，她就看到对面走来了两个人，而且这两个人她居然全都认识。

只是她怎么也想不到，这两个人会凑到一块儿。

"何先生，您好。"她先向那位一直对她都比较和善的镇远侯手下的首席秘术师打了招呼，然后转向另一个人，"叶、叶大人？您怎么来青石了，是为了镇远侯这起案子吗？"

"还能为了什么？"叶空山的哥哥叶寒秋说。

叶寒秋是叶空山的兄长，比叶空山大一岁，但相貌却比他好看许多，反而显得比弟弟更加年轻。叶寒秋二十余岁就在天启城屡破大案，被誉为神捕，后来升任刑部主事，虽然不再直接冲在第一线办案，却仍然是声名显赫，前途不可限量。岑旷入行之后，自然也听说过这位神捕的大名，一度在心里将他视作自己努力的榜样。

直到不久之前，叶寒秋的父亲叶征鸿意外去世，叶寒秋来到青石城，岑旷才得以了解到，原来此人竟然是叶空山的哥哥。但叶空山教导她那么久，从来没有提到过自己有个哥哥，也从不谈及自己声名煊赫的父亲。兄弟俩见面后更是唇枪舌剑针锋相对，显得关系十分不好。

不过，在处理完父亲的身后事之后，两兄弟的关系没有以前那么糟糕了，尽管再见面时他们依然板着面孔冷脸相对。叶寒秋平素为人谦和有礼，给岑旷留下的印象很好，偏偏就是一见到叶空山就像换了个人。

岑旷强忍着尴尬，等待两兄弟完成他们亲热的例行寒暄，只觉得仿佛空气中都飘浮着锐利的冰渣。好在有何先生在，他们还稍微收敛了一些，你来我往之后总算是进入了正题。

"所以，刑部决定特派我去查这个案子？"叶空山嘴里不紧不慢地嚼着烧饼，"你看看我身边的这位岑小姐，已经快要蹦起来顶穿屋顶了，我当然只能答应了。再说了，刑部的命令，我想说拒绝也不行啊。"

岑旷脸上一红,努力收起自己雀跃的姿态,很快又想到了些什么:"啊,你之前每天在家里睡大觉,其实就是在等着叶大人到来?你早就猜到了?"

"我只有三分之一的把握。"叶空山说,"案子肯定会进刑部,也肯定会过我伟大的哥哥的手,他也一定会想到青石城正好有个废物弟弟勉强可以用。但是事关镇远侯,牵涉太广太深,而我伟大的哥哥毕竟职位有限,就算有心,能不能最终说动上司决定用我,这我可说不准。所以只能耐心等待,只有手里得到权限,才有可能真正去调查这个案子,而不像某些笨蛋那样做梦自己在青石城跑个十圈八圈就能把凶手抓回来。"

笨蛋低着头站在一边,感觉自己的身体似乎越缩越小。

"你会得到你想要的权限。"叶寒秋说,"青石城的人随便你用,地方随便你去,只是不允许单独行动,我会派人跟着你。而涉及镇远侯私人的事情,我无法做主,你必须和何先生商量。"

岑旷把视线转向何先生,她注意到,何先生的表情有些犹疑。

"我不想隐瞒二位,所以请容许我开诚布公地把话讲清楚。"何先生说,"我已经跟随了侯爷二十三年,不仅仅只是他手下的一个秘术师,你们可以把我当成他的管家,他的心腹,他的走狗。我自认为在这个世上,没有人比我更了解侯爷,所以,关于这个案子,我固然希望二位能够破案找出真凶,但也有一些其他不太好听的话,不得不说。"

岑旷不明所以,叶空山却已经有些明白了。他看了何先生一眼,示意对方继续说下去。

"这件事里,侯爷失去了性命,作为跟随他的人,我自然悲痛万分。"何先生憔悴的容颜显示出他这句话并没有说谎,"但是,对于侯爷而言,有些东西比他的性命还要重要。你明白我的意思吗?"

"名誉。"叶空山只回答了这两个字。

"不错,对于侯爷来说,名誉甚至重于生死。"何先生缓缓点头,"他这几十年来南征北战,一将功成万骨枯,脚下踏着无数的尸体,对于自己会不会变成尸体,其实倒并没有那么在意。但一直让他引以为傲的,是哪怕他不拔剑,不出一兵一卒,仅仅凭他的名字就能让敌人战栗。"

"是啊,雷州的爹妈们就靠着侯爷的名字来止小儿夜啼了。"叶空山吃完烧饼,开始擦嘴。

何先生没有理会叶空山的讥嘲:"那一天晚上,侯爷在我们的严密保护下出现在了王府之外,根据我们事后的再三检查,确信没有旁人进入侯爷的寝室,也就是说,他是主动离开的。他为什么会离开,他为什么会去见那个茧里的怪物,他之前为什么对茧表现出那么大的兴趣,以及,那个茧里的怪物到底是什么,这些谜题自然我们都很希望能解释清楚,但是……"

"但是,要考虑到这当中有可能存在的对侯爷名誉的影响。"叶空山扔下擦完嘴油腻腻的毛巾,"侯爷是怎么死的固然重要,但如果这个死因最后调查出来对他的名声不利,那就宁可让盖子盖着,永远不揭开,对吧?"

"在这个世界上,真相永远不是最重要的。"何先生很坦然,"我们虽然见面不多,我对你一直尊重有礼,希望这样的关系不要被破坏。"

"所以,你今天来,就是为了告诉我这一点吗?"叶空山完全不在意对方这句赤裸裸的威胁。

"当然也是为了给你提供便利。"何先生说,"我咨询了一位曾经帮助过侯爷的老朋友。他对你是这样描述的:'叶空山是个顶级混蛋,如果给我机会,我会把他切成碎块去喂青石城的流浪狗。但是,如果真有什么怪诞的难题需要解决,他大概会比一般的捕快或者游侠好用一点点。'相信我,他当时咬牙切齿的表情简直精彩极了。"

岑旷扑哧一乐。何先生接着说:"正因为他的这番话,我决定冒一次险。我将允许你检视侯爷的遗物,让你寻找线索。只不过,这一切行动都必须在我的监督下进行。"

"这些都不是问题。"叶空山说,"我的一切调用官府资源的行动,全部接受刑部专员的监督,我同意——如果一个不够,你还可以多派几个;一切涉及镇远侯个人机密的行动,我也全部接受侯爷府上派人监督,比如何先生你可以亲自过来一直跟着我。"

岑旷睁大了眼睛,没想到一贯我行我素的叶空山会这么痛快地答应叶寒秋和何先生的要求。叶寒秋和何先生也都显得有些意外,但看来还是叶寒秋了解自己的弟弟。

"把你的后半截话说完吧。"叶寒秋说,"你一定还有别的条件,趁现在提出来。"

叶空山笑了起来:"果然还是你懂我。我确实有那么一个小小的要求:把之前被侯爷抓起来的那些青石连环怪案的证人放了。侯爷已经死了,他们也没有用处了。"

他紧跟着说:"老哥,你心里也清楚,他们和侯爷的死绝对不会有什么相干。之所以扣住他们不放,只是为了万一最后案子查不清,有一群现成的替罪羊可以用罢了。但是大可不必这么做。我既然接下了这个案子,这个替罪羊,由我来当。"

岑旷心里一热,知道这是叶空山在完成对她的承诺。两人之所以会卷入镇远侯被茧吞噬的风波,就是因为岑旷想要拯救那些被镇远侯抓起来的死者家属,尽管那些人和她毫无关联,其实不过是出自她带有几分幼稚和冲动的正义感。叶空山固然一直在嘲笑她的这种动辄热血上头,却也始终在帮助她,保护她,甚至不惜把自己放在有可能被秋后算账的危险境地。

这个人可能表面上看起来,最不像是个合格的导师,有时候却又合格得无懈可击。

于是叶空山眼睛一眨,咸鱼翻身,居然成为刑部特派人员,专职调查镇远侯之死。鉴于该特派人员并没能完全得到上头的信任——或者说基本没有得到什么信任——他的身边会一直跟着一个监视者。

现在这位监视者就跟在两人身后。岑旷倒是并不讨厌这个名叫袁圆的年轻人,毕竟站在以貌取人的角度上,袁圆长得颇为英俊,就像是一个年轻稚嫩一些的叶寒秋。而且虽然身为监视人,他也并没有什么颐指气使或者横眉冷对。相反的,他在岑旷面前显得有些紧张,紧张到身体都略微僵硬了。

"这方面你比起你的上司就差远了。"叶空山偏偏还要拿着袁圆打趣,"听说天启城的年轻贵族小姐们排着队想嫁给他。你不只要跟着他学办案,也得学两手他对付漂亮姑娘的手段才对。"

"叶……叶捕快,您误解了。"袁圆小声说,"我不是因为岑小姐是女性,或者说是一位美丽的女性,才在二位面前失态。"

岑旷有点儿害羞,不好接这句话,但心里也在好奇。袁圆犹豫了一下，还是接着说："我也是一个魅。这是我有生以来第一次见到自己的同族。"

岑旷的身体轻轻颤抖了一下。袁圆咳嗽了一声，把话题岔开："叶捕快，我们这是要去哪儿？这并不是通向衙门的方向。"

"你以前来过青石？"叶空山头也不回地反问。他正蹲在路边，找一个街头小贩买炒花生米。

"没有。但是出发之前，我已经把青石城的地图都背下来了。"袁圆说。

"你的这个同族，和你还真有点像，都有几分呆气。"叶空山悄悄对岑旷说。

岑旷瞪了叶空山一眼，对袁圆说："如果我没有记错路，我们大概是要去拜会一位老熟人。"

"什么老熟人？"

"一位对叶捕快恨之入骨的老熟人。用人类喜欢说的玩笑话来说，他上辈子一定欠了叶空山很多钱……"

胡笑萌，青石城名医，其医术即便在整个宛州也是排得上号的。但此人才高而德薄，贪财好色，人品低下，一向为人们诟病。胡笑萌仗着自己的医术被许多达官贵人所需要，也从来不掩饰自己的德行，他在青石城唯独害怕一个人，那就是总能挖出他各种痛脚的无良捕快叶空山。

之前发生的变异惨案，以及镇远侯的死，尽管官方极力封口，消息灵通的胡笑萌还是早已知晓其中的不少详情。但他并不在意，用他的口头禅来说："老子治病是为了赚钱，不给我交诊金的人死再多关我屁事。"

所以，在这一天下午，胡笑萌的生意照旧。有两位日常一起吃喝玩乐的富家公子，因为受不了青石城的高压气氛，醉酒闹事被巡逻士兵打了。若是在往常，这两家人多半要仗着有钱大闹一场，但当此特殊时刻，有再多的钱也只能忍气吞声，家人为了稳妥，求到了胡笑萌这里，既然有高额的诊金可收，这两位就和胡笑萌的屁事相关了。

叶空山带着两个魅来到医馆时，太阳已经完全落山，胡笑萌竟然还留在馆里，算是十分难得，这说明那两家人的钱给足了。当然，即便给足了钱，气还是一定要受的，两位伤者是放在了医馆里，家人随从一概不让进，只能在门外候着。

"如果有外人干扰我治伤的话，我可保证不了他们的死活。"胡笑萌如是说。

当叶空山硬生生推开门童、带着岑旷和袁圆闯进门时，胡笑萌正坐在自己那张紫檀木的太师椅上，悠闲地喝着酒。听到脚步声，他恼怒地把酒杯重重一放："你们这帮狗杂碎，把我说的话当放屁是不是？"

"你说的话难道不是任何时候都是放屁吗？"叶空山说。

胡笑萌听出了对方那熟悉的声音，气焰登时矮了一大截。他抬起头，瞪着叶空山，嘟嘟囔囔地说："真是他娘的阴魂不散。"

叶空山环顾一下，看到两位伤者躺在病床上，闭着眼睛，胸膛有规律地起伏，应当是陷入了睡眠中。他冷笑一声："这两个蠢货其实根本没什么大碍吧？"

胡笑萌也跟着嘿嘿一笑："流的血很多，但都是皮肉伤，根本没有触及要害。但是有钱人怕死呐，看到那么多血就吓得嗷嗷叫，非要抱着钱硬给我送过来，我不拿岂不足有伤天理！"

"然后你随手收拾了他们的伤口，给他们用了麻醉药，再把其他人都赶出去，假装自己在努力治伤，回头可以找他们收加班费……"叶空山在胡笑萌身边的另一张椅子上坐下，"倒是一如既往的不要脸。"

"咱俩大哥不说二哥，论不要脸，我不及你。"胡笑萌"哼"了一声，"另外纠正一点，加班费可不能'回头'再收，天黑前我就收好了。"

岑旷无可奈何地站在一边，听着两个无耻之徒斗嘴，好半天才插上话："两位……能不能先说正题？"

胡笑萌对岑旷这位漂亮姑娘倒是一向十分客气："好好好，岑小姐说得对，说正题说正题——什么正题？"

岑旷也是一呆，看向叶空山："对啊，你跑来找胡大夫是有什么正题？我脑子都被你们搅糊涂了……"

叶空山点点头，一下子换出一张正经脸，盯着胡笑萌："我是来听你说故事的。你瞧，连花生都买好了。"

"什么故事？"胡笑萌的眼神躲躲闪闪，似乎有点猜到了叶空山的用意。

"我现在在调查镇远侯的死。"叶空山说，"有趣的是，镇远侯手下的首席秘术师对我居然有几分信任，说有人告诉他，我虽然是个混蛋，办案倒还不错。而这个人，曾经帮助过镇远侯。我想了一想，青石城讨厌我的人足够填满整条西江，但要说还有能力为镇远侯提供服务的，多半就只有你了。"

往事之七

要镇静，胡笑萌不断对自己说，一定要镇静。绑匪无非是为了求财，要多少钱让老婆照数目支付就行了。钱财乃身外之物，凭着自己的医术，再要赚回来并不难，丢了小命那可是拿什么都换不回来的了。

虽然一直不停地这样给自己打气，他还是无法压抑内心的惊惧。这倒也挺正常。一个人原本在家里好好睡着觉，睡到半夜突然被人无声无息地闯进家里，蒙上脑袋堵住嘴捆了就拖走，撞上这种事儿换了谁都很难保持镇定，何况胡笑萌这种天生怕死的。

所以当蒙住脑袋的黑布被揭下来时，面对着突然出现的刺眼灯火，胡笑萌说出的第一句话是："能不能让我方便一下？"

"如果可以的话，劳烦再借我一条干净裤子……"

上过茅厕，换好裤子，胡笑萌被带到了一个房间里。他已经小心地观察了一下四周，发现自己是被绑到了一座虽然并不小、但好像已经废弃了许久的宅院里。除了一些必要的地方被匆匆忙忙打扫收拾了一番，大多数地方都布满尘土蛛丝，甚至还能看到受惊飞走的蝙蝠。

看来这是绑匪临时用来安置自己的窝点，也许就是在青石城随便找了座废宅不客气地占据着。

而他被带进的这个房间，大概是整座院子里唯一被认真打扫清理过的地方，里面陈设虽少，却都被擦洗得一尘不染。更重要的是，一走进这个房间，胡笑萌立刻就安心了。

他闻到了一股很浓重的药味，还看到房间一头放着一张床，床上躺着一个人。

这帮人绑架自己，并不是为了求财，而是要让自己来看病。

世上总不会有能看病的死人吧？也就是说，至少在做完治疗之前，自己这条小命暂时丢不了。

果然，押着他走进来的男人开口说话了："胡先生，很抱歉用这种方法把你请来，但这次出诊，我们有绝对的理由不能让任何旁人知道，还请你多多原谅。"

胡笑萌一向是个暴躁无礼的人，但却并不糊涂，懂得欺软怕硬看菜下碟。眼下这个男人说话虽然客气，把他"请"到这座废宅的手段可丝毫不客气，他自然知道对方是惹不起的人物，所以哼哼唧唧应下了看病的请求，并不敢多啰唆一个字。

"病人是哪里不舒服？"胡笑萌问。

"头部受伤。但是外伤不是问题。"对方回答，"他现在……头脑可能有些不适，需要请您仔细看看。"

男人退到了房屋的一角，不再干扰，留下胡笑萌和床上的病人。胡笑萌定了定神，喝了两口热茶，坐到床边。这位青石神医尽管人品十分不堪，医术却绝对毫不掺假，在全九州也能排得上名号，此刻只是靠近了闻一闻气味，他的眉头就禁不住皱了起来。

病人的头部有外伤药的气味，而且所用药材都极为名贵，这倒没什么值得大惊小怪的，能让这样一帮人替他卖命求医，这个人肯定用得起好药。但是病人的呼吸里含有另外一种内服药的味道，却显得十分不寻常。

那是殇州冰炎地海附近出产的一种红色晶矿，在工业上用处不大，却被医者们找到了独特的用途：它被口服之后，能在人体内产生非常强烈的镇静作用，那并不是麻醉药那样让人人事不省，而是在清醒状态下，令头脑陷入极度的麻木状态，消解掉几乎所有的情绪波动。

这种药，曾经被一些大夫用于对精神病人的医治。果然不管什么样的疯子，吃下矿石研磨成的粉末后都会迅速安静下来，不再闹事也不再胡言乱语。但是到了后来，人们发现，服用过这种矿粉的病人会越来越委顿，身体迅速衰竭，疯病倒是控制得很好，小命却也丢得快。于是除非是为了应对无法控制的急症，或者那种死了也不可惜的病人——或者干脆就是盼着他早点儿死掉的病人——一般的大夫都不敢轻易使用它。

可是现在，胡笑萌分明闻出了这种红色晶矿研磨后特有的近似桐油的气味，这说明床上这位重要人物服用了它。他的手下不可能不知道矿粉的严重副作用，却还是让他吃下了，这大概只能说明一点。

"看来是……疯得有点厉害？"胡笑萌低声咕哝着，伸出手来，打算替病人把脉。

但指尖还没有接触到病人的手腕，对方却忽然腾地坐将起来，反手拧住了胡笑萌的手腕。这一下力气很大，胡笑萌只觉得自己的腕骨都要被捏断了，痛得他大叫了出来。

而他也在这时候看清楚了病人的脸，这一瞬间他受到的惊吓更甚于被抓住手的疼痛。这张脸上一根根血管都清晰地凸出着，就好像有无数青色小蛇在爬动，一双眼睛更是近乎完全变成了深黑色，分不清眼球和眼白。但胡笑萌还是能分辨出，病人正瞪着这双仿佛墨染出的怪眼，观察着他。

"很好，不错。"病人嘿嘿笑了一声，松开了手。

从这短短的四个字，胡笑萌能听出来，病人的头脑清醒，并不像是那种寻常的心智错乱的疯子。他毕竟是个见多识广的名医，比眼前这张更吓人的脸也见识过不少，略一定神，发问说："不错？哪点不错？"

"只是闻到药味，你就知道我的毛病在哪儿，果然不是浪得虚名的庸医。"病人的语声虽然有些微弱，却吐字清晰，声线沉稳。

"你的头受伤后,具体感觉如何?有哪些症状?"胡笑萌又问。虽然只交谈了一两句,他也能感觉出,这是一个头脑清醒,兼具判断能力和表达能力的人,所以也不多废话,直接进入正题。他想了想,又补充了一句:"如果我能知道受伤的详细情况,也许更有助于我的诊疗。当然,实在不方便的话,不说也行。"

"没什么不能说的。"病人回答,"我的这些手下,坐的不是我的位子,想得却比我还多。无非是看个病而已,瞻前顾后怕这怕那。我没猜错的话,你是被绑来的吧?"

胡笑萌一时不知道该怎么回答,倒是坐在门边的男人站了起来,躬身说:"是的,是我下的令,请您责罚。"

不加辩解,不加解释,张口就是认罪领责,看来这个病人在他的下属面前非常有威严,胡笑萌想着,不由得对病人的身份益发好奇。不过他并不需要好奇太久,对方已经接着说出了那个差点让他二度尿裤子的名字:"既然请了名医来给我看病,总得有相应的尊重,不必连姓名都要隐藏。我姓顾,叫顾临。"

"你……您、您就是镇远侯?"胡笑萌的声音听起来好似被人用力捏住了要害。

"我就是。"

于是胡笑萌又花了一点时间来让自己重新镇静下来。他甚至宁可镇远侯根本没有向他透露身份。给镇远侯这样的大人物看病,而且是这么麻烦的头部伤势,其中的风险不言自明。但既然已经被绑到了这里,不可能有退出的权利,唯一办法只能是硬着头皮上。

他很快问明白,镇远侯是在最近的一场对雷州城邦的战争中遭到羽族刺客刺杀,不小心伤到了头部。那是一次防卫方面的致命疏漏,好在贴身卫士们训练有素,加上镇远侯自己武艺也不弱,总算没有让羽人们得逞。

"但是为了躲避羽人的弓箭,我的头撞在了卫士的盾牌上,撞出了一个大口子。"镇远侯轻声笑着,"真是狼狈不堪。"

胡笑萌没有胆量去评价一位侯爷的遭遇是否狼狈,但心里倒也佩服镇远侯的洒脱。但镇远侯接着说的话让他心里猛地一沉:"外伤并不严重,要是按我年轻时的脾气,恐怕连药都懒得敷。但是受了这个伤之后,我的脑子里开始逐渐闪现出一些奇怪的声音,就像有人在和我说话。"

这可不大妙,胡笑萌想,出现幻听的症状,说明侯爷真的伤到了脑子。这种脑伤,即便对他这样的名医来说,也很棘手。

"再往后,我偶尔会出现短暂的头脑空白,会有一些时间突然醒来,发现自己忘记了先前做的事。据我的手下说,在失去神志的那些空白时间里,我对着他们说了许多他们完全无法理解的话,就像是……就像是我变成了另外一个人。而我的脸也慢慢变得奇怪,直到成为你现在见到的这副模样。"

胡笑萌仔细端详镇远侯的面容:"这不像是寻常的水肿,也不像是普通的中毒。我虽然没有学过秘术,但是凭多年的行医经验,这是异种精神力在你体内冲突造成的。"

"精神力?"镇远侯一怔,"我不过是头在铁盾上撞了一下,并没有受到秘术攻击啊?"

胡笑萌摇摇头:"恐怕那一下撞击只是诱因。无论怎么样,是外伤也好是精神力也罢,您的头脑现在状态非常不好。不知道您能不能告诉我,您脑子里出现的那个奇怪的声音,具体说了些什么。"

镇远侯叹了口气:"我不是刻意要对你保密,而是我也无法回忆起来。我有一种印象,当那个奇怪的声音响起来的时候,我的脑子很清醒，不但能听明白对方的意思，还能与之对话。但是当对话结束之后，就像是用水洗地一样，之前说过的具体内容都会被完全忘记。只有情绪还有一点点残留。"

"情绪？"

"是的。有如一场长梦，睡醒时或许已经不记得梦里的细节，但却会有挥之不去的情绪残留。美梦的欣悦，惨梦的哀伤，噩梦的惊悸……"

"没想到您也会被噩梦惊吓到。"胡笑萌冲口而出。

"我虽然杀人无算，但也并不是没有心。"镇远侯倒是不以为忤，胡笑萌却已经吓得自觉噤声，恨不能抽自己一耳光。

"在那些声音消失后，我恢复清醒的时候，会觉得自己产生某些……莫名的悲伤和怅惘。"镇远侯接着说，"那种感觉，像是和一个许多年没有见过的老友难得的重逢，却又被迫继续分离。而且我能觉察到，那个老友般的声音向我说了很多重要的事情，我非常希望能够记住并思考，然而，最终还是什么都忘掉了。"

"至于我有时候在无意识间说出的我自己都不记得的话……你可以问问我的手下。"

一直坐在门边一言不发的男人，听到镇远侯这句话，站起身来，对胡笑萌说："绝大多数的字眼都听不懂。那不是我们所熟知的任何一种种族的语言，甚至于连偏远的方言都不搭边。你可以相信我们的判断。"

"我绝对相信。"胡笑萌赶紧说。

"但是我们的感觉，又并不像是失去神志后的胡言乱语。侯爷所说的话，都带有节奏和特定的语气，只是发音吐字太奇怪。军中精研各族语言的学者猜测，侯爷可能是在无意识中将几种语言的要素混杂在一起，形成了一种只有他才能理解的新的语言，就像是经过编排后的传递讯息的密码，你能明白这个意思吗，胡大夫？"

胡笑萌点点头："我能懂。我年少时也从过军，知道密码这回事。对了，你说'绝大多数的字眼都听不懂'，那么，还是有些零星的词句能听懂，是吗？"

"对，确切地说，我们也只是猜的。"男人回答，"侯爷有一次发病的时候，走出了他的营帐，在军营里游走，正好来到了整理战利品的库房。在那里，正好有人展开了一幅从刚刚攻下的城邦得到的古画，那是一幅羽族风格的油墨画，名为《猎风》。"

"指的是捕猎大风，对吗？"胡笑萌说。大风是九州传说中体形最为庞大的生物，是一种翱翔于天空中的巨鸟，据说成年大风体长能超过千尺，翼展超过五千尺，体重达到四千万斤。只不过，大风的存在迄今为止还没有确切可信的记录，关于它的一切仍然只存留于野史传说之中。

"是的，那幅画所描绘的，正是羽人驱使着木叶兰舟在大海上捕猎一只大风的场景。"男人说，"侯爷一见到那幅画就脸色大变，指着画面上的大风不停地重复着几个发音。他很有可能是在说'大风'，但也有可能是在说类似于'怪物''怪兽''毁灭'这一类的语汇。"

"这个推测很严谨。"胡笑萌说。

"但是我们的语言学者很快想起来，之前侯爷也有一次说出了完全一样的词语，同时相关联的还有另一个发音，他把这两个发音联系在一起，猜出了两个词。因为假如把这个词理解为'大风'的话，另一个词，按照发音来说，就可以指同一个地名。"

"地名？"

"拉图斯雅兰。那是大陆西面远洋中的一个岛屿，也是有历史记载以来，最接近于记录到大风活动的一座岛。拉图斯雅兰是羽族语言，意思是'风暴之眼'。"

现实之八

"我又问了一些问题，但对于侯爷奇怪症状的起因，还是不敢下论断。"胡笑萌说，"后来侯爷留在后方的几位秘术师也赶到了，和我一起会诊，却并没有在侯爷的脑袋里找到什么残留的精神力。我们猜测，异种精神力可能原本是存在的，但经过了这些日子，已经被吸收同化了，又或者藏入了侯爷的精神深处，唯一查找来源的方法是让秘术师用某些高深的秘术强行进入侯爷的精神，稍有不慎就可能让他疯上加疯。此事太过冒险，没有谁敢担责。"

"我也没有别的办法，只能从安神清脑和镇压外邪等几方面入手，为侯爷开了几张药方。如果是对寻常人，那样的药方我根本开不出来——当中的任意一味药材都能让一个平民倾家荡产。但是侯爷不需要担心这些，所以最后我还是治好了他。从那一次到现在，已经十多年了，也没听说他再犯病。"

"我认识你以来，第一次听到你提到某人的时候，语气里带有尊敬的味道。"叶空山说，"看来你对镇远侯的印象着实不错，恐怕不仅仅是因为他最后没有砍了你灭口吧？"

胡笑萌下意识地摸了摸脖子："这个嘛，我不否认。这世上绝大多数人在我眼里都是蠢货或者混蛋——比如说你——但是侯爷，他的身上有一种独特的气度，让我真心佩服。旁人往往会想当然地以为侯爷是个杀人狂魔，是个暴虐成性的屠夫，但是和他接触后，却也能理解为什么他手下的人对他如此死心塌地地忠诚。"

离开胡笑萌的诊所时，已经是深夜。袁圆告辞回到叶寒秋下榻的公馆，只留下叶空山和岑旷。

"镇远侯念叨的大风和那个什么风暴之眼的岛屿，应该是条很重要的线索。你读书多，听说过这个岛吗？所谓的'有历史记载以来，最接近于记录到大风活动的一座岛'，是真的吗？"叶空山问。他并没有急于回去，而是陪着岑旷先走回她的住所，这个举动固然有风度，却似乎并没有太必要，毕竟要论自保的本事，岑旷得比叶空山强出个几十倍。

"是真的。那是我以前寻找各种志怪小说、民间怪谈的时候读到的。"岑旷回答，"有人在那座岛上发现了大风存在的痕迹，据说大风还引发了海啸，毁掉了附近的商船。但是侯爷为什么会对大风产生那样的反应，我就不明白了。难道那次灾难的时候，他也在岛上？按时间来算，还是有可能的，那件事距今也就是三十年左右吧。"

"说不定。"叶空山说，"如果对于普通人来说，能够经历一次和大风的相遇，那是足够吹一辈子的精彩回忆了，但对于镇远侯这样的人来说，只能说是稀松平常吧。我觉得那座岛和大风，对他一定意味着什么特殊的东西，需要从这儿开始挖掘。"

"那我们明天一早就去找何先生，查看侯爷的遗物。"岑旷说。

"没有那么简单。"叶空山说。

"为什么？"

"你不觉得，何先生这次答应得太痛快了吗？我指的是，允许我们查看镇远侯的私人物品这件事。"

岑旷想了想："确实有点。尤其是刚刚听了胡大夫讲过去的那件事,想想他们为了保密就动手绑人的那种手段。你的结论是什么?"

"何先生压根就不希望有人调查此事。"叶空山说,"这个世上大概不会有人比他更了解镇远侯。事情一发生,我猜他就已经非常明确地意识到,这件事不是什么单纯的凶杀啊绑架啊之类,而是一定牵涉到了镇远侯过去许多不为人知的隐秘。这样的隐秘,他绝不愿意让外人知道。"

"可是他答应了你……"

"对,他答应了,那是因为盖子没有盖住,案件惊动了朝廷。在朝廷面前,他总不能直白地说'此事极有可能会损害侯爷的声誉,请皇上不要调查'吧?"

"是这个道理。无论如何,表面上的态度得是合作。"岑旷点头。

"所以他明面上同意了协助我们,实际上,一定会在背地里做点儿小动作,比方说,把某些关键的东西藏起来。"叶空山说,"再考虑到刑部赋予你我的临时特权,他应该料想到我们可能在王府里仔细搜索,因此,要藏匿的东西会提前转移到王府之外。"

"那为什么不直接销毁?"

"因为他们自己也一定想要找到真相。由他们自己查,就不至于泄露出去。"

"那我们还不赶紧去监视?"岑旷刚才还有点困,这下立马睡意全无。

"你以为人家还会等着你去?"叶空山从鼻子里嗤了一声,"反应迟钝也得有个限度。等你意识到,黄花菜都凉了。"

岑旷忽然明白过来:"你已经提前派人去干了?对了,今天那个卖花生的小孩,好像有点面熟……好像就是上次和你合伙……"

叶空山递给她一张字条:"这就是我们现在要去的地方。抱歉,今晚你又没法休息了。"

此时由于宵禁令，大街上已经不见灯火。岑旷用秘术在掌心放出一些光亮，看清了字条上的内容，倒吸了一口凉气："你的眼线们没有弄错吗？真的是这儿？"

"多半是真的。"

即便是在白天，岑旷也对殓房充满恐惧和厌弃，更别提是在黑暗笼罩一切的夜晚。她虽然并不是人类，但对暗夜的敬畏大概是一切生灵的本能，何况凝聚过程中那无边无垠看不到尽头的黑色虚空也在她的潜意识里打下了深深的烙印。在过去的一些办案经历中，她也不止一次被那些原本应当不存在、却总是从心底深处涌出的荒诞幻想吓到。

而殓房并不是幻想。这里的冰冷和苍白是有实体的，那些或完整或残缺，或安详或狰狞的死尸，让岑旷每次去完殓房就会噩梦连连。

但她必须去。那是作为一个捕快的职责。

"我不是太明白，镇远侯的人为什么会和青石城殓房扯上关系？东西为什么会往那里藏？"岑旷说。

"不是和殓房有关，是和殓房里的人有关。"叶空山说着，手向前方一指，"你瞧，她来了。"

在岑旷的视线中，仵作李青那熟悉的身影正向两人不疾不徐地走来。

"我本来想说有点奇怪，但又一想，不应该奇怪。"岑旷说，"侯爷这样的人，在什么地方安插眼线都不足为奇。"

"我不算是他的什么眼线，甚至并不是他的手下。"李青说，"但侯爷对我有大恩，只要他有任何需要，我就会立即为他办到。"

"这并不是侯爷的需要，是他的手下的需要。侯爷已经死了。"叶空山说。

"正因为他已经死了，我才必须要维护他的名誉，哪怕是用我的生命。"

随着李青的这句话，岑旷听到殓房的四围传来一阵脚步声。这应当是人的脚步，但步伐的轻重和节奏却有一些异乎寻常的怪异。她立即提升了自己的精神力，随时准备发动秘术。

脚步声逐渐靠近，岑旷已经可以看得很分明，从四个方向分别走出两个、一共是八个"人"。这些"人"虽然有着人类的体型，但表情僵硬，肤色苍白，双目黯淡无神，而且不能感受到他们的呼吸。

"李青，你……你是一个尸舞者？"岑旷很是惊讶。尸舞者是一种能操控尸体的人，也算是九州大陆上历史十分悠久的一种门派——尽管该"门派"的成员总是喜欢独来独往，相互不通消息，更不愿意与外人交流，因而显得神秘莫测。岑旷也只是对尸舞者有一些表浅的认知，知道他们通过一种名叫"尸舞术"的方法来操控尸体为自己所用，而且非常擅长用毒，是一帮很不好惹的人。

"所以殓房是一个很适合我的地方。"李青一笑，"岑旷，你是个很可爱的姑娘，我不想伤害你。所以我给你一个机会，离开这里，在刑部的人面前随便敷衍一下，不要真的调查这件事。刚开始的时候，你之所以那么执着地卷入这件事，不就是为了救那些被抓起来的死者亲属吗？现在你如愿以偿，他们都已经被释放，你也就没什么遗憾了吧？"

"不，还有黄捕头他们。"岑旷摇头，"如果侯爷的死不能得到一个明确地交代，衙门里的人都会遭殃。"

李青叹了口气:"你为什么总喜欢扮演救世主?这世上的苦难如此之多,遭受不公冤屈的人如此之多,凭你能救得过来吗?"

"我不是想当什么救世主。我没有这个资格,也没有这个能力。"岑旷慢慢地摇头,"我只是一个小捕快,也是一个想要学着做人的魅,在尽力做自己觉得对的事。我的导师,一个说话办事总是很不正经的捕快,有一次对我说,我虽然很笨很天真,却有一个连他都不及的优点,那就是对一切事情很认真,连剥一头蒜都认真得像是大夫拿着刀给人割瘤子。虽然有时候他觉得我这样的认真太可笑,蠢得像一只到处找母猪奶头的小猪;有时候却又觉得,这样的认真并不是坏事。"

"你还有一个优点,就是记性好。"叶空山在一旁咕哝了一声。

"这的确是你的优点,我也因为这一点而喜欢你。"李青的语声里带着一丝忧郁,"所以,为了表示尊重,我会尽全力,认真地杀掉你,让你死得像一个真正的人。"

话音未落,八具被操纵的行尸——通常被尸舞者们称之为"尸仆"——已经向着岑旷和叶空山猛扑过来。岑旷早已做好准备,从地下化生出几道藤蔓,将尸仆们的腿缠住,拉着叶空山脱离开包围圈。但尸仆在尸舞术的加持之下,力量远比普通人要大,很快就挣断了藤蔓,继续在殓房里追逐两人。而李青带着另外两具尸仆守在门口,以防两人夺门而出。

岑旷原本以为自己需要费心去照料不擅长打架的叶空山,却没想到叶空山虽然揍人不行,在这样的狭窄空间里躲闪逃命却很在行。他充分发挥出自己只要命不要脸的特质,丝毫不顾形象是否狼狈,该钻桌子就钻桌子,该连滚带爬就连滚带爬,该使绊子就使绊子,半点不含糊。而尸仆虽然力量大,直线速度也够快,论灵活性却差了不少,始终追他不上。

"不用管我。你顾好自己就行了。"叶空山在危机中说话仍然并不慌乱,这让岑旷也镇静了不少。她深呼吸一下,开始尝试变换不同的秘术和尸仆们周旋。她发现李青这次是有备而来,带来的尸仆全都强化了对秘术的抵抗能力,这让她的秘术攻击威力大大减弱,不得不一直处于守势。好在她在青石城的这几年一直坚持着修炼秘术,单纯防御倒还能坚持下去,但时间长了还是难免会精神力不断衰减,这让她又有些焦躁。

一个尸仆挥起长臂,向岑旷当头击下,岑旷用冰盾奋力一挡,冰盾被打得粉碎,她也跟跟跄跄向后退出了好几步,脚底下踩到一个软绵绵的东西,低头一看,正是在地上鼠窜的叶空山。叶空山也正好抬起头来看她,嘴里夸张地喊了声"踩死我了",手指却悄悄地向门边一指,正好指向李青所站立的位置。

岑旷明白,他是在指示自己擒贼先擒王,不要和尸仆过多纠缠,而是直接打倒李青。尸仆本身只是没有生命的死尸,是没有任何行动能力的,之所以可以行动并被用于战斗,是因为有主人尸舞术的操纵。只要先击败尸舞者,尸仆就会失去行动能力。

这当然是当前的最优策略,但岑旷却有些犹豫。她并不想真正去伤害李青。虽然李青一向是个表面上冷冰冰的人,在岑旷加入衙门之后,一向和她只是有工作上的交集,而完全没有什么私人的交往,但岑旷心里一直是很佩服她的。跟在最能解决怪异难题的叶空山身边,岑旷在这几年的办案经历里没少需要和殓房打交道,相对于一见到死尸都会两腿发软的她,李青有着在男人身上都很少见的绝对的理性和镇定,而且在冷漠的外表之下,其实对怕见死尸的岑旷也颇为照顾,甚至会为了她把尸体从殓房里拉到空地上,只为了外界的光线能让岑旷感觉舒服一些。

微微迟疑之后，岑旷仍然明白当前的情势紧急，不攻击李青是不行的，还是出了手。她用的是谷玄系的诅咒秘术，威力不小，无形可循，但是施放速度稍微慢一点，那一刹那的犹疑给了李青躲闪的机会。秘术击在了李青身边的尸仆身上，由于尸仆本身没有生命，诅咒反而起不到效果。

李青立即调回了一名尸仆，由三个尸仆挡在自己身前，岑旷已经失去了直接打击到她的机会。李青摇了摇头："我记得好久以前就跟你说过，你的心肠应当再硬一点。你想要做人，但软弱的人在这世上很难活下去。"

说完这句话，似乎是李青又向尸仆发出了新的指令，尸仆们开始加强了攻势，并且一件件砸碎了殓房内的家什，显然是为了让叶空山无法再取巧逃跑。岑旷暗暗叫苦，心想这一回恐怕讨不了好了，按照导师叶空山一向的风格，打不过就得考虑逃跑了。

果然叶空山趁着在地上狼狈打滚的当口，悄悄向岑旷指了指墙壁的方向。岑旷会意，制造出一股强硬的空气压力，在墙上撞出了一个大洞，但由于尸仆们的干扰，这个洞比人的躯体还是要小上一圈。叶空山动若脱兔，身子稍微蜷缩，从那个大洞里精准地翻了出去，简直比得上一个街头杂耍艺人。

"你在武学方面的全部天赋都集中在了逃命才能上了吧。"岑旷十分不敬地想。不过叶空山逃了出去总算让她放下心来，全力应对的话，虽然要击败带着那么多尸仆的李青很难，自保理应无碍。

然而，刚刚转过这个念头，洞口处人影一闪，叶空山居然又以同样动若脱兔般的身姿钻了回来。他在地上打了个滚，冲着岑旷苦笑一下。不必他开口说话，岑旷也能看到墙外伸进来一只死人的手臂，她明白过来，那是李青在墙外也安排好了伏兵。

"叶捕快虽然打架完全是废物，但是鬼点子很多，我不得不多做点准备。"李青嫣然一笑。

殓房内的十具尸仆会集到了一起，向着两人逼过来，而身后的墙洞上也响起了被击打的声音，那是殓房外的尸仆也准备冲进来合围。

岑旷侧头看叶空山，发现他正在伸手摸向怀里，心里一动，想起了叶空山还有一手投掷飞刀的小本事，所以她刚才所想的"叶空山只会逃跑"倒也不全然正确。只是这一手绝活她总共也只见到叶空山施展过一两次，到底稳定程度如何、能不能在这样危急的时刻对李青造成威胁，她着实无法判断。

只能尽量吸引李青的注意力，让她把尸仆的所有力量集中在自己身上，以便为叶空山制造出其不意的偷袭机会。岑旷想着，伸出双掌，左掌上浮现出浓墨般的黑气，右掌则被一团耀眼的紫色光芒所环绕，看起来威势惊人。但这其实并不是什么攻击秘术，只是她制造出来的一点光影效果罢了，目的是让李青以为这是她最后的厉害杀招，从而全力戒备她。

幸好这只是行动上的骗术，而不需要用嘴说出来，岑旷想，不然没法说谎的我还真做不到。

这个骗术奏效了。李青果然被那炫目的光影所吸引，担心岑旷会施放什么鱼死网破的危险秘术，把全副注意力都放在了她身上，尸仆们的站位也都调向了她的方向，让叶空山和李青之间几乎没有什么阻隔物了。

叶空山的目光闪烁了一下，手背上青筋微凸，那是用力的迹象，看来是打算出手了。岑旷正在心里悄悄祈祷叶空山这一刀能击伤李青，但是最好不要把她杀死，却忽然看见一个尸仆脚步横移了一下，刚刚好挡住叶空山的发刀路线。

"忘了说，叶捕快的刀子扔得不错，这一点我也是知道的，毕竟我经手过被叶捕快飞刀刺伤的犯人的尸体。"李青依旧笑吟吟的，"从伤口可以看出，叶捕快虽然挨打的时候像块咸肉，发暗器却是力度准头俱佳，不得不防啊。"

叶空山的脸上现出了沮丧的神色，岑旷的心也沉了下去，知道这一下形势就大大的不妙了。没办法，得拼命了，她想，刚才那两下只是骗人的花招，这回恐怕真得把精神力提到足够高，用一些危险的杀招了。

"本来不想如此的，"岑旷想，"我终究并不想杀你。"

她选择了郁非系火焰秘术中威力极大的缠绕之焱，计划用缠绕不休的毒焰把这些对秘术有抵抗能力的尸仆一点一点烧光——也许还会连李青一起烧成灰烬。李青似乎也看出了岑旷眼里的决心，她可不像岑旷那样犹疑不决，尸舞术发动，果断操纵尸仆们向着两人全力冲来，决意要打断这次秘术。

来吧，拼吧，岑旷想着，心情反而平静下来，不去多想自己的秘术能不能赶在尸仆们扑到之前成功发动，只是全力凝聚精神力。

岑旷心无旁骛，死死盯着李青，准备释放出那无可阻挡的烈焰。她只觉得时间都因为这种专注而减缓了流逝，视线里只有李青冷冰冰而带着残忍的笑容。但猛然之间，令她意想不到的变故出现了。

——李青突然面孔一僵，胸膛处猛地伸出了一截血红色的剑尖。有人从背后用剑刺穿了李青的身体！

这一下来得太过突然，岑旷几乎不敢相信自己的眼睛。李青是背靠着殓房的木门站立着的，也就是说，有人一剑先刺穿厚重的木门，再刺穿李青的心脏。这一剑的力量和速度，无疑相当惊人。

李青瞪大了双眼，仿佛对这一瞬间发生的一切难以置信。她的嘴唇动了动，想要说些什么，最终却只是从嘴里涌出一股鲜血，喉咙里响起一阵含义不明的怪响。尸仆们也僵立在原地不动，肤色中泛出黑色。

墙外的刺客收回了剑。李青的身体慢慢坐倒，不再动弹，停止了呼吸，而尸仆们在这一瞬间开始迅速地腐败，纷纷化为白骨。

岑旷长出了一口气，心里乱纷纷的，既有脱离险境的如释重负，也有对李青之死的伤感，当然，最重要的还是好奇：这突如其来的一剑，究竟是谁刺的？

叶空山却在这时候笑了起来："出来吧，伙计，来得还算及时。"

殓房的门被拉开，李青的尸体顺势倒下，一条人影跨过她的尸身，走了进来。岑旷看清对方的相貌，吃惊不小："是你？"

"对，是我，岑小姐。"袁圆回答。

岑旷看看袁圆，再看看似乎早已猜到的叶空山，一时有些不解："你早就知道袁圆会来帮我们？"

"我并不知道是他。"叶空山说，"但就在你苦大仇深地盯着李青的时候，我注意到了院子里的脚步声。而且从脚步声移动到李青的背后，我判断出这个人是想要干掉李青——是不是为了帮助我们那可不好说，但至少结果上是这样。"

"所以你龇牙咧嘴地假装要发飞刀,又做出我很少在你脸上看到的沮丧失望,其实是为了吸引李青的注意?"岑旷说,"你倒是连我都骗过去了。"

袁圆已经开始在殓房里翻找。岑旷看着他,叹了口气:"果然这世上什么人都能骗到我。我一直以为你很老实。"

"我的确很老实,但是办案的手段总还是会一些的,不然怎么为叶大人办事?"袁圆一边翻箱倒柜一边说,"叶大人反复交代,说他的弟弟为人奸猾无比,一定会撇下我单独行事,所以我表面上是要回公馆,实际上兜了个圈子又回来跟着二位了。"

"我们俩都没能发现,说明你的跟踪术真的很厉害。"岑旷说。

"我的哥哥是不会让一个废物来盯着我的。"叶空山说,"我只不过是怀了一点侥幸,希望他能稍微低估我一点。但现在看来,不认栽也不行,我们甩不掉他,只能和他合作了。"

"和我们合作并没有什么坏处。"袁圆说,"我不懂政治,只能向你复述一下叶大人的话。他说,镇远侯这些年功高震主,在朝廷里的势力更是盘根错节,其实皇帝也是很不安的。假如这次调查能挖掘出一些隐情,或许能为皇帝所用,所以刑部得到的支持相当大。当然了,并不是所有东西都可以毫无保留地见光,这一点我就算说谎也没用,但相比起镇远侯手下的人,叶大人肯定要好打交道得多。还请叶捕快深思熟虑,不要再想办法甩掉我,那样反而会拖延我们的办事效率。"

"有理。"叶空山说,"成交。"

他向着袁圆伸出自己的右掌,袁圆愣了愣,随即会意,也用自己的右掌在叶空山的掌心上轻轻击打了一下。岑旷当然明白其中含义,这是人类表示"定约""不得反悔"的意思,算是在公家公文之外两人间的私人约定。

但是叶空山这厮到底会不会遵守约定，她着实没有把握。

往事之八

柳南是宛州西南的港口城市，城里有个商人名叫方振凯，因为嗜赌无度败光了家产，不得已去码头上做苦工。有一天，一只远洋海船在码头上招募水手，开的薪水很高，却少有人报名。

方振凯向旁人询问这是为什么，一位老者告诉他："这条船是去往雷州西部海域采鲛珠的，那里风急浪高，经常有海怪出没，还有鲛人劫掠，十分危险，所以虽然报酬丰厚，也只有亡命之徒才敢去。"

方振凯说："我负债累累，只剩下这条命，与其等死，不如再赌一次。"于是报名上船。

海船到达雷州西部后，果然遇到了鲛人袭击。船主早有准备，用火炮轰击，击退鲛人，但船已经偏离航向，驶入一片陌生海域。有水手发现海面上漂浮着什么东西，下网捞起来一看，是一张木弓。

水手辨识之后说："这是羽人用的弓。"

船继续向前，海面上的漂浮物越来越多，其中间杂着尸体，像是有海船遇难。水手们捞起浮尸，发现不只羽人，也有人类和夸父。这时候狂风大作，海浪像高山一样掀起，海船左右颠簸，十分危险。方振凯内心惴惴不安，渐渐开始后悔。

很快船身被海浪击碎，人们都掉进海里。方振凯抱住一块破裂的船板，以为自己死定了。不久之后，天色突然昏暗，就像是天黑了一样，他抬头望去，看见一个巨大的黑影从空中掠过，遮住了太阳，竟然有好几千尺宽。黑影飞过的时候，天地都仿佛要被撕裂，方振凯被卷入巨浪，昏迷过去。

苏醒之后，他发现自己躺在一座海岛的岸边，侥幸没有死去。

向前走出半里地,发现到处都是灾祸的景象,岛上的房屋全部被摧毁,废墟间露出许多尸体。又走了几里地,在一处岛中的乱石堆里发现很多巨大的蛋壳碎片,最大的一块比一只货船还长,厚达十多丈,坚硬无比,用刀砍下去不留任何痕迹。

方振凯知道岛上有奇怪的事件发生,不敢久留,他找到一些食物和饮水,又找到一条完好的小船,急忙驾船离开。几天之后,他被另一艘大海船救起,送回柳南。他向人们讲述自己的经历,但没人相信他,官府认为他和海盗勾结杀害了船上的其他人,判处他死刑。一直到行刑的时刻,方振凯仍然向着围观的人群高呼:"我没有说谎,我说的都是我的亲身经历。"

我的一位叔祖,在柳南城做主簿,遭奸人陷害入狱,家里花了不少钱才把他救出来。方振凯被斩首之前,和他关在同一间牢房,所以记住了这个故事。我的叔祖说:"他所说的,就是大风啊。这种好像神一样的生物,从来没有人亲眼见过,怎么会被他这样的凡人遇见、还看到了大风孵化后的蛋壳呢?世上的骗子固然很多,像方振凯这样的奸人,谋财害命后还要用虚无缥缈的传说故事来编织借口,却也很罕见,实在是人品卑劣,死不足惜。"

——选自姚肃《锦灰斋拾故》

现实之九

暂时订立了盟约后,袁圆和叶空山合力,在殓房里找到了一个巧妙隐藏起来的暗格,从里面取出一个小箱子。岑旷满怀期待地解除掉箱子上的秘术封印,打开箱盖,却看见里面并没有什么纸张文件,只是放着一个通体墨黑的硬质球体,大概有人的拳头那么大小。她的眉头皱了起来。

"这是什么?"袁圆也感到诧异。

"我也不知道。但是看表情,我们的岑小姐知道。"叶空山说。

"这是一个水晶球。"岑旷说着,把这个黑球捧了起来。

"黑色的水晶球?"

"不是,水晶球原本是透明的,里面被侯爷的记忆填满了,所以染成了黑色。"岑旷解释说。

"我听说过,这是一种可以存放记忆的水晶球,但是不是说只有秘术师才会打造和使用吗?"袁圆问。

岑旷摇摇头:"不是。如果打造的时候往水晶球里面封入特殊的魂印石,普通人也能使用,以侯爷的身份,想要找到几块魂印石还是不难的。但是这样的记忆球,都只会记认一个唯一的使用者,只有这个使用者的精神印记才能存放和读取,你可以想象成那是一把锁,只有唯一一把特定的钥匙才能打开。"

"也就是说,镇远侯死了,就没有人能看到里面的东西了?"袁圆很是失望,"这倒是个保存资料最安全的方法,像是他会做出来的事情。"

"是的,除了镇远侯自己之外,这个记忆球没有其他人可以读取。"岑旷也一下子陷入了低落的情绪里。但过了一会儿,她又重新抬起头来。

"人的精神世界,原本也不会被旁人读取。"岑旷忽然说。

"你想说什么?"袁圆不懂。

"但是你却可以读心。"叶空山却立刻明白了她的意思。

"对,常人无法读到别人的心声,我却可以。那我也不妨把这个记忆球当成是活着的镇远侯,用读心术试试看。"岑旷说,"总归是死马当活马医。"

"会不会有危险?"叶空山说,"一直以来,你都在告诉我,读心术的使用伴随着你受到精神伤害的风险。而这个记忆球,既然是用秘术上了锁,那就会比普通人的记忆更加危险。用你刚才打的比方,这好比一个仓库,不只是上了锁,门口还有一个厉害的守卫。"

岑旷看了叶空山一眼,嘴角浮现出一丝浅浅的笑意:"你是不是在担心我?"

叶空山的脸色看上去像是偷糖果被抓住的顽童,但最终还是点点头:"对。我不放心。"

"但是你也知道,虽然我平常总是很听你的话,当我决定了什么事的时候,你也阻止不了。"

"对。我知道。"叶空山哼哼着。

"现在已经很晚了,岑小姐又刚刚经历了这么一场恶斗,想必应该先好好休息一下。"袁圆说,"可否让我把这个记忆球带回去,天亮之后再来和二位会合?公馆里有城守派来保护叶大人的护卫,也更安全一些。"

他的言辞虽然客气,话语里的含义却再也明白不过。岑旷也懂得他的意思:虽然他和叶空山暂时结盟,但毕竟不敢完全相信对方。读心术是一种十分高深的秘术,全九州也未必能找到第二个人会用,单独把记忆球放在袁圆手里,短时间内他也没有办法去解读;但如果直接交给岑旷,袁圆就完全失去了制衡的可能。

叶空山也很清楚这一层,虽然有点不情愿,但还是同意了。至于岑旷,出于她善良的、容易相信人的天性,一面固然有一些担忧,一面又批评自己"不能对同伴太过怀疑",自然也无异议。三个人这次不再耍什么花招,各自回到住处安睡。

和李青的战斗虽然时间并不长,却极耗精力,岑旷累得顾不上多想其他,很快就睡着了。但她睡得并不沉,这些日子的种种经历纠结成扭曲的梦境,让她在睡梦里疲于奔命,陷入各种细节不清的追逐奔逃中,以至于醒来后也觉得头昏脑涨,用叶空山常说的话来讲:"睡觉最忌做梦太多,就好像躺在床上被人揍了一晚上似的。"

岑旷带着这种被揍的感觉去往宛州商会的废弃会馆,那是三人商定好的碰头地点。官家的公馆表面上看来守卫严密,却难保不会有镇远侯的细作渗透监视,并不适合让岑旷在里面实施读心术。

"各自想办法,在会馆的观星台会合,别被跟踪。"这是叶空山的指令。

岑旷毫不怀疑叶空山和袁圆有足够的能力甩掉一切跟踪者,却对自己不甚有信心,所以一路上十分小心,不断用秘术来隐藏自己的行踪。最终她顺利地进入了商会会馆,来到观星台上,叶空山已经等在那里了。

但一直到过了约定的时间,袁圆却始终没有现身。岑旷隐隐感觉到了一些不对。

"袁圆未必是一个很可靠的人,但在这件事情上,我能判断出,他没有欺骗我们的必要。"叶空山说,"他没有来,一定是出了什么事。"

岑旷自然相信这个判断。两人当机立断,决定去公馆直接看看。叶寒秋虽然和叶空山素来不睦,公事私事孰轻孰重却从来分得清,听岑旷说要立即见袁圆之后,并没有多问,马上命令手下去召唤袁圆。

"别,我们自己去。"叶空山冲叶寒秋使了个眼色。

叶寒秋会意。他屏退手下,和岑叶二人一起来到袁圆的房间外,岑旷正准备动手敲门,却忽然停住了手。

"房里有血的味道。"她低声说。

她和叶寒秋对视一眼，已经在瞬间达成了默契。岑旷凝出冰盾，叶寒秋猛地踹开房门，两人齐冲进去。

然而房间里是空的。

袁圆并不在房内，但房间里十分凌乱，有着很明显打斗过的痕迹，地上和床边还有已经干涸的血迹。

"袁圆的武艺怎么样？"叶空山知道此事无法隐瞒，简短说了一下记忆球的事，然后发问道。

"他不是一个很露锋芒的人，但是武功相当扎实，我要击败他恐怕也不容易。"叶寒秋回答。

"也就是说，不管袁圆是被掳走还是被杀死了把尸体带走，这个敌人都绝对不一般。"叶空山说，"老哥，看来需要辛苦你亲自陪我们去一趟了。光靠岑旷，我担心应付不了。"

"不必你说我也会去。"叶寒秋冷冷地说，"既然有人敢动我的人，我自然要去打个招呼。"

他又轻轻一笑："何况，这些年来几乎没有机会在一线办案，我觉得骨头都要发霉了，也该稍微动一下了。"

叶寒秋现在是一个"几乎没有机会在一线办案"的成天坐着的官员，但在若干年前，他却是一位赫赫有名的神捕，论办案的能力不会比兄弟叶空山差。现在两兄弟抛开嫌隙暂时合作，很容易就寻找到了不少蛛丝马迹，从公馆一路追踪出去，一直来到青石城西南部的一处所在。袁圆的血迹就在这里消失。

"这里是什么地方？"叶寒秋环顾四周。在三人的身边，是一片仿佛硬凑起来的、毫无规划可言的房屋，说破败也不一定，有一些的外部装修甚至还能显出有钱的派头来。但各种风格不一、高矮大小不一、贫富不一的房屋挤在一起，视觉上就颇为怪异，让人看了就很不舒服。

"这里是青石最乱的地方。"岑旷回答，"虽然官府一直在打击黑帮，却始终难以禁绝。这一片街区，就是帮会分子们活动最多的地点。但这也不能说明袁圆的失踪和这些人有关，因为这里其实也是各路罪犯最适宜的藏身地点，有很多外地的作案者都会在这儿找一个临时的窝点。"

"衙门里的人，干脆就把这一带叫作'迷宫'。每回说起'我正在找的嫌犯可能躲到迷宫里去了'，大家就会很头疼。"

"比方说，如果有什么人对镇远侯这起案子感兴趣，从别处来到青石城，也很可能选择这里藏身，对吧？"叶寒秋的目光似乎闪动了一下。岑旷觉得他有什么话欲言又止，但又不好追问一位刑部官员，只能默默点头。

而比地形复杂更加糟糕的，是三人在这样气氛不大对的地方显得过于招摇，一方面是叶寒秋那明显不是平民百姓的服色打扮，一方面是叶空山和岑旷也算是青石城一部分犯罪分子的老熟人。不过是站在街旁小声说这几句话的工夫，他们就已经引来了不少警惕的目光。

"这下怎么办呢？"岑旷很是犯愁，"我现在都有些后悔这几年办案太投入了，现在到了贼窝里，到处都是老相识，行动太不方便。"

"反过来想，到处都是老相识，其实也能提供方便。"叶空山说，"看你怎么利用了。"

说着，他伸手向街对面挥了挥，大声喊道："黑狗！好久不见了!"

被他叫作"黑狗"的是一个面皮白净的中年人,天晓得为什么绰号里会带个"黑"字。他原本藏在其他人身后,悄悄向这边张望,结果还是被眼尖的叶空山看到了。被叶空山这样公然招呼,黑狗看来又尴尬又紧张,似乎是知道自己躲不掉,扭扭捏捏地跑过街来,一脸苦相:"叶大爷,您能不能别那么大声?我以后还得在青石城混呢。"

"那是以后的事。"叶空山不紧不慢地说,"如果你现在不听我的,我会让你现在就没法混。别忘了,我手里捏着你的把柄,足够让你被你的老大砍掉三十只手。"

"真是禽兽不如……"岑旷用只有自己才能听到的声音说。

黑狗终于还是屈服了,火速安排手下去打听。罪犯们独有的眼线和消息来源确实管用,很快就有了回音。

"确实,就在你们三位到来之前大概半个时辰,有一个身上带伤、相貌如你们所描述的人来到了街上,并且很快消失了。"黑狗说,"不过还是有人看到他最后进入了蒋老五的棺材铺。叶大爷以前在那里亲手逮捕过蒋老五的哥哥,自然不需要我带路了吧?"

"我倒是挺喜欢蒋老四的。"叶空山说,"用空棺材来贩私盐,很有创意。"

"棺材……"岑旷突然有了一种极度不祥的预感。但事实证明,好像每当她预感不妙的时候,总是能应验。

如岑旷那模模糊糊的猜测,袁圆的身体就装在一口棺材里,蒋老五的棺材铺里的上等柏木棺材。和其他那些需要躺在棺材里的人相仿,他已经死了。

尽管和袁圆相处时间很短，尽管被袁圆悄悄跟踪过，但岑旷对他的印象还算不错，而同为魅族，更是有一种天然的亲近感。但此时此刻，她顾不上为了袁圆的死而悲伤，而是强迫自己控制情绪，先思考案情。用叶空山常教育她的话来讲，死者已矣，与其把时间浪费在无谓的悲痛上，不如集中精力去帮助生者。

但现在要帮助生者也不容易了。在袁圆尸体的头颅周围，散落着一堆半透明的碎片，那是碎裂后的水晶记忆球残片。记忆球原本被镇远侯的记忆染成黑色，此刻球体碎裂，它又恢复到了原有的色泽。

"记忆球碎了，是不是里面的记忆也就消失了？"叶寒秋问。他的语音稳定而平静，听上去丝毫没有因为失去了一名手下而有什么情绪波动。但是岑旷偷眼看他，注意到他的手掌握成了拳，手背上隐隐看见青筋暴起。

这兄弟俩还真是一家人啊，岑旷想，都不喜欢把真实的情感表露在外。

"恐怕是这样的。"岑旷回答，"记忆是一种精神活动，必须依赖载体才能保存，如果成为单独的精神游丝，就会迅速消散。而散逸在天地之间的精神游丝，是不可能被捕捉还原的。"

"也就是说，镇远侯的这一条线索，已经彻底消失了。"叶空山沉吟着，"没办法，重新找一条路去调查吧。"

叶空山这轻描淡写的两句话倒是让岑旷忽然燃起了斗志。是啊，办案不就是这样吗，她想，总是一条一条的路都走不通，总是充满挫折，有什么了不起呢？大不了从头再来。在青石城当捕快的这几年，她没少遇到各种难以索解的奇案，但最终还是都能解决。

并且,最重要的在于,最初的时候,她无比依赖叶空山,总觉得自己除了读心术之外一无是处,是个必须依靠叶空山聪明头脑的笨蛋附庸。但在一桩桩案件过后,她也渐渐有了一些自信——尽管这样的自信还远不够充足——心中的迷茫渐渐消退。

总不会比做人更难,岑旷想。

她打起精神,抛掉自己对尸体的恐惧,打算检查一下袁圆身上的伤口,看看能不能找到一些和敌人有关的线索,假如袁圆能抢到什么敌人的物件藏在身上就更好了。

袁圆身上一眼可见的伤口有两处,一处在左侧腰间,一处在右肩靠近脖颈的位置。岑旷的手刚刚碰到袁圆的脖子,忽然颤抖了一下,随即缩了回去。

"他好像还没死!"岑旷颤声说。

往事之九

"这些事情,完全可以交给我们手下人去办,不必要侯爷您自己劳神的。"

"我的命令不需要向你重复第二遍吧?"

"明白,那我立刻为您安排。所有的调查人,全部直接听您的差遣,并且只向您密报,不会经过我们。所以,您所要查的每一项资料,只有您和专属调查人两个人知晓。"

"很好。去吧。不,再等等。"

"您还有什么吩咐?"

"你是秘术师,有没有听说过记忆球这种东西?"

"当然听说过。如果您有需要,我可以为您打造一个,大约需要花费两个月时间。"

"那就给我弄一个。不过,放在球里的记忆,能确保只有我自己可以读取吗?"

"这个恐怕不能百分之百地确定。有一种高深的秘术,叫作读心术,能够侵入人的精神世界,读取人的思想和记忆,从理论上来说,也可以用于记忆球。只不过,能使用这种秘术的人寥寥无几,它需要很强的秘术功力以及对精神的特殊敏感,恐怕只有魅族才能做到。"

"好吧,我可以承受这一点儿风险。毕竟按照你的描述,要撬开这个记忆球,还是比撬开一个机关锁要难一些。去办吧。"

第二章 镇远侯与苪

记忆之一

虽然已经使用过很多次读心术,但这一回的危险程度却高过以往的任何一次,因为袁圆的身体虽然已经死亡,头脑里还封闭着未曾消失的强大的精神力,这给岑旷的入侵带来了极大的不确定因素。

"智慧生物的记忆,离开载体就会迅速消散,袁圆也明白这一点,因此,当记忆球破裂的时候,他果断用自己的头脑接纳了从中释放出来的全部精神游丝。"岑旷说,"所以我刚才接触到他的身体时,感觉到了那股精神游丝的存在,误以为他还活着。实际上,他是把自己变成了一个新的记忆容器。"

"倒是相当果敢。"叶空山的脸上难得地露出一丝佩服之色,"在自己濒死的时刻,脑子里想的依然是如何破案,这种犟劲儿倒有点儿像你。"

"所以我不会辜负他的这种死犟。"岑旷说,"叶大人,能不能求你一件事?"

"我会在公馆里安排一个安静的房间，派人严密保护，让你可以不受干扰地追寻镇远侯的记忆。"叶寒秋立刻明白了岑旷的意图，"需要我从天启城调派秘术师来协助你吗？"

岑旷摇摇头："不必。他们帮不上忙。"

侵入的过程颇有些难度，虽然只是没有实体的精神之间的对抗，但于岑旷而言，却好像是孤身一人闯入了千军万马的战阵，身边刀光剑影，飞矢交坠，仿佛每向前迈出一步都要冲破无数的阻隔。那是一个他人的精神世界对入侵者的本能抗拒。

好在她于读心之道也算是经验丰富了，懂得很好地保护好自己的精神，避开守护者的锋芒，一点一点寻找到一个安全的角落，就像是在风暴中飞行的羽人找到了一个能躲开狂风的落脚点。四周的精神世界由一片混沌慢慢转为清晰，出现了可以被辨别出来的颜色、图像、场景，耳畔也能听到声音了。这说明岑旷已经成功地进入了这片异世界，由镇远侯的记忆构成的异世界。

但这仅仅是第一步。人的记忆存储并不像书籍或其他文字资料的整理那样具备条理性，更加不可能有什么方便的目录，一个人的精神世界往往都是混乱无序而又庞杂繁复的，想要在其中找到有用的信息总是困难重重，更别提那些或有意或无意的、也许和现实只是差之毫厘、却能带来谬以千里的效果的虚假记忆。这也是当初黄炯一定要把岑旷交给叶空山来带的原因，因为或许只有叶空山这种一肚子坏水的货色，才能教会纯洁如初雪般的岑旷去解读人心的狡诈。

岑旷集中精力，注视着周围的环境。这里应当是一处书房，和先前在王府里见过的镇远侯的房间有些类似：陈设简单到近乎简陋，没有任何多余的东西。再看看旁边，镇远侯正在一张样式普通的木椅上坐着，看来这就是镇远侯的书房了。

当然，眼前并不是真正的镇远侯，只是记忆重塑的影像。岑旷无法干扰记忆世界中的人，但反过来，那些早已成定局的记忆也不可能看到她，所以她可以放心地走近，观察镇远侯的动向。这时候她才看清，镇远侯的身前跪着一个蒙面人，双手捧着一个木匣，好像是正在向他汇报些什么。

"关于库涅拉尔部落的资料，目前一共就只能找到这些。"蒙面人始终低着头颅，语气恭谨，"雷州的资料原本就很难查找，这个部落又消失得过于迅速。接下来我会去一趟雷州，到库涅拉尔部落曾经坐落的大致地点去探查一下。"

"你去吧。"镇远侯点点头，伸手接过了蒙面人所捧的木匣子。

看来这就是帮助镇远侯搜集和茧有关资料的斥候，岑旷想。库涅拉尔部落，这个名字似乎有点熟悉，应当是在自己读过的某些书籍上有所提及，但自己读的书太多，一时间又想不大起来。

好在镇远侯的记忆影像为她解答了这个问题。他打开木匣，从中取出了一些拓印的纸张，岑旷站在他背后，发现那是一本名叫《雷州异闻录·西南篇》书籍的部分书页，书页内容正好是和库涅拉尔部落有关的章节。只看了开头几行，岑旷就回忆起来了，她虽然没有完整地读过这本号称是龙渊阁修记宇文非所撰写的书籍，却看过其他野史对此书的摘录。那里面提到了，雷州曾经有一个名叫库涅拉尔的河络部落，凶悍好战，一度势力不小，却在一夕之间全部落覆亡，留下一个难解的千古谜团。

镇远侯为什么会对这个部落感兴趣？岑旷有些费解。她一面和记忆中的镇远侯一起阅读着那份资料，一面努力回想着某些似乎有点似曾相识的记忆。当看到仅有的两位目击者对地下城中尸横遍野的惨状的描述时,她忽然明白了自己的这种熟悉感来自何方。

——在宛州商会的那座废弃会馆里,岑旷曾经和叶空山一起,目睹了一群镇远侯手下武士的离奇死亡。确切地说,不算目睹,只能算是耳闻,因为两人站在地面上,听到那些武士在会馆的地下酒窖里莫名其妙地自相残杀,直到只剩下最后一个人。然后那个人拼尽最后的力气,爬回到地面上,开始给自己挖掘墓穴,直到死去。

她心里有些了然了。这两件事之间必然有着某些联系,很有可能库涅拉尔部落里那些河络的死法,与会馆里武士们的死法是差不多的:自己人屠杀自己人,直到灭族。

而武士们之所以会突然失去神志开始自相砍杀,是因为受到了茧的精神力的干扰,那么当年的河络们呢?难道这件事也和茧有关?照这么算起来,这个茧存在的年头可至少得有几百年,甚至上千年了。那里面到底藏着一个怎样不可思议的怪物?

在这一段记载之后,是一张简略的地图。岑旷同样看了看,发现那是一幅手绘的草图,并不精确,但能看得出来,大致描画的是库涅拉尔部落当年在雷州的地点,其主体是河络习惯群居于内的一座地下城。当然了,由于年代太过久远,无法标记准确,只是一个大概的示意。

但奇怪的是,在与这座地下城几乎完全相同的地点,还标记了一个地名,而且使用了两种不同的语言。岑旷的羽族文字尚未学得太精,但东陆通用文是看得明白的,那几个字是"无名羽人村"。

这是什么意思?岑旷有点纳闷。专门标记出了这个村庄,说明它对于镇远侯是有用处的,却偏偏连个正经的名字都没有。而且,从地图的比例上来看,这座村子所处的位置和库涅拉尔部落地下城的位置几乎是重合的,即便是考虑到这幅地图不甚精确而造成的误差,二者也实在是靠得太近了。

这不应该啊,岑旷想,按照那些零散史料的记载,库涅拉尔是一个极不寻常的河络部落,部落里的河络们和其他的同族相比,显得格外残暴嗜杀,攻击性和侵略性分外强,因此虽然人口不算太多,却搅得周边很大一片区域不得安宁。以他们的强势,怎么可能允许在自己的地下城附近发展起一片羽人的村落?这样的村子,即便出现,也会很快被河络们屠灭吧?

除非……除非……

岑旷一下子想明白了。而在记忆的幻境中,镇远侯细细看完书页,又仔细看了很久地图,似乎是把这些内容全都记在了脑子里,然后从身后的一个机关暗格里取出记忆球,将这一段新鲜的记忆存入球体里。他把记忆球放回暗格,将所有的纸页都放在火盆里烧掉了。

果然和我们之前的猜测一样,岑旷想,镇远侯将这一系列的调查视为不可与他人分享的最高机密,每一个环节都极为慎重小心。

就在这时候,周边的所有物体的颜色都忽然变得暗淡,像是一幅在时光的浸淫下慢慢褪色的古画,镇远侯的身影也开始抖动、模糊。岑旷知道,这一次在这段记忆里逗留的时间已经过长,镇远侯留在这里的精神力,以及袁圆残存的精神力注意到了她的存在,开始进行"排异"了。她必须赶紧退出去。

"我想明白了,那张地图上所标注的两个地点,其实分别存在于不同的时间。那里曾经有过库涅拉尔部落的地下城,也曾经有过羽人的村庄,只是二者的存在时间不重合罢了。"岑旷说,"既然专门标记了出来，就说明那个无名的羽族村落一定和镇远侯想要查的事情——也就是茧的真相——有着很重要的联系。所以我得赶紧去查阅资料，看看那一片区域历史上曾经发生过哪些重要事件。雷州的历史记录虽然不如中州宛州那么多，但也会是个很大的工作量，不能耽搁时间。"

"你很聪明，但还是很笨。"叶空山说。

岑旷不解地看着对方。叶空山伸手点点桌面，好像是在点着一张虚拟的地图："你能够一眼看出那两个地点共存的矛盾之处，并且分析出地下城和羽人村子存在于不同的时间，说明你的脑袋越来越好使。但是你忘了，以你和我现在的临时身份，要查什么资料，不必自己跑腿了。只要发出号令，全青石城的公务人员都要任你差遣，如果你担心你的分量不足，还可以狐假虎威，打着刑部叶大人的旗号去办事。这比你自己熬更守夜地去书库里黑着眼圈乱翻效率高得多。"

岑旷不好意思地吐吐舌头："抱歉。我真的忘了。我觉得……觉得……"

她看了看叶寒秋，一时间不知道该怎么措辞，叶寒秋微微一笑，替她说下去："你觉得，我的这个弟弟在青石城口碑太差，神憎鬼厌如臭鼬过街，你作为他的徒弟，想要差遣别人帮你办事多半不易，所以更情愿借助我的名头去压住他们，对吧？"

"你们两位……真的是一家人……"岑旷五体投地，心悦诚服。

的确，叶寒秋的名头能镇得住青石城所有吃官饭的人，即便是岑旷这样的小角色，也能鸡犬升天地号令众生。只用了不到两天时间，各种相关资料就已经汇总送到了会馆里，整理得非常详细，岑旷相信即便是自己亲自出马也不能够做得更好。

在叶家两兄弟不停斗口齿的伴音中，三人马不停蹄地阅读着，并且几乎同时注意到了其中的一条记录。

"毫无疑问应当是它。"叶空山和叶寒秋异口同声。岑旷自然是相信这两位专家的判断，何况即便是以她的阅历，也能看出这一段记录的不寻常之处。

这条记录说，星流五千二百年前后——大约是在库涅拉尔部落覆亡后四百年左右——地下城已经深深沉入底层，一般的雷州民众往往并不知晓该部落曾经的存在。而在地下城可能的遗址范围的地面上，慢慢形成了一个羽族村庄。由于年代久远，这个村庄的具体名字已然不可考，但能确定它隶属于一个名叫塔弗亚的羽族城邦。

雷州是一个民风剽悍、战乱不断的地方，各种势力忽而崛起忽而消亡，塔弗亚城邦在其中军力不强，名声不显，存在的时间也并不算长。但这座城邦走向衰亡的转折点却非常耐人寻味。在星流五千二百年左右的某一年，城邦领主全家人在自己的府邸里惨遭杀害，满门全灭，将近三十口人无一幸免。而那起惨案的具体情状，始终没有可信的正规记录，只是在野史怪谈里有一些猜测。

"邪神？殁？"岑旷看着这份记录后面所附的资料，只觉得一阵血往上涌，"这不就是我们一直在找的东西吗？那些在夜间惨死的平民们，身体骨骼都起了变化，好像是变成了其他种族的样子；而镇远侯死的那一夜，我们都看到了绿色的怪物。原来我们要找的，就是殁！"

她万万没有想到，发生在青石城的这一系列怪事，竟然能和遥远的雷州的神怪传说联系到一起。但资料上的种种描述实在是吻合度太高，不由得她不信。尤其重要的是，根据记载，就在领主被灭门之前不到半个月的时间，城邦里的某个村庄被领主血洗，理由是这个村子里的人悄悄购买武器，意图反叛谋逆。但这个理由说起来颇有些勉强，因为那不过是个普普通通的羽人小村落，连年轻人都没有几个，怎么看也不像是谋逆的样子。

"一定就是同一个村子。"岑旷接着说，"所以事情可以联系起来了。库涅拉尔部落因为受到茧的精神侵扰而自相残杀导致灭族，四百年后的无名村庄也被茧所影响，发生了某些事情，并且引来了领主的剿杀。但具体这是一件什么事，以及事后为什么又造成了领主被灭门，还需要继续查找线索。叶大人，又需要借助你的名头，让大家去尽可能多搜集和邪神殁有关的信息，以及塔弗亚城邦相关的资料，越多越好。"

"岑小姐，和上次见面时相比，你又进步了许多。"叶寒秋夸赞说。

"名师出高徒。"叶空山作大言不惭状。

岑旷并不习惯于被人夸奖，尤其被叶寒秋这样的大人物，也是心中榜样夸奖，而叶空山刚才那句话，虽然还是在和叶寒秋斗嘴，却也默认了岑旷算是他的"高徒"。她一时间手足无措，觉得自己的脸又红了，愣了愣，结结巴巴地转移话题："我已经休息了一天半了，应该可以再用读心术去记忆球里读取一些记忆了。这样一面等着新的资料，一面我也不必干等。"

"你的进步程度还不够。"叶空山似笑非笑地看着她，"最起码，你要习惯经受表扬。"

"是啊，我倒是想习惯，但是平时有人表扬我吗？"

记忆之二

第二段记忆所处的环境非常阴暗，天空中虽然有太阳，却被厚重浓黑的云层遮挡住，只有一点有气无力的光线透下来。空气潮湿阴冷，仿佛重得无法流动，让人不自禁地呼吸不畅。

我这是在哪儿？岑旷打量着四周。借助着那点微弱的阳光，她能注意到自己正踩在柔软的泥地上，泥土里有青草伸出，看来是身处野外，而非像第一段记忆那样是在室内。她信步向前，透过灰蒙蒙的空气，隐隐看见四围都有起伏的山峦，应当是一片山地。

大约走了几分钟，前方出现了一座湖泊。湖水暗沉沉的，颜色深绿到接近灰黑，丝毫也不清澈，还能闻到一阵让人不舒服的淡淡腥气。镇远侯就站在湖边，眺望着湖水。但不知为什么，岑旷觉得眼前的一切稍微有些奇怪，作为一段记忆，似乎并不像先前那段书房里的回忆一样自然顺畅。

不够自然吗？岑旷心里转过了一个念头。她继续往前，也站到了湖边，看清楚了整座湖的全貌。湖岸的轮廓和岸边植被的细节看来十分眼熟，岑旷很快想起来，这是中州天启城与黯岚山之间的晶岚湖。之前跟随叶空山去天启调查他的父亲叶征鸿的死因时，在归途中，叶空山曾经特意绕道带她去看过这座湖。

"中州的风物大多以宏伟、大气、粗糙为主，没有宛州那样的细腻温婉，晶岚湖就算是难得的好景色了。"那时候叶空山这样说道。

当时案子已经结束，岑旷在心里把这趟行程当成了叶空山带着她的一次小小旅行，对旅途中的一切都印象深刻。不会有错，这里的沿岸地形风光和晶岚湖一模一样，她甚至能认出一块岸边的大石头，叶空山在上面踩到了青苔，脚下一滑跌进了湖水里，弄得狼狈不堪。

但这就不对了。晶岚湖一向以风景优美著称，水质更是清澈透亮，整个湖面如碧玉般晶莹，最近上百年都没有产生过特别的水质变化，不可能变成眼前这样的晦暗腥臭，仿佛有无数绿色毒虫溶解在其中一般。

而且，虽然沿岸的近景确实是晶岚湖，远处的视野也不对劲，晶岚湖附近虽然有山，山形和此刻岑旷所见的却完全不一样。尤其是晶岚湖西面的黯岚山脉，山势起伏极大，远远望去恍如一排利刃，干脆利落地切开帝都盆地和楚唐平原，和现在岑旷所见如屋脊一样的厚实群山相去甚远。

"果然是这么回事。"岑旷自言自语着，"这并不是你亲眼见过的景色，而是根据旁人的语言描述所重构的想象。"

这样的虚假记忆岑旷以前也曾遇到过。有些人虽然从未亲眼见过某个事物或者到过某个地方，却会因为对它十分重视、吸收了大量的相关描述，并在自己的头脑里进行过许多的认真想象，最后有可能将这样想象出来的画面当成是真实的场景，也存储在了记忆里。镇远侯肯定是对这座湖十分在意，并对于在这里发生过的某些事进行过无数次的想象描摹，所以最终留在水晶球里的并不是干巴巴的文字资料，而是这样想象出来的虚幻画面。

这样的记忆，由于读心术本身能使用的人就寥寥无几，所以并没有什么专用名词，但岑旷自己把它称之为"描摹记忆"，是一种再加工过的记忆，虽然是虚假的，却包含有真实的元素。

因此，这座在描摹记忆中出现的湖并不是真正的晶岚湖，但显然镇远侯对晶岚湖的印象非常深刻，因此在进行想象重构的时候，无意中以它为基本模板构建了画面。

那么问题来了，这座湖的真实身份，到底是哪里呢？

由于周边的景色是失真的，即便远处的山形也可能出自镇远侯的想象，完全没法确认一个现实的参照物，岑旷一时间不可能分辨出这里的真正地理位置。她只好站在镇远侯身边，想要通过这个记忆影像的言行举动,来寻找到一些蛛丝马迹。然而等了好一会儿,镇远侯就像一尊雕像一样,站在原地纹丝不动。

岑旷暗暗焦急。她知道这里一定发生过和茧有关的重大事件,否则不会如此引起镇远侯的关注,但时间不停流逝,她担心这一次能留在这段记忆里的时间不多了,而一旦退了出去,下次想要再回到这片湖边,就完全只能撞大运了。

正在无计可施,湖里忽然传来一阵水声,开始是在较深的水下,声音发闷,随后越来越响,越来越清晰。岑旷醒悟过来,这是水下有什么东西要冲出水面!尽管记忆里的东西并不能伤害到她分毫,她还是下意识地向后退出几步。

水面上泛起了无数肮脏的气泡,好像湖水被煮沸了一样。水面破开,从湖水里钻出了几个湿淋淋的身影,一步步走上岸来。

表层的湖水落到地下后,岑旷看清楚了这几个身影的模样。她只觉得自己的血液都要沸腾了——假如精神世界里也有血液的话——手却止不住地在发抖。

这是一群身体异化了的怪物!和之前青石城的那些死者一样的异化怪物!

岑旷呆呆地看着这些怪物。它们真的就和青石城那个噩梦般的殓房里的尸体们一样,混杂着不同种族的特性,却又都分外丑陋扭曲。其中块头最大的那一个,明明是夸父族的巨人体格,却偏偏没有双腿,而只有一条硕大无比的鲛尾。这个怪物双目血红,大张着血盆大口咆哮着,由于无法站立,只能在湖岸边的烂泥里拼命挣扎。泥水飞溅,让岑旷想到了在书里读到过的海洋里的大鲨鱼。

"啪"的一声,一个东西落在了岑旷身边。她仍然是下意识地向旁边闪避,定睛一看时,心里一阵恶心。那是一个身材矮小的河络,身上却长着鲛人一样的鳞片,看上去就像是恶性皮肤病,背后更是令人汗毛倒竖地长着一对歪歪斜斜的棕红色的肉翅。这对肉翅居然真的有那么一点点飞翔的功效，却又只是一点点，所以这个混合了河络、羽族、鲛族三族特征的怪物，此刻就像是一只发了疯的公鸡，在湖岸边蹦蹦跳跳，偶尔能腾空飞起来几尺高，然后重重摔落在泥里。

"我真的想吐了，"岑旷想，"如果这些异化的怪物都是茧制造出来的话，那这个茧可真是足够邪恶，足够变态。倘若茧和雷州传说中的邪神殁之间有什么关联的话，这个殁也绝不是什么好东西。"

不过这会儿顾不上恶心什么的，岑旷告诉自己，当务之急是弄明白这段记忆意味着什么。如果自己之前的推断没错，那么眼下正在经历的这一幕场景，虽然是虚假的，但却是镇远侯根据真实资料自己想象的。也就是说，在九州大地上的某一个时间点，曾经存在着这么一座湖，湖里也真的出现过这种异化的怪物。

问题就是，到底是什么时间，到底是哪一个地点。

她偏头看看镇远侯。那个记忆中的幻象眉头紧锁，似乎是被这些畸形的怪物勾起了许多思绪。镇远侯戎马一生，见多识广，自然不会被这些表面上的污秽可怖吓倒，但岑旷无法猜到他心里的忧虑到底是什么。殁的神话虽然看上去很是唬人，但毕竟不过是流传于雷州本地的传说，而且能接受这个邪神的雷州人毕竟也只是占很少数，为什么会让镇远侯那么在意？

岑旷站在镇远侯身边，揣摩着这位已经死去的传奇人物的内心世界，不知不觉忘记了时间的流逝。直到身上莫名感到一阵刺骨的寒意，她才猛醒过来：糟糕！这一段记忆开始驱逐她这个外来入侵者了。

果然，不管是那座真假混淆的不知名的湖泊，还是远处的山峦，还是湖边的幻影，都像是被打翻了的颜料一样，混染在一起。固有的形状、线条、颜色全都杂糅起来，化为一片色彩斑斓的混沌。而岑旷所感受到的不只是最初的那种寒意，还有烈火灼烧般的热烫，刀锋切割骨头一样的痛楚，灵魂被抽离似的麻痹和心悸。

那是这段记忆包含的精神力的凶猛反噬，就像是有千军万马围住了孤独的岑旷，要把她剁成肉酱。岑旷凝聚起自己全部的精神力量，奋力从这精神的漩涡中辟开一条通道，冲了出去。精神回到肉体的一刹那间，她只觉得天旋地转，眼前金星直冒，险些晕过去。

叶空山扶住了她，把她的身体平放在床上。过了好一阵子，岑旷才觉得呼吸通畅了一些，狂跳的心脏也渐渐平缓下来。她慢慢睁开眼睛，勉强冲叶空山一笑："不碍事。我刚才在一段记忆里逗留得太久，引发了精神力的反噬，但并没有受到什么伤害。只是为了逃出来，我的精神力损耗太多，大概至少得休息个五六天才能再次进入记忆球了。"

"不要紧。最重要的是人没事。"叶寒秋说。叶空山的脸色看来也是想说差不多的话，但哥哥既然已经说完了，他反而摆出一副无所谓的姿态。不过这样口是心非的嘴脸岑旷见过的次数太多，并不会因此生气。毕竟这厮的额头上隐隐能看到一些汗珠，可见刚才还是有些紧张的。

"到底是什么记忆，让你这么沉迷？"叶空山一面问，一面给她倒了一杯不冷不烫的热茶。

岑旷把先前记忆中的所见所闻讲述了一遍："所以说，我们一定要找到那么一座湖，湖里曾经出现过各族生物变异的情景。那绝对不是一个孤立的事件，而是可能直接和茧的来历息息相关，不然镇远侯不会对那个场景进行反复想象，以至于形成了那一段逼真的描摹记忆。"

"我立刻安排人去查找。"叶寒秋说。

于是在接下来的几天里,岑旷无事可做,只能每天待在公馆里休息,这让她有点儿想起前段时间被镇远侯软禁时的经历。同样的无所事事,同样的好吃好喝伺候着,当然这一次她好歹有人身自由,肯定比被软禁要强出许多,但是对于勤勉的岑旷来说,不工作就会觉得闲得发慌,好像骨头正在生锈。

而且她还惦记着袁圆的死因。根据事后的查验,袁圆应当是在公馆里被人偷袭后诈死,然后一路跟踪着刺客到了"迷宫",在那里抢回水晶记忆球,但自己也重伤不治。但是到底是什么人偷袭了他,至今仍没能找到,唯一能确定的是,那也是个秘术高手,因为袁圆身上的各处轻重伤口都是秘术造成的杀伤,而非普通刀剑兵器。

"你真是一辈子的劳苦命!"叶空山嗤之以鼻。

"反正……不干活我就总觉得不自在。"岑旷说,"虽然我暂时不敢再运用读心术,但是体力没什么问题,我也可以去衙门啊书院啊之类的地方去翻翻书。"

叶空山白眼一翻:"刑部叶大人一声令下,眼下青石城至少得有几万人在帮我们查找资料,多你一个能顶什么用!反倒是你这个笨蛋一旦工作起来又会摆出一副忘我投入的德行,几个夜班加下来,眼睛肿得像被人揍了,还能有充沛的精神力去施展读心术吗?为了捡芝麻丢掉西瓜,不知轻重!"

"哪儿有几万人?最多也就两三百个……"岑旷灰溜溜地反驳,心里却也承认叶空山这番夸张的说辞不无道理。刑部叶大人发话了,青石城的大中小吏们是一定会玩命地去干活的,确确实实是多自己一个不多，少自己一个也无妨。反倒是读心术这玩意儿，别说青石城了，找遍整个宛州说不定也只有自己能使，为了一些苦力活影响了读心术的施展，那简直是比捡了芝麻丢了西瓜还要愚蠢。

"我又给你弄了几本你喜欢的破烂小说。"叶空山扔过来几本书，"放松一下。"

岑旷听话地放松，让头脑沉浸在江湖大侠的情情爱爱叽叽歪歪中。看了一天的小说后，仍然没有人能查到和那座湖有关的信息，眼看着夜色已深，她只好很不情愿地吹灭蜡烛，上床睡觉。但还没有睡着，门就被敲响了，敲门声很熟悉，是叶空山。

叶空山虽然日常嘴损，但分得清轻重缓急，绝不会在她就寝休息后故意恶作剧，现在来敲门，一定是有正经事。岑旷连忙穿上外衣，打开门，门口果然站着叶空山。

"那座湖还没有找到，但是关于塔弗亚城邦的旧事，有了一些重要的发现。"叶空山说，"我如果不过来第一时间叫醒你，你明天肯定会抱怨一天。"

"我正好还没睡着。"岑旷跟着叶空山来到公馆里一间宽敞的房间，这里被叶寒秋派人辟出来作为三人的临时会议室。叶寒秋已经在那里等候了。房间里灯火通明，点心茶水早已备好，让岑旷不自禁地有些羡慕：果然当官的人做什么都方便。

"那个被定性为'叛乱'的羽族村子，果然背后大有问题。"叶寒秋说，"所谓的叛乱根本就是凭空捏造，是塔弗亚城邦领主屠村灭口的借口。"

"屠村灭口？"岑旷一怔，"为什么要灭口？和殁有关吗？和邪神作祟有关吗？"

叶寒秋的回答大大出乎岑旷的意料："不，并不是什么邪神作祟，而是和羽族千百年来的贵族平民之分有关。"

羽族的贵族平民之分？岑旷简直觉得一头雾水。怎么会和这个概念扯上了？

岑旷虽然不是羽人，但一向博览群书，对于羽族的社会形态也有不少了解。在九州各族中，贵族和平民之间矛盾最大、关系最复杂的就是羽族，这和羽人的飞行原理有关。羽人的羽翼，从外形上来看似乎是血肉之躯，和鸟儿的翅膀相仿，但实际上是靠感应明月的力量之后，由自身的精神力凝结而成的，精神力一旦消失，羽翼也会消散。并且，不同的羽人之间，飞行能力也千差万别各不相同，有的羽人完全无法凝翅起飞，大多数羽人一年只能在七夕这一天起飞，因为这一天明月距离大地最近，月力最强。另外有较多数量的羽人可以每月起飞。能够每天起飞的羽人，只占全族人口的十分之一不到；能够随时起飞的更是万中无一，这样精英中的精英，曾经在战争年代组成令异族闻风丧胆的"鹤雪团"，在触不可及的云霄之上用弓箭射杀敌人，留下了无数近乎神迹般的传说。

而影响羽人飞行能力的一大关键因素，就是血统。飞行能力是可以一代代随着血液传给后人的，而且越是擅长飞行的男女相互结合，越有可能诞生更加能飞的后代。这就造成了羽族社会里的一道天然的血缘鸿沟：擅长飞行者逐渐形成了贵族阶级，彼此通婚，保证血统的纯净；不擅长飞行者成为平民甚至于某些时代的贱民，只能在一年中的绝大多数时间里，仰望着天空中飞翔的贵族们，喟然嗟叹。

和人类社会的高低贵贱只具备财富和地位上的意义不同，羽人们贵族和平民的隔离分化，是保护整个种族的军事根基。羽人天生骨质中空，肌肉力量不如人类强，更遑论和天生巨力的夸父族相抗衡，即便是身躯矮小的河络族，单论力量和抗击打能力也胜于羽人。因此，羽族在历史上和异族对抗，最大的倚仗就是他们的飞行能力。贵族之所以地位如此之高，就是因为能在战争年代利用自己强大的飞行能力来保卫国家，保卫城邦，保卫族人；贵族阶层之所以和平民阶层有那么深的隔阂，尤其是通婚几乎不可能，也是因为一旦血统不纯，飞行能力就会减弱。

这些东西，岑旷在书里读到的时候曾经叹息不已。她自然是十分不喜欢这种把同一族的人硬性划分出高贵和卑贱的做法，但是假如站在羽族的立场上，不这么做似乎也没有更好的办法。当然了，完美的解决方案肯定是双方虽然互不通婚但却能相互尊重，但是那样不符合人性，不符合智慧生灵天性中的欲望和攫取，只能存在于美好的幻想之中。岑旷不是社会学家也不是政客，稍微多想一点儿就会觉得头疼，索性也不多想了。

但她实在意料不到，在这起看似虚无缥缈的邪神、怪物、异象的案件中，会扯出来如此现实的东西。

"领主屠村的起因，是若干天前发生的一起飞行事件。"叶空山向岑旷转述他已经阅读过的资料上的内容，"当时正好是七夕，也就是羽族一年一度的起飞日，羽族中十分之七八的平民都只有在起飞日才能获得短暂的飞行能力。也就是说，对于那个由平民阶层构成的小村子来说，那是他们一年只有一次的特殊日子。但是就是在这样一个狂欢的节日里，有一些贵族子弟去了那里。"

岑旷一下子就明白了："贵族见到平民飞行，肯定要嘲笑连连吧？这一下子，就会闹出事情来了。"

"没错。"叶空山点点头，"那几个贵族子弟，也就是十多岁的小毛孩,因为起飞日这一天月力最强,他们也能飞得更远更久,所以从城邦的都城安叶城一路飞到了靠近边境的地方——塔弗亚是个小城邦,领土面积并不大。然后几个孙子飞累了,看到了那座村庄,想要进去弄点吃的,正碰上几个无翼民的小孩。"

所谓无翼民,就是羽族飞行能力中的最底层,因为自身的缺陷,要么感应不到月力,要么感应到月力也无法凝翅,终身都不能飞行。不必细讲,岑旷很容易就能想象到,几个自恃高贵的纯血统贵族小孩,遇到一辈子只能在尘埃里仰望天空的无翼民小孩,会是怎样一番情景。这样的想象让她心里像是硌了一块小石子,非常不舒服。

叶空山的讲述倒是依然平静:"你可以想象,那几个无翼民少年被百般折辱,但又深知平民阶层和贵族冲突的下场,除了忍气吞声之外,别无他法。根据记录,有两个无翼民身上还有伤口,当然只是轻微伤。"

"如果他们根本没有还手,又怎么会闹出事情呢?"岑旷微微皱眉,"别说是轻微伤了,就算贵族打死一两个平民,在羽人社会都不算什么,更何况是在雷州那样的地方。"

"是啊,本来事情应该就那么过去了的,那只是在羽人的世界里循环过无数次的小插曲,根本无足轻重。但后续的发展就相当有趣了。当那几个贵族少年填饱了肚子、又舒畅了心情,正准备离开村子飞回到安叶城的时候,那几个无翼民忽然追上他们,叫住了他们。你猜他们要干什么?"

"你不是说他们没还手吗?"岑旷的眉头皱得更紧,"难道是当时没有发作,事后却越想越气,终于决定去报复?"

叶空山诡秘地一笑:"报复?不,不是报复,而是挑战。"

"挑战?挑战什么?"

"他们要和贵族们比赛飞行。"

岑旷的眼睛一下子瞪圆了:"开什么玩笑?无翼民和贵族比飞行?比跑步摔跤还差不多吧?"

"不是开玩笑。真的就是比飞行。几个无翼民肯定是刚才被侮辱得太厉害,这会儿再去挑战,说话的口气也十分不善,惹怒了贵族少年们,于是真的答应了比试飞行。但是结果出乎意料。"

"难道那几个无翼民忽然间会飞了?"岑旷觉得难以置信。

叶空山抬手向空中比画了一下:"非但突然一下子会飞了,而且飞得极高,速度极快,贵族小孩既追不上他们的速度,也远远接近不了他们所能达到的高度。这一场比试,以贵族们的惨败告终。"

岑旷搔搔头皮:"这可真是奇怪了。明明不会飞的无翼民,突然能飞了,而且比贵族的飞行能力更强。那后来呢?又发生了什么,才会让领主这样痛下杀手。"

"什么事都没有发生。就这一场飞行比试就足够了。"叶空山说,"仔细想想,尤其你读书那么多,对羽人的历史也一定很了解。"

羽族历史?有什么事能和这场贵族和平民之间的小比试沾上边?岑旷努力在自己的脑海里翻找着。其实别说羽族历史,整个九州的历史也没有什么新鲜的,无非就是今天你当皇帝明天我当大君后天他坐上羽皇的宝座,然后今天皇帝和大君结盟打羽皇,明天羽皇和大君结盟打皇帝……这当中,羽人挨揍的时候不少,揍人的时候也不少,毕竟展翅飞翔、居高临下是一种过于巨大的优势,尤其是鹤雪团当道的时代,那些隐没于云中的杀手就是其他各族的噩梦。

好在鹤雪在那个惨烈的乱世中也消耗得差不多了,后来的羽族再也没有那么强的军力了,但那份令东陆诸国和北陆蛮子都战栗不已的压迫力,至今仍然是许多羽人心中的荣光,所以也有不少羽人在执着地寻求着提高飞行能力的方法。比如说……比如说……

"血翼之灾！"岑旷叫出了声来，"我知道了！领主一定是想到了血翼之灾！"

所谓血翼之灾，是羽族历史上曾有过的一次巨大灾难，也是一次影响极大的内乱。某些阴谋家怀着不可告人的目的，将上古邪书《魅灵之书》里的一种邪术教给了羽族平民，让这些原本飞行能力很弱的低血统者拥有了永翔之术。可想而知，瞬间拥有了强大飞行能力的平民阶层展开了叛乱，战火席卷了澜州和宁州，造成无数死伤。最为可悲的是，《魅灵之书》作为一本专门记录邪恶秘术的典籍，其中所记录的秘术虽然威力惊人，但却全都需要付出重大的代价，血翼之术也带来了严重的后遗症，让羽族在之后的数十年到一百年的时间里一蹶不振。

"那几个比赛的无翼民，凝出来的是血翼吗？"岑旷急忙问叶空山。

叶空山摇头："并不是。根据目击者的记录，那些羽翼洁白纯净而光华耀眼，外形挺拔矫健，长度接近两丈，只有皇族血统的羽人才有可能凝出那样的羽翼，那几个普通贵族少年自然是望尘莫及的。"

"这就奇怪了……不过，也不算奇怪。"岑旷思索了一下，"虽然外形上不是血翼，但是性质上是近似的：原本没有飞行能力的羽人，突然获得了超越一般贵族的飞翔本领。那样的羽翼，到底是血红色的还是白色的，其实并不重要了。"

"你最近脑子越来越灵光了。"叶空山如慈祥老恩师一般颔首，伸手捋着自己不存在的长须，"这个推断完全正确。当领主面对着这个消息时，他的思路只可能有两个：其一，假如这是血翼一样的邪术,只怕又要给羽族世界带来灾祸;其二,假如这不是什么邪术,而是某种不需要付出巨大代价的正经秘术,那恐怕更糟糕:他所身处的贵族阶级立刻就会变得无足轻重,贵族们所享受的一切好处都会烟消云散。无论从哪个方向去延伸,他都必须要斩断这些莫名其妙生出来的翅膀。"

岑旷叹息一声:"所以他不但屠杀了村民们,还将此事严格保密,生怕这种凝翅的方法传播出去。所以后来杀死领主的是什么人呢?如果就是茧的话,难道茧就是教会那些无翼民如何飞翔的人吗?它……它为什么要那么做?"

"恐怕不会安着什么好心。"一直没有说话的叶寒秋这时候插嘴说,"就像血翼之灾的幕后推动者那样,每一份午餐都是要付钱的。我甚至猜想,那个村子里的居民也许就是茧的某种实验品,领主杀害了他们,破坏了茧的计划,这才招致了灭门之祸。"

岑旷同意叶寒秋的推测。叶空山又继续说道:"关于这个塔弗亚城邦,还有后续。领主死去后,这个本来基础就很薄弱的城邦迅速衰退,不久就被其他大城邦瓜分吞并,从此在历史上消亡。但是当时传出的官方消息,仅仅是说领主全家遭到了刺客刺杀,而故意隐去了他们的真正死法,目的是不让邪神的名头引发雷州民众的恐慌。非但如此,几百年之后,当地新政权的县官还挖掘出了当年领主全家的墓葬,发现墓穴几乎被做成了一个镇魔用的牢笼。可见在当时,这桩血案真是把人们吓得不轻。"

岑旷默然,过了好一会儿才问:"你一向不信鬼神之说,那你觉得……殁真的存在吗?茧就是殁吗?"

"殁有可能是存在的,但却未必是什么'神'。"叶空山简短地回答。

岑旷并不满意这个答案,但她也知道,叶空山在将一件事思虑成熟之前,并不喜欢多说什么。现在该知道的新信息也知晓了,她可以继续回去睡觉了。

走过公馆长长的走廊,岑旷回到自己的房间。还没有动手开门,她忽然注意到了附近有一股不同寻常的精神力闪动了一下,虽然稍纵即逝,还是被她捕捉到了。

这股精神力的源头,距离叶寒秋的房间很近!岑旷一激灵,连忙转身,快步冲过去。快要到叶寒秋的房门外时,她看见对面走廊也跑过来一个人,从那毫不灵便的姿态来看,应该是叶空山。

叶空山二话不说,用手指了指叶寒秋的房门,作势要踹。岑旷不等他的脚落下,已经抢先用秘术撞开了门,但是"喀喇"一声,门板却反向着门外飞了出来,重重砸在地上。紧跟着,一条黑影从门里窜了出来,动作迅捷异常,岑旷一时间不知道该不该拦住它,略一犹豫,黑影已经从走廊跳出去,奔到了公馆的花园里。

掠过身畔的时候,岑旷闻到黑影身上有些血腥味,心里一紧,幸好叶寒秋此时也已经从房间里追了出来,从身手看来,至少没有受重伤。三人一起追到花园,又从花园追到街上,叶空山已经落到了后面,岑旷和叶寒秋几乎是并肩追出去。而直到这时,后知后觉的卫兵们才发出呼喝声,但除了大呼小叫之外,他们也干不了别的。

"我受了点小伤,不碍事,但他伤得更重。是个秘术师。"叶寒秋只说了这一句话。岑旷更是宽心,知道叶寒秋非但武功高强,而且为人机警,或许这些天一直就在防着对方的偷袭。敌人能偷袭到袁圆,却没法在叶寒秋身上讨到便宜。

对方果然伤得不轻,沿路都留下血迹,不可能像刺杀袁圆时那样溜得无影无踪。岑旷和叶寒秋一番追逐后,终于在青石城里的骡马市场追上了敌人,并将他堵在了一条小巷的角落里。

这个人似乎是对自己的秘术能力很有自信,并没有穿黑色夜行衣,也没有蒙面,岑旷手心亮起一团火焰,立刻照亮了对方的脸。

这一下看清楚了,这并不是"他",而是一个女人。她的头发乌黑,身材窈窕,似乎年纪不算很大,但瘦削的面容却显得颇为憔悴,眼角的皱纹也深,说是五十岁都不足为怪。此刻她面对着岑旷和叶寒秋两位劲敌,倒也并不慌张,只是眼神里杀气浓郁,显然并不打算轻易认输。

"你是什么人?为什么要杀我的手下?"叶寒秋一边问,一边拔剑出鞘。岑旷见过叶寒秋用剑,知道他剑术精湛,此刻只要有剑在手,敌人就很难对付。

"我也不必要瞒你们。"中年女子用秘术治疗着自己腰间的伤口,"镇远侯的记忆球,我原本想要抢走;但现在它里面的东西被你们的人封进了脑子里,我没有本事带走那么大一个人,所以打算杀死你们三个。我得不到那些记忆,也希望世上能看到它们的人越少越好。"

对方说得如此直白,岑旷反而不知道该如何接话。叶寒秋倒是见惯了世面,冷笑一声:"你为什么对那些记忆感兴趣?你也在找那个茧吗?"

女子没有回答,但脸上的表情默认了叶寒秋说的话。岑旷忍不住发问:"那个茧到底是什么东西?你为什么要找它?"

"你们知道得越少越好。"女子说。

"看来我只有把你抓回去慢慢审问了。"叶寒秋手中持剑,步步逼近。他的伤口在小臂上,伤口很浅,血已经止住了,确实如他所说没有大碍;但女子腰上的伤口却有些深,再要动手的话,单是叶寒秋一个人就能制住她，何况旁边还有一个岑旷。

"虽然我杀不了你，但你要抓我却也不容易。"女子浅浅地一笑，猛地双手振袖，整个身体突然像燃烧起来一样，放射出极刺眼的光芒。叶寒秋担心在视线受阻的情况下被暗算，右手里舞出剑花，左手抓住岑旷疾往后退。等到光芒消散，女子已经踪影全无。

看叶寒秋有些沮丧，岑旷连忙安慰他："秘术师要逃脱本来就办法多多，我们还是先回去吧。或者，再多调人手去'迷宫'再找一次？"

叶寒秋摆摆手："她被我们看到了面容，又受了伤，不会再留在那里了。先回去再说。"

岑旷正要迈步，精神力却感应到有人在悄悄靠近。她不假思索，在地下幻化出两根藤蔓，把来人一把卷住，拉到了身前，重重摔在地上。低头一看，她又慌忙解开了束缚："怎么是你？"

"你胆子越来越大了，敢打师父了……"叶空山龇牙咧嘴地爬起来。

"我没想到你会跟过来嘛。"

"你们俩冲得跟兔子似的，我老人家来得慢一点点，有什么奇怪的？"叶空山拍打着身上的尘土，"幸好没有白跟来。"

"你有什么发现吗？"岑旷忙问。

"我来到的时候，正看到她要跑路，那个障眼秘术很刺眼睛，料想你们也堵不住。只好靠我老人家了。"叶空山大刺刺地说。

叶寒秋看了自己的弟弟一眼："论到动手过招，你也不是百分之百地一无是处，偷偷扔石子扔烂泥倒是勉强算有点儿准头。你在她身上悄悄扔了什么记号吧？"

岑旷恍悟。叶空山其他方面笨手笨脚，但确实暗器功底还算了得，在自己和叶寒秋正面牵制的情况下，往原本已经受伤的女子身上粘一点记号,应当是办得到的。她忽然想到点儿什么。

"记号弹!"岑旷又是惊讶又是欣喜,"你之前把满衙门的人都熏出去的那个记号弹!我以为你是在开玩笑就是想搞个恶作剧呢,没想到是真的!"

"当然是真的!"叶空山瞪了她一眼,"我老人家宝贵的时间要用来吃喝睡觉,哪有闲工夫去陪衙门里的废物搞什么恶作剧!"

叶空山的这个记号弹,其实就是一层蜡丸里封着的泥浆,泥浆的成分自然是他老人家精心调配的。叶空山暗器手法了得,将蜡丸打出去的同时,已经把壳捏裂了,正好能让泥浆溅到敌人的衣物上,留下一股特殊的、洗不掉的气味,可以被狗跟踪。这倒符合他一向的行事风格:外表不讲究,实用性很强。

"别看调配的时候各种原料臭不可闻,调好了味道很淡,一般人根本留意不到,但猎狗的鼻子对这种气味却非常敏感,埋在泥土里也能闻出来,而且水洗也洗不掉,可以说是一个了不起的伟大发明,衙门应该给我大大发一笔赏金才对。"叶空山自吹自擂,洋洋得意。

第二天天一亮,一贯精力充沛的叶寒秋就命令手下带着从驻防军队临时征调来的猎犬,前往青石各处可能方便外来者藏匿的地点去寻找那位中年女子。叶空山自然是大睡懒觉,声称昨晚连续加班太伤身体,不睡到下午决不起床。

岑旷补了两个对时的觉,虽然并不能算睡眠充足,却也再无睡意了。她一向如此,心里惦记着工作的时候,就总是睡不踏实。在床上翻了几个身,还是决定再去瞧瞧袁圆,读取一下他的记忆。

记忆之三

  脚下踩得并不甚稳当，似乎是大地在摇晃，难道是正好回到了某次地震的记忆？仔细一看，岑旷不由得哑然失笑，原来她正身处于一条大船上，脚下踩着的是船舱里的木头地板，想来这条船正在航行，那么船身摇晃自然不足为奇。

  岑旷离开船舱，来到甲板上。这是一条巨大的海船，正在茫茫无际的大海中航行，四周看不到海岸和岛屿，也无从分辨具体的海域。不过从船上的各种捕捞工具来看，这艘船应当是出海捕鱼的。

  过了一会儿，她从水手们的交谈中听明白了，这艘海船并不是要去捕鱼，那些捕捞工具，是为了"在海里找东西"用的，但是具体找什么，包船的人并没有明说。但是他们提到了这一片海域，乃是雷州西部远离大陆之所在，脑子里装着丰富地理知识的岑旷猜想，说不定这艘船是要到深水区域采鲛珠。鲛珠是鲛人眼泪的结晶，在有鲛人活动的区域时不时能遇到，倘若碰上质地上佳的，那可比普通珍珠值钱得多。而这条船的目的地，就是有鲛人定居的雷州西部海域，此刻已经很接近了，大概再有两三天航程，就能到达。

  只是那一片大洋里既有鲛人，又有危险的远洋海兽，有时候还有海盗出没，虽然有可能赚到大钱，却也是拿命拼来的钱。

  镇远侯上这种船干什么？

  岑旷在船上到处乱转，终于在一处船舷边找到了镇远侯的踪影。但一眼看过去，她不禁十分意外：眼前的镇远侯竟然是个十五六岁的少年人。少年时代的镇远侯，相比起后来那位威震九州的大人物，显得要稚嫩许多，但脸上却有着一种难以掩饰的飞扬神采，岑旷只需要看一眼就能判断出此人心气甚高，内心有着强烈的欲望。

果然从年轻时就有那种老子天下第一的气派啊，岑旷想，人类有句谚语叫三岁看老，放在侯爷身上真是再合适不过了。

不过，仔细看镇远侯的服饰，虽然剪裁精细，用的茧绸也算不错，但还远远称不上华贵，腰间的玉佩也只是中等品质的青玉。她想起镇远侯的出身，乃是一个默默无闻的乡下贵族的儿子，这一身衣服穿戴倒也满符合他当时的身份。

而在镇远侯的身边，还有四个人。其中两人垂着手，站立得稍远一点，从肤色来判断，应当是镇远侯的随从。另外两人站得近一些，和镇远侯言谈甚欢，看来是他的两个朋友。

镇远侯不会无缘无故储存这段记忆，这两个人对他应该挺重要的，岑旷想着，着意观察着二人。其中一个是一个样貌平凡的男性人类，长得黑黑瘦瘦，满脸胡楂，看年纪大概有三四十岁，穿着粗布衣衫。他虽然在陪着镇远侯交谈，却很注意地保持着距离，神情间带有几分拘谨，岑旷猜想可能是一个普通平民和一个贵族——哪怕是乡下来的末等贵族——交谈时，心里难免会顾念着地位尊卑。

另一个却是一个满头银发的羽族少年，和当时的镇远侯年纪相仿。他的气质和镇远侯正好相反，显得随和自在，圆乎乎的脸上随时挂着温和轻松的笑意。羽族由于体质原因，通常体形瘦长，绝少有胖子，像这个少年这样脸长得这般圆，已经算是很少见了。

多半和叶空山一样贪吃如命，岑旷在心里腹诽道。她看得分明，这位少年的手掌里握着半张肉饼，看来非但贪吃，还完全不像其他羽人那样忌讳吃肉。

"所以你放心，只要将来我成为朝廷的大将军，一定会和你的城邦结盟。"年轻的镇远侯对羽族少年说，"雷州虽然群雄割据，势力纷乱，但和东陆皇朝的实力还是无法相提并论。你的城邦如有危难，我一定全力相助。"

还真是镇远侯的口气呢，岑旷想，眼下只是个在天启城扔一块砖头就能砸中十个的乡下小贵族，却已经笃定自己以后会出将入相。但羽族少年却只是哈哈一笑："顾兄，你的好意我心领了，十分感激，不过么，你着实不必那么费心。城邦反正不会是我的，我那些兄长们……你要是愿意顺手救一下也挺好，不愿意就算了。"

镇远侯大摇其头："翼兄，你还是性情太软弱了。我嘛，一来是家中独子，二来父亲只是个拿着最低俸禄的穷贵族，没什么好争的，否则的话，如果有人想要和争夺权位，我一定会让他们后悔自己不该生下来。"

"这种事你倒是真的会做。"岑旷又想。

姓翼的羽族少年把手一摊："你那是胸有大志，而且本人也确实才干卓著，当大将军当领主什么的都不在话下。我一来没本事，二来生性疏懒随遇而安，最怕和别人争这个争那个，不然也不会远远地离开雷州，更不会到处乱逛跑到这样有危险的远航船上。以前我的秘术老师经常骂我：'以你这样天生的好体质，好好修炼的话，未必不能成为一个不错的秘道家，但是我看你这辈子也就只能当一根朽木。'不过我倒是有点好奇，你先不赶紧去天启城寻求功名机会，为什么也会上这条船呢？"

"我和你刚好相反，绝不会随遇而安，做任何事都会谋划详细。"镇远侯的表情里似乎微微掺杂了一点惆怅，"我给父亲送完终，变卖完所有的家产，只要一脚踏入了天启城，就不会再回头了。我会像一个上足了机括的河络时钟，开始不停地转圈，别的事情都干不了啦。所以，在开始追寻我的理想之前，我想要小小地放松一下。"

"选择天然居的远航船出海来放松？"羽族少年笑得更开心了，

"你果然不是凡俗之人。这艘船可是要花到三倍的价钱才能雇佣到足够的水手啊,大海里的航行可不是闹着玩的。"

"如果天命注定我要葬身鱼腹,那就死了好了。"镇远侯说,"连这一关都闯不过去,还谈什么征服九州?"

听到这里,岑旷终于可以总结出一些东西了。首先,这艘船并不是出海捞钱,而是天然居的探险用船。天然居是九州一个很古老的组织,从来既不追求权力也不追求金钱,也不像长门僧那样靠着宗教信仰集结起来。它完全是一个自发的松散组织,由许许多多喜欢游历冒险的旅行家和学者组成,如果硬要说什么"信仰""章程",那大概就是,天然居的成员信仰天地之间一切新奇美好的事物。而且他们从来不贪图名利,在著书立说时都喜欢使用"邢万里"作为笔名,所以邢万里并不是一个特定的人,而是千千万万游历者的共称。

所以在岑旷的心目中,相比起杀人不眨眼的天驱、辰月、天罗,相比起追逐金钱的宛州商会,相比起苦哈哈的长门,相比起拥有无数知识储备却选择远避世人的龙渊阁,天然居算是唯一一个能让她心生仰慕的组织。

而像这样相当危险的出海远行,对于天然居来说也并不新鲜。并不是所有富翁都只盼着用钱来享受声色犬马、用钱来生钱、用钱来追逐权力地位,历代天然居中都有不少有钱人愿意花钱去四处游历冒险,或者花钱支持其他旅行者去游历冒险。这一艘造价不菲的结实海船,大概就是这样的富商资助的。由于天然居所追寻的东西都是乐意向他人分享的,坦荡光明不需要保密,所以这种船可以让外人上船,当然需要付船票钱,也算是帮忙分摊一些高昂的旅费。

岑旷很想知道这艘船的具体目的究竟是寻找什么，是某个神秘的地点，还是某种传说中的远洋生物？可惜的是，现在听到的各种对话片段还没有人提到。

其次，此时的镇远侯刚刚离开家乡，即将去往天启城展开他伟大的事业。在此之前，他可能想要最后享受一下自由的时光，所以选择了上这条船。听上去，镇远侯也不是一个一心只知道追求力量、追求权势和胜利的人，他的内心也曾有过天然居的邢万里们那样单纯的热情。

再次，那个微胖的圆脸羽族少年，是某个雷州城邦的王子。但听上去他对于继承领主之位没有丝毫热情，也不愿和自己的哥哥们因为这件事而起冲突，索性远远地避开，四处游逛，恰好在这一时刻也上了这条船，遇到了镇远侯。

这些倒都是一些比较新鲜的收获，遗憾的是，没有一条能和茧挂上钩。到目前为止，这段记忆好像只是镇远侯个人的一段比较单纯的美好回忆，却和茧、邪神等黑暗的事物半点不沾边。眼看留在记忆里的时间已经不多了，很快又要遭到驱逐，岑旷心里暗暗着急。

这时候，海里的风浪渐渐大了起来，已经不再适合普通的旅客留在甲板上了。水手们纷纷就位准备抵御可能到来的海上风暴，镇远侯也招呼了他的两位朋友以及两名随从，准备回到船舱里去。一直没有说话的瘦脸男人跟在了他身后，却保持着两三步的距离，仍然是十分拘谨；羽族少年则留在最后，几口吃完了手里剩下的肉饼，这才跨步跟上。

岑旷也想跟着几人一起进船舱，想尝试最后再多听他们几句话，突然之间，眼前黑影晃动，一个身影突然从高处扑下，直直地扑向落在最后的羽族少年。

岑旷悚然抬头,发现那是一个船上的水手,风浪大起来时爬到了桅杆上面,似乎是主帆卡住了,他要赶紧取下主帆,以免大风吹断桅杆。谁也没想到,他爬上去之后,竟然会猛扑下击,指缝间闪动着幽蓝色的光芒,应该是尖利的毒针之类的武器,直取羽族少年的头颈。

那一瞬间岑旷猜到了,一定是少年的兄长派出来的杀手。看来即便是少年远远离开雷州大陆,躲到了远洋之上,仍然无法消除兄长们的怀疑。为了争夺领主之位,什么兄弟亲情,不过是个笑话。

岑旷下意识地想要用秘术挡住那名刺客,却反应过来自己此刻只是处在一段记忆里,什么也改变不了。镇远侯的反应倒也快,已经挥拳扑了上去,但他擅长的是战略战术排兵布阵,本来就不是武术名家,看得出来身法虽然不错,却谈不上特别高明,加上甲板摇来晃去影响了脚步,实在是鞭长莫及。

至于羽族少年自己,反应更加慢了一拍,头抬起来时,毒针已经到了面门。眼看他就要被击杀在当场,刺客的身体却蓦地在半空中停滞了一下,随即像一个皮球一样"砰"的飞将出去,声势惊人,直接飞跃船舷坠入了大海之中。

岑旷大吃一惊。就在那短短的眼睛都不够用的一刹那,她用自己的精神力感知得非常清楚:有一道强力的空气秘术击中了刺客,在千钧一发之际把他的身体猛撞出去。这一下不只速度迅猛,力道也是强沛之极,令刺客来不及做出丝毫反应,飞在半空中时,就已经脏腑破裂断了气。

当然,若只是这个拯救的举动,还不至于让岑旷太过吃惊。真正令她骇然的是,这股精神力十分熟悉,在若干天前的夜里,以及再往前的白昼,她曾经短暂地感受到过好几次。

——那是茧的精神力！

岑旷急忙回过头去，看见除了跑到一半的镇远侯之外，其他人看上去似乎都没有异状。然而，她敏锐地捕捉到，那个黑瘦男人的眼神似乎稍微闪动了一下。不会有错的，尽管身体四肢都没有动弹，凭着那陡然锐利的眼神，岑旷也能肯定，那道秘术是这个男人发出来的。

他就是岑旷一直在苦苦寻找的茧的真身。

她想要跑上前去再仔细观察一下茧的形貌，但时间已经不允许了，整个记忆世界又开始折叠翻卷。岑旷不敢再吃一次苦头，只好选择了退出这段回忆。

记忆之四

前一晚折腾了许久，没睡够觉又去读取记忆，岑旷是真的感到累了。退出精神世界后，她坐在椅子上闭目养了好久的神，还是觉得脑袋昏昏沉沉的，似乎有什么小虫子在耳朵里飞来飞去，发出嗡嗡的响声。

叶空山进门的时候，她听到了声音，但还是懒得睁开眼睛。只听见叶空山的脚步挪到了她身后，然后一双大手按在了她的额头上。

她真没想到叶空山平时看着大大咧咧，居然还会按摩头部的手法，而且按得还很舒服。她发出一声满意的哼哼，只觉得全身松弛，似乎没有先前那么紧张了，不知不觉竟然坐在椅子上就睡着了，甚至于连第一时间向叶空山汇报先前记忆片断中的重要发现都忘了。

这一觉并没有睡多久，但是睡得很沉，醒来时岑旷只觉得神清气爽，全身舒畅。扭头一看，叶空山正坐在用来堆放各种纸张的会议桌旁，啃着鸡爪子，喝着酒。这个穷鬼往常喝酒大多配花生米，赶上刚发薪水的日子或者刚刚骗到钱的日子才会买上半只烧鸡，现在在公馆里公费胡吃海喝，当真是快意无比。

岑旷没料到自己会睡着，自觉有些不好意思，忙站起身来，叶空山替她盖上的毯子滑落到了地上。弯腰捡毯子的时候，叶空山嘴里嚼着肉，含含混混地开口说："我老哥找到了那个女人。"

"你说……找到了，意思就是还没有抓住？"岑旷听出了话里的含义。

叶空山把啃光了的鸡骨头往桌上一扔："不只她一个，身边还带了两个同伙，都是功底深厚的秘术师。好在我老哥也是有备而去，带了不少能打架的，所以虽然没能捉到人，自己也没有再受伤，手下也没死人。"

手下也没死人，意思就是说还是有损伤，岑旷想。叶空山接着说："虽然没能抓到人，倒还是有些收获。对方寡不敌众，匆匆而逃，他们在敌人临时落脚的地方找到了一些东西，已经安排人去鉴别了，很有可能是和他们组织有关联的信物。"

"所以这并不是一两个人，而是一个组织。"岑旷说，"在我的印象里，一个案子一旦和什么帮会结社扯上关系，就会很麻烦。而且这三个人竟然都是秘术师，那就更危险了。"

"还好，这次不是我们俩孤军奋战，有什么危险都可以让别人来挡。作为两个小角色，我们躲在后面摇旗呐喊就好。"叶空山笑得贼兮兮的。

岑旷觉得此言大为不妥，正想驳斥他，"别人"已经从门外走了进来："放心吧，至少我从来做不出让小角色挡危险的事情。岑小姐，我指的不是你。"

"放心吧，对于你们兄弟俩的感情，我早就习惯成自然了。"岑旷喃喃地说。被这"相亲相爱"的两兄弟这么一打岔，她过了好一会儿才想起正事："哎呀！我把要紧的事情给忘了！"

她赶忙把在记忆世界中见到的场景讲了一遍："所以说，镇远侯和茧之间果然有着不寻常的关系，他在年轻的时候就认识那个茧！只不过，既然那个男人能把自己变成茧，能把其他人变成怪物，他的外形和年龄说不定也是可以改变的，比如说当他从茧壳里'孵化'出来的时候，或许已经是截然不同的另外一个人了，我即便是记住了那个相貌，也许还是用处不大。但是……但是，还是请叶大人招一个画像师来吧。虽然过了好几十年，他还维持着那个样貌的可能性很小，也总不能就轻易扔掉这条线索。"

"孺子可教。"叶空山再次捋起了他不存在的胡须，"办案子就是要有这种觉悟，最微末的希望也不能随意放过。"

叶寒秋难得地没有讥讽叶空山："对，无论如何，还是要保留下那个人的画像。万分之一的可能性也不能随便放弃。"

于是岑旷很努力地向画像师描述了黑瘦男人的长相。这个过程十分艰巨，甚至让她恨不能教会画师读心术、然后让对方来直接读取自己的记忆。好在这位画师很有耐心，几经调整之后，最终得出了一个差不离的结果。

折腾完画像之后，叶寒秋又带来了另外一个重要的进展。

"我用飞鸽传书联系了天启城的邪物司。"叶寒秋说，"他们刚刚回复了我关于殁的一些资料。你们看看吧。"

邪物司直属于刑部,专门调查处理各种超出常规的疑难案件,也搜集九州各地与邪教有关的信息。邪教蛊惑人心,谋财害命,一向是历代朝廷重点防范的对象。既然叶寒秋直接拜托了他们,那一定能得到比较详尽的解说。

岑旷展开纸页读起来。邪物司在这短短几天里以最快的速度整理出了不少的信息,按照他们的说法,殁神话虽然在雷州流传已久,但更多的只是作为一种虚无缥缈的传说而存在。它固然对于普通愚民有着一些恐吓的作用,但却从来没有人借着殁的名头去敛财,或者说得精确一些,大规模敛财,毕竟如果有个把人借此骗点小钱,那是很难留下记录的。

这一点就和历史上那些著名的邪教不大一样了。类似净魔宗和天童教那样比较有影响力的邪教,往往会从某个胡编乱造的虚假传说开始,慢慢形成较大的规模,教众数目庞大,积聚的财富也十分可观。但殁却始终停留在传说本身,就好像是东陆流传的那些鬼故事,最大的作用是止小儿夜啼。

不过,邪物司毕竟是专门研究各种奇谈怪物的,还是挖掘出了一些蛛丝马迹。他们发现,虽然数目稀少,但是殁却实实在在地拥有着一些真正的信徒。这些信徒不求财不骗色,不向权贵兜售自己也不向普通民众宣传自己,而是始终在黑暗的角落里默默活动,希望能够迎来殁复苏并向星母复仇的时刻。

而且这样的数目稀少,似乎也是历史原因造成的。在一些比较久远的、可信度不能确定的记载中,声称殁曾经在雷州展现过所谓的"神迹",因而短暂吸引了大量的信徒。但同时,也正因为这样的"神迹"人过骇人,雷州的掌权者们开始极力剿杀,最终导致了对殁的信仰活动只能转到地下。

而这些神迹，其核心内容正是那些畸形的异化怪物。在一些模模糊糊、语焉不详的记录里，不同的记录者都提到了，在雷州的某个区域，曾经有许多人亲眼目睹了"殁的使者降临"，并因此坚定地成为这位邪神的追随者。当然了，同样的，雷州的国主、领主、夫环们也会竭力掩盖这个事实。

"也就是说，茧存在的时间比我们想象的还要久远得多。"岑旷说，"他是从头到尾就是同一个人呢，还是每次破茧而出的时候，其实已经是另外一个人了呢？"

"对于这种怪物来说，是不是同一人，并不重要。"叶空山说着，拿起了一页纸，"倒是这段记述，正好能和你看到的记忆对照起来。"

岑旷看了一眼，叫出声来："'神迹'发生在雷州北部的龙绥湖！那不就是我看到的那段记忆吗？"

这下子两条线索可以合拢了，岑旷很是兴奋。虽然这些古老的记载经过了不知多少轮的删改、抹杀和掩盖，但还是可以肯定，在那座位于雷州北部的龙绥湖畔，曾经某一天有很多人亲眼见到如同殁展现神力一般——不同种族生灵的恐怖异化。镇远侯也得到了这条线索，但他并没有亲眼见到过龙绥湖，所以只能在想象中重构当时那惊心动魄的一幕，并且在无意识中用中州的晶岚湖来替代了龙绥湖的真容。镇远侯应该是意识到了，龙绥湖畔的那段历史，极有可能就是茧在九州大地上的第一次现身。

"我已经第一时间派人传书给雷州，让他们迅速查清龙绥湖的详情，尤其是地理位置。"叶寒秋说，"除了这些之外，邪物司还给我带来了一个有点意外的消息，可惜用处不大。"

"什么消息？"岑旷问。

"殁的忠实信徒在东陆是非常罕见的，但是经过他们清查卷宗，发现南淮城的监狱里恰好关着一个,那和当年发生在南淮的一桩旧案有关。"叶寒秋说。

岑旷大喜过望:"太好了!如果能抓紧提审他的话,也许就能找出殁的传说和真实存在的茧之间的联系了!"

"所以我跟你说这个消息用处不大。"叶寒秋说,"那个人在牢里关了超过三十年,虽然生命力足够顽强,这会儿也已经离死不远了。邪物司虽然第一时间知会南淮城把这个人从监狱里弄了出来,又找了大夫给他治疗,但他身体太过虚弱,神志已经迷糊,什么都问不出来了。"

岑旷大失所望,但过了一会儿,忽然眼睛一亮:"他还能多活几天?"

"刑部在这方面的手段多得很,假如只是要让一个人不断气,让他再多活半个月一个月大概都不难。"

"那我现在就动身去南淮!"岑旷大声说,"既然他不能回话,我就自己从他的脑子里读出来!"

"你最近连续使用读心术,如果再要长途奔波,我怕出什么岔子。"叶空山说着,望向叶寒秋,"有没有可能把那个人运到青石城来?"

叶寒秋摇摇头:"那个囚犯的身体虚弱已极,只怕上路就会死。即便不死,运送他也要很小心,路上会走得极慢,难免生出变数来。"

叶空山撇撇嘴:"没办法了,只好由我老人家亲自把这个笨蛋护送到南淮去。"

"旅费不能给你太多。"叶寒秋居然一口应允,"手头钱多了,怕你去偷偷喝酒。"

这一路行程确实相当辛苦,毕竟读心术对精力的消耗远非其他寻常秘术可比。本来如果坐马车过去倒是可以节省体力,但马车毕竟太慢,岑旷坚持要骑马,而且每天都早早出发,深夜才歇宿。

所以叶空山只能一路跟随,尽量照料着她。眼看着岑旷脸色苍白,眼睛里都是血丝,双颊也似乎瘦削了不少,叶空山居然收起了日常惯有的各种"狗嘴吐不出象牙",而是沿路包办了从住店到准备饮食等所有杂事,尽量让岑旷到了客栈就能什么都不管呼呼大睡。

"真是对不起,我知道你经常说办案不能把自己的命搭进去,但是我如果不这么拼命的话,总觉得心里不够踏实。"这一天夜里,岑旷用叶空山打来的热水泡过脚之后,有些抱歉地对他说,"其实你对这个案子并没有我那么上心,却要陪着我那么辛苦。"

"我不管你,还有谁能管你呢?"叶空山轻轻笑了一声,"正好最近吃得太胖,就当出门跑跑路减点油脂好了,那天胡笑萌跟我说,肉吃得太多了要折寿,我觉得他不是开玩笑。"

岑旷不说话了。她知道叶空山的脾气,总喜欢在无关紧要的事情上自吹自擂,但遇到正经事反而不爱表功。何况,以两人这些年来的默契,也不需要说太多。

是啊,无论怎么样,我是笨也好是聪明也罢,你是善人也好是混蛋也罢,在这个世上,我们总会互相照料的。岑旷闭上眼睛,听着叶空山为她吹熄蜡烛和关上房门的声音,内心一片静谧,很快睡着了。

第二天午后,两人来到了南淮城。南淮是宛州最繁华的城市,远不是土里土气的青石所能比的,但岑旷没有时间去游览风光,和叶空山一起径直去了衙门。靠着叶寒秋的名头,两人得到了殷勤接待,各种文书手续也大大简化,很快,岑旷就见到了那个离死不远的老囚犯。

这名囚犯入狱时不过二十岁,现在被关了三十年出头,也还仅仅就是五十多一点的年纪,但看上去却像是个七八十岁的老翁,几乎只剩下了一把骨头。岑旷一向知道囚犯们,尤其没有关系疏通的囚犯们在牢狱里可能享受到的待遇,对此也并不感到奇怪,反而有点佩服此人的生命力顽强,竟然苦苦挨了三十年还没死。

叶空山把闲杂人等都赶出去,在门口守着,让岑旷可以在安静无打扰的环境里侵入这个老人的记忆。老囚犯经受了三十年的折磨之后,精神世界已经相当脆弱,很多记忆也许已经无法找回,剩下的也可能混乱而充满错谬,进入他的脑子是一件相当危险的事。但岑旷绝不会因为这些危险而放弃,所以叶空山根本不劝也不多话,只是尽力为她创造足够宁静的周边条件。

岑旷在老人所躺的病床边坐下来,左手的食指、中指放在自己的额头上,右手相同的两根手指搭在老人的额头,闭上双眼,开始施展读心术。十分钟后,她重新睁开眼睛,表情十分沮丧。

"怎么了?失败了?"叶空山问。

岑旷"嗯"了一声:"这个人……在牢里的三十年,经历了太多常人难以想象的痛苦,他的精神几乎已经被摧毁了,要是换成别的人,恐怕不死也早就自杀了。但是很奇怪,在他的内心深处,同时又有着一种一定要活下去的坚定的执念。痛苦和执着混杂在一起,让他的精神世界充满了极强的斥力,我现在状态不是最好,只能侵入到表层,根本无法深入。"

"一定要活下去的坚定的执念……"叶空山重复了一遍,"大概就是他对殁的信仰吧。虽然肉体上遭受了长久的痛苦,但他还是想要活下去,也许是为了活着看到殁重临大地、带走他们这些信徒?"

一八七

他接着说:"既然这样,就别再试了,我们还有其他的路可以走。今天先在南淮城休息一夜,明天我雇辆马车,慢慢回去。"

"不,应该还有办法。"岑旷的脸上现出了一种倔强,"你还记得我们俩一起办的第一件大案子吗?不是先前那些偷鸡摸狗的小事。"

"第一件大案子?鬼婴案嘛。"叶空山记性很好。就在岑旷被分配给他做徒弟不久,两人遇到了一起恐怖的杀人以及剖腹自杀的血案,案件的线索指向了传说中的邪术"鬼婴"。在叶空山的指导下,岑旷运用读心术读取到了一些关键记忆,最终解决了这个案子。

"那一次,对方的记忆世界也很难把握,结果我受你启发,找到了一个小偏方,你还记得是什么吗?"岑旷问。

叶空山叹了口气:"当然记得。酒。你是一个根本不会喝酒的人,但酒精对你的精神力却有着异样的刺激,会让你的读心术更加锐利。但是喝酒会更加伤害你的身体,你确定要这么做吗?"

"我一定要这么做。"岑旷看着叶空山的眼睛,毫不退让。

"我去买酒。"叶空山转身出门。

酒确实有用。虽然头很晕,虽然嗓子辣辣的,虽然感觉肚子里难受,但岑旷终于闯入了这个老囚犯的记忆。

她之前已经熟记了这个老人的案件详情。大约三十一二年前,十多个异乡人以各种假冒的身份进入南淮城,在一间贫民区里的便宜客栈集会。碰巧那段时间南淮城的捕快们在全力搜捕一名做下了不少大案的独行大盗,正是全城戒备草木皆兵的时候,于是在各种警备盘查的过程中注意到了这个集会。

他们很快摸清了这帮人的底细:这些人是雷州一个叫"殁"的神明的信徒,来南淮城是为了他们三年一次的例行聚会。经过监听,证实这些人就是单纯的热忱信仰,聚会也只是为了交换三年间寻找"神迹"的成果,既不会搞出什么危险的事端,也不会行骗敛财。

至于那个什么"殁",根据查证,是雷州民间一些愚民信奉的邪神,听说在雷州也就是接近于单纯的恐怖传说,也并不像过去那些曾经在南淮兴风作浪的邪教团体那么难缠。

因此,捕头放松了警惕,只留下一名捕快日常监视,以防万一,把其他的人手都调去继续寻找那位独行大盗。没想到,就在人手都撤走后的当天夜里,有人袭击了这些异乡人,十五个人被杀死了十四个,只有一个幸免于难,就是此刻躺在病床上神志不清的这位名叫卢七的老人,不过当时他还是个二十岁的年轻小伙子。

让岑旷格外在意的是,虽然最后没有找到凶手,但根据件作验尸,这十四个死者都是死于秘术袭击,这让她一下子就想到了青石城的那个中年女子。她有一种直觉,当年杀害十四个殁信徒的人,和这位女秘术师是同一个来路,也就是说,这背后可能藏着一个组织,对茧与殁的事情相当关心,而且掌握的信息也比那些信徒们更多。

遗憾的是,凶手没有被抓住,唯一的幸存者卢七也完全形容不出对方的长相,因为他根本没有看到人影,就被秘术击昏了。他的伤势很重,敌人大概以为他当场毙命,也就没有补上一击,就这么让他侥幸捡回一条命。

更有趣的是卢七被收监并一直关押到现在的原因。按理说卢七本来也是受害者,何况同行十五人确实没有做任何违法乱纪的事情,朝廷虽然一直对邪教小心提防,但也不能因为这些人信奉一个雷州的遥远神明就在他们没有犯事的情况下对他们判重罪。因此,当卢七将养了一个来月,伤势渐渐痊愈之后,衙门只是裁决他"滋事寻衅"，判他去做三个月修葺南淮城墙的苦工，说白了是为了让他偿还之前养伤时的医药费和伙食费，因为这些殁的信徒实在是兜里没钱。

但无巧不巧，在工地上，卢七被另一个苦役犯认了出来，原来这并不是他第一次来南淮城，五年之前，他在南淮一家木匠铺里当学徒，因为晚间加班时偷懒被店主责打，怒而还手，将店主推倒在地上，脑袋磕在了扔在地上的一个刨子上，刨刃正好插入后脑勺，当场毙命。卢七趁夜匆匆逃离南淮，没有被抓住。没想到时隔五年，当年曾同在木匠铺当学徒的另一个少年人也犯事被判苦役，并在工地上认出了卢七。

卢七想要再次逃跑，但一来身上戴着镣铐，二来伤势初愈伸手不变，不但没有逃掉，反而在翻墙时摔了下来，摔断了腰。他犯事时只有十五岁，还未成年，况且只是误杀，所以没有被判死刑，又因为腰伤无法服兵役，所以被扔进牢房里监禁等死。人们本来以为他关个一年半载就会死在狱里，但谁也没料到，他竟然像一只蟑螂一样，在那样恶劣非人的环境里坚持着不死，一直到现在。

从这个人一生的遭遇，就能推想出他的精神世界有多么黑暗，多么不稳定，更何况在这样的濒死之际。虽然借着酒精的帮助成功侵入了，岑旷还是万分小心，生怕遭到突然的伤害。

卢七的记忆此刻已经片片碎裂，就像是殇州西南部的冰炎地海，四处喷涌着如岩浆一般灼热的精神碎片，那是他这一生中种种恐惧、愤怒、仇恨、憎恶等激烈情绪的最终幻化，一旦被这些情绪卷入，岑旷的精神就可能被吞噬、融化。岑旷觉得自己变成了一个探险家，就像天然居的邢万里那样，独身跋涉在冰雪和熔岩交错的恶魔之域,但对于自己究竟要追寻什么,却并没有很清晰的概念。

她闯入了几个记忆碎片,却没有得到太多有价值的东西。她看到了卢七的童年时代,这个出生在越州乡下的孩童,父亲是一个替有钱农场主养香猪的猪倌,后来被发了狂的香猪用獠牙直接顶穿了肚肠而死——香猪是战争年代被越州南蛮用来当坐骑的强壮生物,远非日常养来吃肉的家猪能比。她看到了卢七在南淮城当学徒的日子,从十二岁到十五岁,三年间挨了无数的打,浑身上下总有新鲜的瘀青,而且每天吃不饱饭,以至于到厨房偷吃成为他的每日必修课。她看到卢七被关在南淮大狱里,每天给两瓢脏水和几个发臭发馊的窝窝头,他从一开始的咬牙闭眼、捏着鼻子硬吞下去,到后来完全麻木,仿佛味觉已经完全丧失;至于狱卒时不时地侮辱殴打,他更是默默承受,既不反抗也不求饶。

虽然卢七是一个和岑旷毫不相干的囚犯,但这样阴暗的人生记忆还是让她心里一阵一阵地不舒服。好在最终她碰上了一段有用的记忆,这段记忆牵扯出了殁。

那是十六岁的少年卢七,逃离宛州之后,在雷州毕钵罗港做装卸工,每天要挨很多鞭子,就是在那段时间,他结识了一位殁的信徒,那位信徒告诉他,他所受到的苦难折磨并不是孤例,因为九州原本就是这样一个污秽黑暗的世界,而世人偏偏还要粉饰太平,硬是给这样的人间地狱涂抹上虚伪的亮色。而伟大的、诚实而不作伪的殁,就是要去除掉这些虚假的外皮,让世界回归本来的面目。

"泥土永远不会变成星辰。"这位信徒对他说,"让九州重新展现出泥土的颜色吧。"

所以这些殁的信徒,还真是在期盼着殁逃脱星母的囚禁然后毁灭大地呢,岑旷想。他们并不借着这样的末日传说去骗人追随他们以便骗财骗色,而是单纯怀着期待的心情等待着九州的末日,也不知道该说是一群疯狂的人呢,还是一群绝望的人。卢七大概就是想要亲眼看到这个他所痛恨的世界被殁终结,才顽强地多活了三十年吧?

不过,那是几年后的事,几年前在毕钵罗港卖苦力的卢七,对这个说法并没有轻易采信。

"我以前在南淮城当学徒,听说以前南淮最流行这个神那个神的。"卢七说,"我哪儿知道你是不是就是想骗我点儿钱?如果想骗钱,你最好赶紧走,我要卸完今天的货,才能买得起几个馒头。"

信徒诡秘地一笑:"不。我们从来不需要通过欺诈的手段去赚钱,钱对我们来说,无非是维持身体不朽坏的最低程度的需求而已。我们只是想让有缘人和我们一起等待神迹,一起看到这个世界应该有的样貌。你如果不愿意相信,我绝不会勉强你。"

这段记忆到这里就结束了。岑旷重新飘荡在冰霜烈火的空间中,心里有些疑惑:为什么这些信徒会对所谓"神迹"那样笃信不疑,仅仅是因为那些变异的人吗?但是身体上的变异,就一定是殁的杰作吗?为什么不能仅仅是个巧合?

她总觉得,虽然亲眼目睹过那些异化后的可怕躯体,她见到的时候也难免在心里产生妖魔鬼怪的联想,但一定要就此断定此事符合殁的神话,认为这就是六族在重归所谓的"最初形态",恐怕还是有些牵强。

一定还有其他的证据,也就是信徒们口口声声追逐的"神迹",一定还有比那些长出翅膀的河络或者长出鲛尾的夸父更加能让他们五体投地的东西。

周围的"熔岩喷发"越来越强烈,岑旷知道,那是卢七正在一步步走向死亡。无论他的信仰有多么强烈，求生的欲念有多么执着，终究还是脆弱的凡人之躯，更何况还经历了三十年的痛苦折磨，此刻已经无法再支撑下去。

岑旷估算了一下，自己大概只剩下再看最后一段记忆的时间了。她有可能能看到一段十分有用的记忆，也有更大可能只能看到一段无关紧要的。这样反倒好，没有什么可犹豫的了，岑旷埋头冲进了距离自己最近的一段记忆。

眼前仍然是一片烈焰，就仿佛还在刚才的幻境中没有动，但岑旷还是能意识到，这里的确是一段新的记忆。再仔细观察周边，确实和那些冰雪与火焰的组合不同，现在正在燃烧的，是一大片望不到边际的森林。

是什么地方的森林火灾吗？岑旷有点纳闷。但仔细一看，这座燃烧的森林有很多与众不同之处，首先是每棵树都高得吓人，一般在东陆常见的以高大著称的松树，高度也就在十余丈或者不到十丈，但这里的树木，几乎每一棵都远远超过了这个高度，抬起头来根本看不见树顶。

其次，火焰只在高处燃烧，烧掉的都是二三十丈高以上的枝叶，下方的树枝、树叶、树干都完全不受影响，就好像高处和低处是两种截然不同的材质。

这样的燃烧方式，让岑旷感觉到，似乎自己正走在一片普普通通的树林里，只是天空在燃烧，烧出了一片遮蔽一切的火焰之幕。这是她生平绝对没有见过的景象，但却隐隐有些熟悉，似乎是在哪里见到过类似的描述。

她一面努力回忆，一面向前走，很快追上了在森林里行走的另外一群人，那群人当中就有卢七，此刻看上去正好是个二十岁上下的青年，已经完全成年了。岑旷猜想这段记忆应当距离他在南淮城被捕没有太久。

她跟到人们身边，正听到一个卢七的同伴感叹说："云州真是太不可思议了，无论是东陆还是北陆，甚至是在雷州，永远不可能看到这样的景物。"

云州！岑旷听到这两个字，立刻回想起来了。这里是云州！这片燃烧着的森林，就是云州的奇景之一：火焰森林。

云州是九州大陆的神秘之土，陆地上和雷州接壤之地全部都是剧毒瘴气缭绕的沼泽，海岸线附近则气候极端恶劣，常年风暴不断，还有能吞下一切大型海船的大漩涡，历史上能活着进入云州的人寥寥无几。

岑旷一直很崇拜一位历史上的传奇人物，就是为数不多能活着进入云州然后再活着回来的冒险家之一，那就是传说中的羽族箭神云灭。云灭曾在年轻时出于机缘巧合进入云州历险，后来口述过一些他在云州的所见所闻，被他的夫人风亦雨整理成文字，也算是后人窥探云州秘密的宝贵资料。

这当中就有一段记述提到了火焰森林。按照云灭的说法，火焰森林里的树种，都有着极其旺盛的生长能力，从种子入土的那一刻起就开始片刻不停地疯长，一直到躯干高耸入云、养分不够用了为止。到了这种时候，为了保住整棵树不至于因为缺乏养料而枯萎，树顶处多余的枝叶就会自动燃烧起来，化为草木灰，重新为自己的母体补充养分。所以整座火焰森林一年四季都火光冲天，黑烟蔽日。

眼下这段记忆的场景，毫无疑问就是云灭所说的火焰森林了。

所以说，卢七和他的同伴们来到了云州。在这里能找到什么呢？岑旷知道，自己肯定没有足够的时间等到卢七和其他信徒去到下一个地点了，她只能尽量跟紧一点，希望能尽可能地多听到哪怕是一句半句有用的对话。

"到了那里，真的能找到吗？"这是卢七开口问身边一位五十来岁年纪的老妇人。这个妇人看身形和走路步态就知道并没有练过武，只是一个普通人，但竟然能挣扎着来到很多知名探险家都接近不了的云州，可见信念之坚定。

"哪有那么容易！"老妇人微笑着回答，"神的踪迹如果是那么轻易就被找到的，怎么能称之为神。"

"如果找不到的话，那岂不是白来一趟？！"另一个三十来岁的女人说，"我们可是冒着淹死的危险扑进大漩涡，才能进入云州的啊。"

"追随神的脚步，永远都不会有什么'白来'之说。"老妇人回答，"殁会看到我们的虔诚，当这个世界再度毁灭并重生的时候，我们会作为殁的仆人回到最初的形态，获得永恒的荣光。"

岑旷听得眉头直皱。她又一次听到殁的信徒提到了世界的重生，这到底是什么意思？九州大地会在一团火海中化为灰烬，然后重新诞生出崭新的天地吗？这些信徒冒死来到云州又是为了什么，是想要寻找证据吗？

想到这里，她只觉得心脏猛地跳动了一下。证据？难道云州真的藏着什么古老的遗迹，能够证明殁和星母的争斗不是虚妄，能够证明世界真的因此而被抹杀并重生过？

"反正，只要你能让我看到证据，我就相信你所说的所有的一切。"卢七咬着牙说，"我是个活着也没有什么意义的人，是个根本就不该被生下来的废物。但是,为了能看到这个世界有完蛋的那一天,我拼了命也要活下去!"

火焰炽盛,但并不是来自那奇特的树木,而是来自地下。卢七的生命终于走到了尽头,精神世界开始分崩离析,即将被烈焰焚烧殆尽,然后被永恒的黑暗所吞没。岑旷别无选择,退出了老人的记忆。

在自己的意识和肉体重新结合的短暂瞬间里,岑旷只觉得好像身处于一个无限幽深、无限广远的空旷之中,不知道自己是在自在地飞翔还是在永无尽头地下坠。太可怕了,岑旷想,什么六族的"真正认识自己""恢复本来面貌",原来在这些和茧或者殁有关的事件中,根本只是微不足道的细枝末节而已。

人类又如何?

羽人又如何?

河络又如何?

鲛人又如何?

夸父又如何?

魅又如何?

假如大地都不复存焉,这些所谓的"智慧生灵",是生是死,是这种形态还是那种样貌,又有什么关系呢。

记忆之五

回青石城的路上,岑旷实在拗不过叶空山,勉强答应了坐一天马车,但第二天还是换回了骑马。第一天的时候,叶空山陪她一起坐在车里,眼看着她神色沉郁,郁郁寡欢。但再往后,她就恢复了日常的神态,并无其他异样。

回到青石公馆时,又是一个夜晚。岑旷放下行李,匆匆洗漱一下——叶空山则宣称"明早再洗也不迟"——与叶空山一道见到叶寒秋,向他讲述了在老囚犯卢七记忆里的见闻:"所以,卢七从当初的将信将疑,到后来在监狱里苦苦支撑了三十年,充分说明他一定在云州见到了那个老妇人所说的证据,所以才会那么坚定而执着。我觉得他其实根本不是虔诚信仰邪神本身,而是单纯地就想看到世界毁灭。"

"也就是说,我们起初只是为了调查二十六个平民的死因,然后牵扯出了侯爷这样的大人物,再然后……我们要面对整个九州的存亡命运。"她总结说。

叶寒秋饶有兴致地打量着岑旷,看得她心里直发毛:"叶大人,您……盯着我看做什么?"

"我只是奇怪于你的镇定。"叶寒秋一笑,"我总觉得,你一下子听说九州大地有可能被一股脑彻底毁灭,多半是要伤春悲秋一下,感叹几句命途多舛什么的。但现在看起来,你很平静地就接受了这个消息,并不像我想象的那样忧郁。"

岑旷张了张嘴,不知道该怎么回答,叶空山嗤笑一声:"说明你还是不太了解我们的岑小姐。她确实多愁善感,确实心软,确实见不得有人受苦——哪怕受苦的人她完全不认识甚至罪有应得——但她的着眼之处,始终都是身边的生活,是那些近距离的、触手可及的人和事。世界末日什么的,说起来挺吓人,但谁知道什么时候会到来,有可能明天,也有可能一万年后。所以岑小姐开始也心情低落了一天,第二天大概就想通了。"

岑旷不好意思地低下头:"的确是这样的。我开始想着,世界都会毁灭,那是多么了不得的大事啊。但回头再一想,人的寿命也不过区区几十年，过好自己的这一生就已经十分不易了，哪儿顾得上去担忧那些久远的未来。更何况，即便未来并不久远，比如像他刚才说的，明天就是世界末日，以我们的力量，再怎么担忧也没法改变，就不如不去多想。"

她不想再多谈论自己："所以说，如果茧真的和那个传说中的殁有联系的话，那它的实力也许比我们想象中还要可怕，而镇远侯和它之间的关系，想想就更加可疑了。我明早就抓紧再去探一探侯爷的记忆，希望能找到一些更有用的东西。"

"已经很有用了。"叶寒秋说，"你之前在记忆里挖掘出来的那座湖，龙绥湖，我们又查到了新的线索。"

岑旷翻开这本名叫《绥中乡谈杂趣》破旧的小书，知道这又是历史上某位无名文人的笔记杂录，世上流传的搞不好就只有这一本。叶寒秋的手下已经重点做好记号的，就是这么一则怪谈故事，讲某位秘术师曾经和同伴在雷州北部山区遭遇奇事：附近某个山村闹了妖怪，把村民们统统变成了怪物。秘术师们尝试去解救那些村民，最后却选择了用秘术制造山崩，将那座村子永久地隔绝于人世之外。

"我想，那些村民所变成的怪物，应该和青石城的这些是同一性质吧？故事讲述者的祖父的原话是'那个人的样貌根本就不应该在这个世上存在'，感觉就是在形容异化后的人。"岑旷说，"不过这和龙绥湖有什么关系呢？"

"那座村子在正史里有记载的，所以刑部请来的史学家在故纸堆里找到了它。"叶寒秋说，"只不过，史料里并没有提到村民变成怪物的事，只是记录了它因为遭遇离奇的山崩，从此从世间消失。名字都是李醇村,都位于雷州北部,都因为山崩而消失,必然是同一座村子。而这座李醇村的山脚下,就是龙绥湖。"

岑旷吃了一惊:"山脚下就是龙绥湖?那么,龙绥湖里曾出现过的怪物,其实就是从李醇村来的?"

"这么看起来,李醇村也许是这一切的起源。"叶空山说,"李醇村的村民因为未知原因产生了异化,一个还能控制身体的村民跑下山去求助,将秘术师们引到了村子里。结果秘术师发现他们并不能挽救那些村民,很大可能性自己也受到感染,只能在那里和村民们一起等死。他们唯一能做的,就是最后运用秘术,制造山崩,断绝李醇村进出的道路,以免那样的感染扩散出去。只不过,看来山崩并没有完全把路彻底堵死,所以还是有些怪物下了山,出现在了湖里,引发了恐慌。"

"可惜的是,我们仍然不知道茧在这当中扮演的角色。"岑旷苦恼地说,"是他把村民们变成怪物的吗?他究竟是孤身一人还是有其他同伴?为什么这种事到目前为止能找到的记录只有这两次,其他时候茧为什么不那么干?又为什么隔了那么久在青石城重演了一次?"

她只是在自己提出疑问,叶空山兄弟俩也没办法回答这一连串的问题。叶寒秋只是给了她一个精确数字:"李醇村的消亡,大约发生于星流四千七百年前后,也就是说,距离现在已经有了一千零几十年。如果那一次就是茧干的话,那么它算得上是正经的千年老妖了。"

"我要赶紧回去睡觉。"岑旷说,"明天还要继续使用读心术。如果真的要对付什么千年老妖,我还应该再勤奋一点。"

"你的师父哪怕有你十分之一的敬业精神,现在也不至于落魄成这样。"

"滚!"

但接下来的三次侵入都没能获取特别有用的资料。记忆球里的记忆尽管是侯爷精挑细选后的"有用记忆",但也并非每一条对于岑旷来说都很有价值,她也无法事先选择自己可能会碰到的内容。在这三次里,她所读取到的,都是叶寒秋这些日子已经查明了的内容大致重复的资料,比如和李醇村有关的往事,比如殁神话中涉及到的世界末日的传说,虽然两相印证更加保险,却不能带来突破性的进展。

岑旷有些沮丧。加上精神力使用过度,她看起来日渐憔悴,终于在这一天清晨,当她又坐到袁圆的病床边时,叶空山伸手拦住了她。

"今天上午不干活,跟我出去散会儿步,然后睡个午觉。等你醒过来,再说后面的事儿。"叶空山的语气里充满了不容驳斥、不容拒绝的意味。每当叶空山用这种足够认真、足够严肃的语调和她说话时,岑旷一般都不会反对。何况她自己也明白,这段日子精神力消耗得太大,再这样下去,倘若不小心大病一场,无法使用读心术,反而会影响后续的办案。那样就得不偿失了。

"那好吧。"岑旷勉强笑了笑,"我们出去走走。"

"什么都可以说,就是不许说案子。"

"好。不说案子。"

没有太阳,是个大阴天,而且还有点小风,青石城每到这样有风的日子,就会全城都飘散着或浓或淡的牲畜的臭气。但能什么都不做的只是在街头信步乱走,看看顽童打闹,听听街边小贩从叫卖到吵架,对于岑旷而言,也算得上是一种小小的幸福了。

叶空山是个掌控话题的高手，非但不谈案子，还尽量想让岑旷连想都不要去想案子，于是不停地和她聊着她前一段时间读的小说。岑旷知道，叶空山其实顶瞧不起那些流传于市井间的小说故事，总将其称之为"混子骗傻子"，但此刻主动说起这个话题，自然也是想要让她尽量分心。

"我简直觉得，要是每天都能遇上镇远侯这样折磨人的案子就好了。"岑旷忽然说。

叶空山一怔："为什么？"

"因为到了这种时候，你总是特别照顾我，简直和平时判若两人，就像脑子被换掉了一样。"岑旷说，"虽然其实我也并不在乎你平时嘴有点损，但是这样……我更开心。"

叶空山听了这句话竟然有些狼狈。他咳嗽了一声，慢慢说："啊……这样嘛……那我以后改一改吧。我争取……争取改一改。"

岑旷扑哧一笑，真正觉得心情好起来了。

"最近在公馆里顿顿和叶大人吃同样的饭菜，好虽然好，但我反而有点儿怀念平时的穷日子了。用你的话说，也许就是天生穷骨头……"岑旷说，"去吃一碗红汤素面？"

"这个客我还请得起。"叶空山嘿嘿一笑。

衙门惯例每个月三十日发饷，叶空山每次领到薪水后开始花钱大手大脚，到了下个月的下旬就钱包空空，只能东拼西凑夹着尾巴度日。他倒是有一样好，很少找岑旷借钱，更加不会欠了岑旷的钱不还，只是每到月底发薪前那几天的惨状，每每让岑旷老大不忍心。有时候她会买上点儿烧鸡、熟牛肉、卤大肠、猪蹄之类的肉食，跟着叶空山到一些便宜得吓死人的饭馆，嘴上说着两人一起吃饭,其实就是让叶空山和她一起吃些肉。

红汤素面就是叶空山月底最常用来果腹的保留菜品。那是一家脏兮兮的便宜小面馆,所用原料十分可疑,尤其是肉类,让你想不明白老板怎么能卖出价格那么低的一碗大排面。不过叶空山进这家面馆的时候,连那肉质可疑的大排面都吃不起,就只能吃最底层穷人的招牌菜:红汤素面。

所谓红汤素面,说白了就是一碗清水煮面,里面扔两片菜市场收摊时捡来的烂菜叶子,然后多放酱油多放辣椒,穷人们吃得满头大汗,倒也能填饱肚子。岑旷刚开始很不习惯那种重咸重辣,而且她也在医书上见到过,太咸太辣都对身体不好,年纪大了之后很容易累积下一些内脏的疾病。但后来她也慢慢明白了,对于那些根本没钱吃肉的穷人来说,大量的酱醋辣椒可以帮他们刺激食欲,吞下足量的主食,从而在干活的时候更有劲。穷人们根本不可能有余暇去考虑年老了之后会不会得病,他们首先要想的是让自己在明天不至于因为吃不起饭而饿死。

所以她有时候会强迫自己陪着叶空山吃几碗红汤素面,也算是提醒自己活在人世间的不易。

不过,岑旷也很诚实地明白,怀念某种特定的情绪或氛围,并不代表着喜欢它。此刻坐在这家无名面馆里,看着缺口的汤碗上漂浮着厚厚的辣椒面,她还是很确定自己并不喜欢吃这种东西。她小心地拨开辣椒,吃了小半碗也就差不多了,身旁的叶空山倒是吃得稀里呼噜,一边吃一边好像还在和她说话。

"你身后,隔一张桌子,单身女人,一直跟踪我们。"叶空山含混不清地说着。

岑旷装作不经意地把左手在腿边随意地摊开，用秘术将掌心蘸上一点水化成镜子，照出了叶空山所说的坐在相隔一张桌旁的女人。那是一个二十多岁的年轻女人，衣着朴素，不事装扮，此刻正在埋头吃着一份炒粉条。她观察了一下此人的衣着，发现确实是在先前闲逛的路上看到过她，而且是在三条不同的街面上，只不过自己并没有太留意。

看来还是叶空山经验丰富，岑旷想，虽然自己也接受过反跟踪的训练，但是今天出来并非为了办案，而只是为了放松散心，于是就忽略了。但叶空山显然无论在什么时候都保持着警惕的本能，尽管他的面孔什么时候看起来都睡眼惺忪好像随时能一头栽倒在地上开始打呼噜。

"我们要怎么应付呢？"岑旷低声问。

"不能再像上回那样打草惊蛇了。"叶空山回答说，"宁可让她溜掉，也绝不能让她注意到已经被我们发现了。自己溜掉，下次还会回来找我们，吓跑了也许就再也见不到了。"

岑旷会意地点点头。叶空山又问："你能不能用秘术制造一点混乱？看到了吗，那个女人的邻桌坐着一个老头儿，正在吃面——他妈的，居然还加了肉——如果能让他把面汤泼到女人身上，我就有机会了。"

"啊，你又带了记号弹？"岑旷忍不住笑了起来。

"非常时期，身上常备。"叶空山骄傲地哼哼着。

"那你做好准备，我这就动手。"岑旷在心里盘算了一下，眼看老头正捧起面碗，准备喝汤，而此时正有另一个浑身脏兮兮的苦力汉子走过他的身旁，看样子是结完账准备离开，连忙用秘术在苦力汉子的脚下制造出一小片光滑的冰面。

苦力汉子一脚踩了上去，登时脚底一滑，身子撞在了老头身上。老头正要喝汤，这一下猝不及防，一碗汤全都洒将出去，洒在了年轻女人的身上。女人被烫得叫出了声，慌忙起身躲闪，叶空山就趁着这一片混乱的时候，把他的记号弹打在了女人的裙子上。

"这一次不能找得大张旗鼓了。"叶空山说，"回去你让我老哥假装成是在搜查其他的犯人，千万别让她疑心。先确定她落脚的地方，我们再慢慢想办法。"

"为什么你不自己跟他说？"岑旷说，"我觉得你们俩的关系其实也没有小时候那么糟糕了，不如……"

"总之你负责告诉他就行了！"叶空山不耐烦地一摆手。

两人故意慢慢踱回公馆，果然年轻女人顾不上衣服被弄脏了，仍然是一路跟踪，直到两人进入公馆大门，这才离去。

"和上次夜袭叶大人的会是一伙吗？"岑旷问，"我一直在留意，但她身上精神力很弱，不太像是个秘术师。"

"不一定。"叶空山说，"从殁的这些传说来推想，很可能不止一群人对它感兴趣，目的也可能完全不同。总之，你让我老哥赶紧找到她，然后盯死了。"

"我知道。"岑旷叹了口气，"我反正就专门负责为你们兄弟俩传话好了。"

她把年轻女人的消息告诉了叶寒秋，然后决定听叶空山的话，好好休息一天，晚间也不去想着读取记忆，只是看了一会儿小说，早早睡觉。第二天清晨果然觉得精神好了许多。

她再度进入了镇远侯的记忆中，并在心里祈祷着这次不要再像之前三次那样一无所获。但刚刚稳定住精神世界，睁眼看到周围的影像，她就吓了一大跳。

这次绝对有足够分量的收获了，岑旷对自己说，哪怕并不能得到和案情有关的信息，也绝对不虚此行。

毕竟，哪怕是在别人的精神世界里，这世上又有几个人真正亲眼见到过大风呢？

岑旷抬起头，浑忘了一切，只是屏住呼吸看着那盘旋在高空中巨大的黑影。大风，九州已知最庞大的生物，无数人拼命追寻却无法得见其真容的传说中的神兽，此刻就这么占据了岑旷的视线。它的体长已经完全超越了岑旷所能估量的，她只能通过古书上的记载，猜测这只大风的体长在一千尺以上，而翼展的长度或许已经超过了五千尺。它浑身覆盖着乌黑中微微泛出金色的羽毛，每一片羽毛都比一个成年人的身躯还要大得多，头部的线条刚硬威武，带有几分狰狞，长长的灰色的喙犹如一柄上古巨剑，将天空劈开。

最令人恐惧的是它那双幽蓝的眼球，就好像两颗辰星一样，闪烁着充满愤怒的光芒。它在天空中来回盘旋，带起的狂风卷起了地上的砂石树枝，虽然岑旷无法感知到，但也可以想象，假如这不是精神世界，而是实实在在在现实中站在大风飞舞时的地面上，她恐怕想要站稳也很困难。

想到这里，她才想起自己进入这段记忆的正题，有点恋恋不舍地把视线从大风身上移开——毕竟这是真正的看一眼少一眼，以后也许也不会再有这样的机会了——观察周边的环境。从远处的海岸线能看出，她现在是在海边或者是在海中的某个岛屿上。考虑到前段记忆里已经见到了镇远侯坐在海船上，以及大风从来没有在大陆上被目击过，她认为这应该是一座海岛。镇远侯脑袋受伤时曾经无意识地提到过拉图斯雅兰的名字，岑旷相信，这里就是拉图斯雅兰,风暴之眼。

现在她所在的是岛上的一块平地,看得出来原本还有一些比较粗陋的建筑物,但此刻全都在大风的袭击之下化为了废墟。废墟的周围,站着十多二十个人,岑旷一眼就从中认出了镇远侯、茧和羽人王子这三个人。

看来这段记忆正好是承接着海船上那一段,岑旷想。他们应该是遇上了海难之类的事故,漂流到了这座岛上,也没有回去的海船可以用,只好在这里临时修建房屋,等待过路的海船。总算他们运气不错,这座海岛上看来能找到足够的食水,而且还有材料制造简单的木屋。

不过,碰上大风可就不能算有运气了。对大风这样的生物来说,人类也好,羽人也罢,哪怕是夸父,都只怕是连蝼蚁都不如。这些人能从海难里求得生存,却又被大风袭击,当真是福祸相依,世事难料。

这时候,看着大风那惊人的威势,镇远侯等人完全没有摆出任何反抗的架势,可能是他们也知道,凭自己的力量,绝无可能与大风相抗衡,这比蚍蜉撼大树好不到哪儿去。但是他们为什么不逃呢?岑旷再放眼四周,明白过来,拉图斯雅兰岛地势平坦,几乎没有什么遮蔽物,根本就无处可逃。

就连此前一直英气勃勃意气风发的镇远侯,现在也是一脸的无奈。当然了,他毕竟从少年时代起就有英雄气概,即便是面临这样的绝境,脸上也不像其他人那样显得惊恐绝望,只不过是有些失落。

"可惜了,还没能实现我的理想,就得死在这儿。"他叹息着说,"不过好歹我没有死在敌人的手里。被大风干掉,那没什么丢人的，就算是威武王遇上大风，也挡不住。"

他所说的威武王，是著名的乱世时期的一代枭雄威武王嬴无翳。听上去，嬴无翳应当是他心目中崇拜的对象，倒是很符合他的脾气。

"你不后悔吗？"身边姓翼的羽族少年问他，"你如果直接去天启城开辟你的事业，而不是先来航海，现在也就不会死在大风的翅膀下面了。"

这个羽族少年倒是流露出几分惧意，但也并不算怕得太厉害，看来也是个生性豁达之人。而茧沉默地站在一边，几乎没有什么表情，看不出它到底有没有害怕。当然，岑旷毕竟是知道茧的力量的，就算其他人在大风面前逃不掉，它也应该有一些机会吧？

镇远侯哈哈大笑："没什么好后悔的。自己的路是自己选的，死在这条路上也不必抱怨。何况，就这么一个小小的选择，就送了我的性命，也说明我就不是命中注定的那个大英雄大人物，死也就死了罢。"

他扭头看向茧："倒是你，你有那么厉害的秘术功底，如果为皇帝效力的话，绝对会受到重用的。就这么死了，未免可惜。"

茧摇了摇头："我不会为皇帝效力的。我很笨，不懂得官场那些道理，何况根本也不想当官。我这一生，只是想做一个普通人而已，但是做一个普通人都那么难。"它的声音听起来很是轻柔，和粗糙土气的相貌完全不一样。

岑旷心里一动。茧所说的这句话，让她一下子想到了自己。她自己的这一生，其实也只是想努力融入人类社会，做一个普通人，不要孤零零地飘荡，如此而已。

茧的想法和我是一样的吗？难道它……也和我一样，是一个魅吗？可是就算魅也不可能有那样强大的精神力啊。

岑旷正在胡思乱想，微一分神，天空中的大风已经扇动着翅膀，朝着地面来了一次俯冲。这一次俯冲不啻于一次龙卷风暴，地面上的人们站立不住，身体纷纷飞将出去，其他废墟中的杂物更是浑似没有重量一般，在风暴中四处乱飞乱撞。

等到大风重新飞回高空，岑旷发现这一片岛屿的地皮都被掀开了，甚至连离这里还有一段距离的远处树林都被刮倒了一大片。被狂风吹走的人们四散在不同的方位，有的摔在地上，有的挂在没被刮断的树上，有的趴在岩石上，个个狼狈不堪。

岑旷连忙寻找刚才站在一起的三个人。她看见茧好像是用什么秘术保护了自己，身上连点儿擦伤都没有。他正在快速跑向另一个方向，在那里，镇远侯和羽人少年摔在了一起。羽人少年只是受了些擦伤，镇远侯的头上却破了个大口子，鲜血正在汩汩地流出。

"你不该救我的！"羽族少年的话语里隐隐带有哭腔，"我这样没用的人，死了也就算了，正好可以不被我的哥哥们惦记着。你才是应该好好活下去的那个人！你以后要帮皇帝征服九州，当一个大人物的啊！"

镇远侯伤得很重，看来头部也受到了震荡，说话很是吃力，却强自伸手，在羽族少年脑袋上拍了一下："说什么蠢话！连自己的朋友都不救，怎么配当大人物！"

岑旷感动莫名，心想：原来视人命如草芥的镇远侯还有这样的一面，无怪乎虽然他治军极严，手下的兵将却都死心塌地地跟随于他。但是，看这个情状，他们是怎么从大风的巨翼下逃脱性命的呢？

正在疑惑，忽然看见茧仰起头来，注视着正准备再次下冲的大风，脸上微微有一点笑容。

"朋友真是好啊。"茧轻轻地说,"朋友都不该死的。"

说完这句话,它的身上陡然爆发出一股强大无比的精神力,一直显得呆滞木讷的双眼里也有了一种异样的神采。而随着这股精神力的释放,大风的俯冲动作却猛地停滞了。它将那遮天蔽日的身躯停在了高空中,只是不断扑打翅膀,却没有再靠近地面。

发生了什么?岑旷一时不解。她原以为茧会使用一些诸如火焰、冰刃、风割、飞岩之类的攻击性秘术,或者使用能够带来衰老和死亡效果的谷玄秘术,但这些秘术都并没有出现。茧只是静静站在原地,一直凝视着大风,原本黑色的眼珠里渗进了一些骇人的血红色,手上没有动作,嘴里也没有吟唱。不知道的人如果看到这一幕,甚至会以为它只是单纯站在原地观看。

但岑旷却很清楚,茧一直在源源不断地释放出她几乎不敢想象的强沛的精神力,而这些精神力一定是作用在了大风身上,否则的话,这只能轻松毁灭这座岛屿的巨物绝不可能突然停止攻击。

既然在茧的身上看不出什么,她索性全神观察大风。只见大风好几次仰起头,做出了蓄力下冲的姿态,却不知道为什么,每一次都半途放弃。终于,岑旷留意到,在大风的眼神中,出现了一种和人类的眼神有些接近的情感流露。

恐惧。

那种恐惧,其实在被天敌抓住的鸟儿眼里也能看到,但是大风这样的异兽,双目更加接近人眼,所能流露出的感情也更生动、更复杂。岑旷死死盯着那对幽蓝色的巨大眼球,确信自己没有看错,大风在害怕。

难道是茧运用自己的精神力,直接让大风产生了恐惧的情绪?岑旷觉得不可思议。这二者的大小比例,或许就是一粒米和一头大象的对比,但这小小的米粒却将恐惧注入了大象的身体,能让大象有所反应。这是怎样的一种力量?

时间再过去几分钟,岑旷又能看出来:其实茧也是竭尽全力了。毕竟大风是那样近似于神的一种生物,以一个外表看来只是普通人类的身躯,去侵扰大风的精神,那绝不是件容易事。茧的皮肤开始充血,青筋暴起有如一条条长蛇,口鼻和眼角都已经流出了鲜血。但它的面庞上却并没有什么痛苦的表情,依旧显得平静如深海,双足也稳稳站定,纹丝不动。

这场看不见武器的对抗僵持了许久,大风每一次挣扎着想要俯冲下来,都以失败告终,眼神里的惧意也越来越浓;而茧的躯体似乎因为驾驭不住精神力而膨胀起来了,甚至面部皮肤都出现了细小的裂纹。尽管这是一场发生在三十多年前的较量,胜负也早已刻在历史的印记中,岑旷依旧看得惊心动魄,简直觉得自己快要紧张得窒息了。

终于,大风再次仰头,发出一声惊天动地的愤怒的嘶叫,然后用力挥动翅膀,将高度拉伸,飞向了远方。就仿佛是一块笼罩大地的庞大乌云终于移开了,人们这才松了一口气,知道自己死里逃生。

茧击败了大风!岑旷呆呆地想,它竟然比大风还强。以这样的力量,假如想要当个皇帝征服天下,或者当一个妖魔去毁灭九州,都应该不是太大的难事吧。为什么这一千多年来,就几乎没有人知道它的存在?它在人世间藏身在何处?到底为了什么流连在这里?

眼看着大风的身影远去,茧的身躯摇晃了一下,终于支撑不住了,仰面倒下。幸好羽人少年就在他身后,连忙用手扶住了它,就在这一刹那,岑旷分明感到,茧虽然收回了自己的精神力,但因为身体已经到了极限,难以控制周全,有一股精神力从他的指尖滑了出去，射向了前方的两个一起落难的同船人。

糟糕了，岑旷想，虽然只是一点点残余，但普通人怎么能顶受得住？

果然，那两个人浑身一震，随即面孔开始扭曲，流露出极度害怕的神情。其中一个男人高声叫着："不要逼我！不要逼我！我会还钱的！"突然发足狂奔，完全不看前方的路，身体直直地撞上了一块因为风暴而横插在树上的细长木板上，木板上的钢钉穿透了他的眼睛，直刺入脑，眼见是活不成了。而即便受到这样的致命伤，他仍然努力扭动着身子，嘴里一边喷出血沫一边无力地最后喊道："别……别逼我……我……还钱……"

而另一个年轻女人一直站在原地，没有奔跑，脸上由一开始的极度恐惧转为一种变形的笑容。

"我明白了，我懂了，都是我的错。"她微笑着，用不紧不慢的语气说，"我不该再活下去了。我应该死。你说得对。"

她并没有像第一个人那样不顾一切地向前狂奔，而是冷静地环顾四周，在地面上细细地观察着，最后目光停留在一块尖锐的破碎金属块上，那应该是海难后船上某件器具的碎片。她快乐地迈着舞蹈一般愉悦的步伐走过去，捡起那块一头十分尖锐的金属碎片，仔细地、一丝不苟地割开了自己的脖子。伴随着鲜血如喷泉般涌出，她慢慢倒在地上，脸上仍然带着笑容。

在场的所有人，包括几十年后重看这段记忆的岑旷，都惊呆了，甚至没有人想到去阻止她。直到女人的身体在地上抽搐几下，终于彻底不动了，人们才反应过来。

但这样的反应却大大出乎岑旷的意料。

第一个开口打破沉默的，是一个脸上有几道伤疤，看上去甚为剽悍的魁梧大汉。

"这个人是妖怪！"他伸手指着昏迷不醒的茧，"他杀了这两个人！"

羽人少年和镇远侯对望一眼，羽人少年的脸上显得很是惊诧，镇远侯则是充满了愤怒。他不顾自己头部伤势颇重，挣扎着站起来，握住了腰间的佩剑。

"对，他是杀了这两个人，但那只是误杀。"镇远侯看来是强忍着头部的疼痛，喘着粗气说，"在这之前他救了你们所有人！"

"如果他能杀死这两个人，回头也能杀死我们所有人！"一个声音尖细的瘦削老水手说，"趁着他现在昏过去了，我们赶快干掉他！你们想要像刚才那一男一女那样死得那么惨吗？"

这最后一句话无疑相当有用，其他的十多人竟然被他煽动得捡起各种铁器、木条、木棍、石块围了过来。镇远侯大怒，拔出了剑，但身子随即歪了一下，险些摔倒，毕竟他自己也身负重伤，看来要保护茧恐怕是心有余而力不足。

这就是人性啊，岑旷呆呆地想。茧刚才明明是不顾一切从一只大风的翅膀下救了这帮人的性命，但大风刚刚飞走，连岸边的海浪恐怕都还没有止息，这些人就掉过头来把茧当成了危险的存在，想要杀掉自己的救命恩人。

真是可怕的动物啊。比大风还要可怕。岑旷想。

她眼看着人群涌了过去，镇远侯竭尽全力击倒了两个人，还是被那个疤脸大汉一拳打倒，挣扎了几下，终究是爬不起来。那个声音尖细的老水手高高举起手中的一块带有尖锐棱角的碎石，朝着茧的头颅恶狠狠地砸了下去。

但石头的尖角还没有沾到茧的额头，老水手忽然大叫一声，朝后摔倒，手上的石头落到了地上。岑旷看见他的后背衣服上正在冒着黑烟，那显然是被火焰秘术袭击了。

紧跟着，一圈火苗燃起，把茧和镇远侯两人围在了中间。羽族少年则站在火圈前面，掌心跳动着火焰。

居然是这个小胖子！岑旷很是意外。她在记忆里所见的这个羽族少年一直是温和懒散的，看上去完全不像会动手打架的样子，此刻虽然他在使用秘术，岑旷也能觉察出他的秘术功底很一般，远远称不上高手。面对着这样一群虽然不算专门的武者、但也个个身强体壮至少擅长王八拳打架的恶汉，他想要以寡敌众只怕还是困难重重。

但羽族少年还是咬紧了牙关，用身体把火圈挡在身后，双手都升腾起烈焰，看来是打定主意要拼命。岑旷觉得自己似乎进入了读那些胡编乱造的坊间小说的状态，看得热血沸腾，很想出手帮助这位圆滚滚的小羽人，但又想起自己在幻境中无能为力。那种感觉，简直就像是读书读到男女主人公被敌人围困一样，恨不能自己能跳进书中放出一圈谷玄秘术，把那帮敌人统统变成干尸。

正在无可奈何，一直昏迷着的茧忽然睁开了眼睛。它轻轻笑了一声，低声说："隔了那么久，久到我自己都要忘记了。我又有了两个朋友。真好。"

他的喉咙里发出一阵奇怪的鸣响，就像是被什么东西塞住了气管一样，但岑旷瞬间就能感觉出来这怪响当中蕴含的巨大威胁。

果然，随着这阵响声，除了镇远侯和羽族少年之外，在场的其他所有人都突然间停止了攻击，一个个看起来失魂落魄，眼神涣散，好像灵魂被人抽走了一样。他们仿佛一堆提线木偶，双臂莫名

二一三

地摆动着,脚底下摇摇晃晃找不到方向。

岑旷忽然惊叫了一声。她发现这些人的身体竟然像灌水的皮囊一样膨胀起来,将衣服纷纷胀裂,露出已经近乎透明的皮肤。她正在害怕他们会不会就此炸裂,以至于血肉内脏骨骼四处飞溅,这样的惨烈场面只怕会让她做上一个月的噩梦,但紧跟着马上发现,这些大人并没有炸裂,而是——熔化了。

是的,他们好像是被不知不觉间换成了蜡人一样,就这样在岑旷的眼皮底下慢慢熔化,化为一摊半固态半液态的白色物质,然后又一点点像水分蒸发一样消失,最终化为一片虚无,无影无踪。

而就在这一刻,岑旷在这段记忆里的时间也走到了尽头。她只能退了出去。离开前的一刹那,她用力盯住茧,看见茧的脸上一片安宁和欣慰的笑容,嘴唇还在蠕蠕而动。她猜测茧是在念着"朋友"两个字。

记忆之六

"所以说,我过去对茧的判断可能是错误的。"岑旷说,"它确实强到难以想象,我觉得就算是历史上那些知名的辰月教大教宗出手,也没可能单枪匹马赶走一只大风——你们要是见到那只大风就能明白了。但是它,它好像……并不是那么穷凶极恶。它杀人,也许有着什么不得已的理由。"

"青石城的那一帮平民,每一个都是不得已吗?"叶空山问。

"那倒不一定,但是……但是……"岑旷但是了一会儿,却又接不下去。

"其实我也觉得,这个茧的身上大有文章,不只是简简单单地杀人狂魔或者殁的化身、殁的使者什么的。"叶空山说,"实际上,综合你近期所读取到的这些久远的记忆,我已经有了一个模模糊糊的猜测,但是这些猜测充其量能解释茧的行为,却仍然无法给出它的来源。即便是再深挖镇远侯的记忆,我觉得他也未必知晓。除非是去问茧本人,可能才会找到答案。"

岑旷有些失望,但也明白叶空山说得有理,从过往的这些记忆里,也许的确能勾勒出茧在人世间做过的事情、到过的地方,或者找到它交往过的朋友。但这些事件都无法解释茧本身到底是什么,它来自哪里。除非真的能和茧对话,听它亲口讲述,才有可能得到确切的答案。

接下来岑旷又休息了三天。一方面是叶空山给她的强制命令,不许她连续工作,一方面却也是因为她的心境起了一些变化。

刚开始,她一直以为,会杀害青石城那么多人的凶手,一定是个可怕的坏蛋,一个邪恶的怪物,她怀着单纯的捕快的责任心,以及一个普通人惩恶扬善的心愿,很想要把这个凶手揪出来绳之以法。但在阅读了这许多过往的记忆之后,她却发现茧似乎并不是那样的一个坏蛋、一个怪物,这让她的内心深处隐隐生起了一些不安甚至惶恐。

就算查清楚了茧的来历,又能怎么样?万一它真的是个"好人",我要把它抓起来,然后眼看着它被判凌迟或者腰斩吗?尽管在青石城的人类社会里已经生活了好几年了,而且手里阅读的各种小说里也总在提醒读者不要把书中人物看成非黑即白,但每当岑旷在心里做着是非判断的时候,仍然总会近乎本能地划出"好人""坏人"的线。

所以她也不急于干活了，多休息了几天之后，觉得之前累积的疲劳减轻了许多。另一个好消息是，叶寒秋的手下武官指挥着青石城的捕快们，顺利地找到了那个跟踪岑旷和叶空山的年轻女人，她化名杜巧儿，住在城南一间客栈里。但按照叶空山的吩咐，他们并没有打草惊蛇，只是严密监视客栈周围，争取能诱出此人的党羽。

傍晚时分，岑旷正在会议室陪叶寒秋下围棋，叶空山则在旁边一边看棋一边非常不君子地指指点点冷嘲热讽。岑旷一面要忍受叶空山的大放厥词，一面还要忍受叶寒秋的犀利反击，只觉得自己的一个脑袋好像裂成了两半。好在她的棋力原本不如叶寒秋，看看距离投子认输也不远了，只盼着自己能早点输掉，就可以赶紧找个借口躲出去，不必受这兄弟俩的折磨了。

她正在计算着哪一手可以巧妙地走一步臭棋，又可以不被兄弟俩看出来她是故意的，那样就可以名正言顺地认输了。但还没有算计清楚，突然有人敲门。一般而言，当三人一起待在会议室里的时候，尤其是叶寒秋在场的时候，旁人轻易不敢打扰。如果有人敲门，那就一定是有要事。

岑旷如释重负。叶寒秋叫了一声："进来。"

一名叶寒秋的手下武官走了进来，垂手站在门边汇报说："禀大人，悦茗客栈有情况。"

悦茗客栈就是化名杜巧儿的年轻女子所住的地方。叶寒秋问："发生了什么？"

"杜巧儿来了两个同伙，但他们没有留意到，后面还有两个跟踪的人，也住进了客栈。"武官说，"我们怀疑跟踪者就是上次脱逃的那几人，担心双方会动手。"

叶寒秋霍然站起，快步出门，岑旷和叶空山跟在他身后。

三人骑快马来到悦茗客栈附近，然后下马步行，以免急促的马蹄声惊动客栈里的两伙人。一名负责监视的捕快迎上来，悄声说："两边的房间挨得很近，都在二楼，后来的那两个人轮流在大堂里坐着，看上去是喝酒，其实一直看着楼梯，在监视先来的那一拨。"

"那两个人是秘术师，而且其中一个的精神力我很熟悉，虽然化装成了男人，但我肯定，她就是那个被你刺伤的中年女子。"岑旷对叶寒秋说，"至于前三个人，我并没有感受到足够强的精神力，他们至少不是什么高明的秘术师。"

"根据我这几天的监视，武艺也很一般，从走路的身手就能看出来。"叶寒秋手下那位名叫庞聿的武官说，"如果双方打起来，那三个人绝对讨不了好，可能会直接被杀死。"

"可不能让他们死。"岑旷皱着眉头说，"我已经休息了三天了，骨头都痒痒了，今晚就让我在这儿守着吧？"

这最后一句话是对叶空山说的。叶空山气得笑了："你摆出这么一张可怜巴巴的脸，我还能不让你待在这儿？"

刑部的名头确实好用，岑旷和叶家兄弟现在所在的这个监视点，是直接征用的一座客栈旁边的民居，条件不坏。岑旷舒舒服服地坐在椅子上，也不必像其他人那样举着千里镜用眼睛去看，只需要留意感知两位秘术师的精神力变化就好了。

到了夜半岁时之初的时候，正是万籁俱寂，岑旷忽然捕捉到了秘术师们的精神波动："有一个秘术师使用了某种秘术，有可能是音障术，目的是让客栈里的人听不到声音。他们一定是打算动手了！"

此刻袁圆已经成了活死人，现场真正能和高手过招的，其实只有岑旷、叶寒秋和庞聿三人,外加能用暗器偷袭的叶空山。四个人三前一后冲向了客栈,叶空山自然是落在最后面。

然而前面的三人刚刚来到客栈门口,还没来得及进入,身前突然出现了几道雷光,向着三人劈了过来。这是雷电秘术!岑旷急忙抵挡,看见一个身影正站在悦茗客栈隔壁的一家炒货店门口,这些雷电就来自他。

她恍然大悟,原来除了住店的那两人之外,还有人躲在客栈之外,提防着有人阻挠。他们只顾着监视客栈内部,却漏掉了这个客栈之外的第三人。

此人的秘术倒是并不难对付,但是既然已经占先出手,仓促间想要几个回合就击倒他却绝非易事。而只需要阻隔短短的一两分钟,客栈里的两位秘术师就可能杀人得手了。岑旷很是焦急,冒险用威力巨大的谷玄秘术攻击对手,但敌人宁可受伤也坚决不退让。叶寒秋试图直接从外墙运用轻功跳跃进去,也被雷电所阻。

倒是客栈里的两个秘术师精神力大涨,无疑是要出手杀人了。岑旷正在无计可施,突然间感受到了另外一股精神力的出现。这股精神力既不属于她,也不属于这三名秘术师,而是来自第五个人,而且,这精神力对岑旷而言也很熟悉。

"是茧!茧也来了!"岑旷大喊一声,不顾一切地使出了谷玄秘术中最高深的"空",试图用一团能吞噬一切的虚空之力把敌人吞进去。对方知道厉害,终于不得不避开,庞聿立即上前用两柄短刀和他近身缠斗,叶寒秋和岑旷则冲入客栈,奔上了二楼。叶空山看了看庞聿的刀法身手,知道此人武功颇佳,加上其他捕快们的帮助,不会有碍,也跟着岑旷和叶寒秋上了楼,同时还不忘狐假虎威地给昔日的同事们发布号令:"隔离一切闲杂人等,不许他们上楼!"

岑旷冲上二楼，一眼看见走廊上躺着好几个人，满地鲜血，不由得心里一沉。仔细一看，有两个男人身上外伤很重，血是从他们身上流出来的，精神力也较弱，应当是杜巧儿的两个同伴；另外两人身上的精神力颇强，却处于被压制的状态，身上没有外伤，却倒在地上动弹不得，就像是被无形的巨石压住了，这肯定是那两位跟踪的秘术师。而这两人莫名受制的情况，岑旷曾在镇远侯的记忆里见到过类似的。

她的视线掠过这四个人，看向他们身后，不由得心脏一阵狂跳。杜巧儿看来也伤得不轻，但并未致命，只是左腿小腿被齐齐切断，伤口光滑，应该是冰线一类的秘术。她的身体此刻正被一个人双手托在臂弯，那个人跪坐在地上，望着杜巧儿的伤口，满脸都是泪痕。

那是一个黑黑瘦瘦的中年男人，相貌平凡木讷，脸上的胡须长得乱糟糟的有如杂草。

——正是岑旷在镇远侯的记忆中见过的那个人！茧的真身！

岑旷万万没料到会在此时此地见到茧，一时间脑子里一蒙，不知道该干什么。叶寒秋倒是反应敏锐，立即挺剑指向茧，正想要说话，却被叶空山按住了手背。

"老哥，真要打架的话，我们这里所有人加在一起，还不够他塞牙缝。"叶空山说，"让我试试和他聊聊。"

叶寒秋先是一愣，继而会意。他默默回剑入鞘，退后了几步。叶空山绕过地上的伤者和血泊，缓缓来到距离茧几步远的地方，轻声说："这里没有任何人有能力限制你的行动。我只是恳请你，和我们聊一聊，讲一讲你的故事，讲一讲你的朋友们的故事。我知道你不敢用你的能力替她治伤，担心会让她的身体异化，不要紧，我们可以替她治，虽然这条断腿不一定能重新接回去，但至少能保住性命。"

茧抬起头来，泪眼婆娑地看着叶空山，目光中充满痛苦和犹疑。叶空山来到他身边，蹲了下来，像多年的老朋友一样轻轻拍了拍他的肩膀："你在这个世上也孤独了太久了，一千年的时间，太漫长，太痛苦，稍微放松一下吧，相信我。"

茧听了这句话，嘴唇动了动，似乎是想说什么，但最后身体一歪，倒在了地上，双目紧闭。

"不好了，他的精神力很乱，像是要失控！"岑旷叫道。她快步上前，握住了茧的右手。

"千万不要勉强。"叶空山说，"这个人确实值得帮一帮，但是，不能以你的命为代价。"

"放心吧，只是混乱，并没有强烈的反抗或者攻击，我还能压得住。"岑旷说。

话虽然说得轻松，要压制住茧的精神波动还是相当费劲，岑旷累得接近虚脱，浑身上下像是刚刚从红汤素面里捞出来似的，最后是被叶空山背回公馆的。但是想到终于可以和茧对话了，过往蓄积的谜团终于有望解开了，她还是心情颇为愉悦。

叶空山找了两个老妈子来替岑旷擦汗更衣，岑旷有些不好意思，想要拒绝，但却连说话的力气都没有了，索性任由老妈子们摆布，然后在干净的被子里呼呼大睡，醒来时已经是下午。她顾不上肚子饥肠辘辘，穿上衣服就直奔会议室，叶空山果然在那里等着她。

"我就知道你肯定顾不上吃东西。"叶空山递给她两个还温热的馒头,又推过去一碟切好的油烫鸭子。岑旷嘿嘿笑了笑,大口大口地吃起来。

"那两帮人都没死,现在都被暂时收监,等待安排审讯。茧的精神状态还算稳定,他也愿意和我们说说他的事情,只是他的身体已经极度虚弱。"叶空山看着岑旷狼吞虎咽,"所以我又叫来了胡笑萌,先让胡笑萌替那个女孩子治疗了断腿——这是茧所坚持的——然后再替他扎针开药调理了一下身体。"

"断腿接上了吗?"岑旷咽下嘴里的一块鸭肉,发问道。

"要是寻常刀剑砍断的,胡笑萌还真有能耐接回去。但是这次是被秘术凝成的冰线切断的,寒冰虽然能临时止血,却也冻坏了血肉筋骨,只能安假腿了。另外,我们一直以来都称呼他为'茧',但刚才我问了他的名字。"

"他叫什么名字?"岑旷忙问。

"他在这个世上的第一个朋友,是一个河络。"叶空山说,"那位朋友给他取了个河络族特色的名字,叫作'木头脸柯德'。"

"木头脸……还真是符合他的特征。"岑旷知道,河络族的全名一般非常非常长,所以在日常称呼中,都喜欢用一个外号加一个简称来作为常用名字,而这个外号,则往往由该河络的性格、长相、嗜好、特长等特征而来。比如以前曾有一位令人谈虎色变的河络女魔头,是辰月教的教主,名叫木叶萝漪,"木叶"二字就来自于她喜欢喝茶的小癖好。

她很快又想到了点儿什么:"他的河络朋友……是那个消失的库涅拉尔部落的河络,是吗?"

叶空山的脸上隐隐有一些悲伤。"是的,就是那个部落。"

夜幕降临的时候，岑旷终于再见到了茧，也就是木头脸柯德。柯德的身体已经开始萎缩，让他看起来头大身子小，既有些滑稽，更让人感到心酸。他坐在叶寒秋特地为他找来的一张带有扶手的软椅上，呼吸有些急促，面色蜡黄。这张软椅说明叶寒秋还是认可了叶空山的"自作主张"，只是把柯德当作一个自由的人来和他谈一谈话，而不是当成嫌疑犯进行讯问。

"我的精神很快就要消亡了，那也就意味着我永远的消失。"柯德很平静地对岑旷说，"所以肉体也没有办法支撑下去了。你不必说什么安慰的话，我光是获得身体之后，就已经活了一千年，比这世上所有人都活得久，没什么值得惋惜的。"

岑旷知道柯德说得在理，何况她原本就不擅长说安慰的话语，只能默默地站在一旁。柯德又说："虽然你们找我或许是有很多事情想知道，但最要紧的应该是为了前段时间那些异化的人。对不起，我并不是故意想要伤害谁，但是他们的确是因为我的精神力失控而死。你们有足够的理由恨我，或者想要杀死我。只是我也许等不及你们判我死刑了。"

"现在并没有人急于判你的刑。"叶空山说，"这件事其实分成了两个层次，你害死了那二十多个平民，他们的亲属会恨你，普通的民众听说这件事会怕你；而对官家来说，平民的性命如草芥，他们更关心某位大人物是怎么死的。这也是我们请你到这儿来，想要听你讲一讲的原因。"

"那位大人物啊……"柯德微微一笑，"只是去了他一直想去的地方而已。"

他有些艰难地在软椅上调整了一下坐姿，接着说："我会从头跟你们讲起。不过昨天夜里，你跟我说的话，还真是让我吃惊。你是怎么知道我那么多事情的？"

"主要的功劳是这位岑小姐。"叶空山把岑旷读取镇远侯记忆的事情说了一遍，"然后那位刑部叶大人驱动着刑部和青石城的属吏查阅了很多资料，来调查佐证她所看到的那一切。"

"真是难得，我在人世间那么多年，见过能使用读心术的人却是寥寥无几。"柯德点点头。

"然后我就想，根据她所看到的在海船上和海岛上的记忆，你并不是一个穷凶极恶之徒，那么，之前发生的那些死亡事件，会不会都只是误会呢？尤其是那些突然间能够飞翔起来的无翼民羽人，其实是一个最为关键的线索。当时的人们猜测那是某种邪恶的阴谋，但我却忍不住想，如果那单纯……只是为了想要帮助朋友呢？一个孤独的人，终于结交了一些朋友，看着朋友因为无法飞翔而郁郁寡欢甚至被人侮辱，他很想要帮助他们，所以才赐予了他们飞翔的能力。在那个时候，他或许根本不懂得让无翼民飞起来是多么严重的事端。"

"而镇远侯的事情，也是如此。你把他从羽人变成人，让他获取了人类的身份，成就了伟大的战功霸业，但是，他却变得不再像你过去认识的那个朋友……"

"等一等！"岑旷急急忙忙地打断了叶空山，"你这句话是什么意思？什么叫'从羽人变成人'？什么叫'让他获取了人类的身份'？你到底在说什么？"

"你还记不记得，你告诉过我，在一段你所读取的记忆幻境中，你只能感知到这段记忆的主人所能感知的一切。当然了，因为记忆本身包含了误记、错记和有意无意的想象补充，你能读取到的感知有时候会比真实存在过的要少，有时候还会更多。但是，记忆主人没有能力感受的东西,也不可能通过想象去弥补。"

"没错,我是跟你这么说过,但你刚才说的话到底是什么意思?"

"在海船上,当柯德出手击杀那个刺客的时候,你感受到了柯德的精神力;在荒岛上,当柯德吓退大风的时候,你同样感受到了他的精神力,没错吧。"

岑旷一脸的茫然:"是啊,两次我都体会到了他的精神力,那又怎么样?"

叶空山轻叹一声:"别忘了,镇远侯一生修习的是武术,而不是秘术,他根本不应该能感知到精神力。"

岑旷如同遭到了雷击,脸色惨白:"是啊,绝不应该的,但是我的感觉不会有错啊。"

"你的感觉当然没错,只是逻辑上出现了一点小错。"叶空山说,"你所进入的,的确是镇远侯的记忆,但这个镇远侯,却并不等同于记忆片段里的那个名叫顾临、雄心勃勃想要征服天下的乡下少年,而是那个身为领主嫡子、只想要避开一切纷争安静度日的翼姓羽人。在某一个时间点上,柯德用他异化肉体的能力,把羽人变成了顾临的相貌身体,然后顶替了顾临原有的身份。然后这位羽人去往天启城,沿着顾临曾经畅想过的人生轨迹,成为威震九州的镇远侯。这位羽族少年在变化身体之前是个秘术师,所以他才能感知到柯德的精神力,所以那段久远的记忆才会也让你获得同样的感知。"

岑旷只觉得自己的脑子不够用了。但幸好跟随叶空山的日子已经很长了,这样的惊骇也不是她第一次经历。她喝了一大口叶空山带来的便宜烧酒,狠狠地咳嗽了一阵,渐渐镇定下来。

"不管怎么样,我们都能从柯德先生这里听到解释的。"她轻声说,"不过,如果真的是那位姓翼的羽人顶替了顾临的身份,顾临又去了哪里呢?难道他已经……""

柯德闭上了双目,脸上浮现出悲哀与悔恨。过了许久,他才缓缓开口:"那都是我的错。我这一生,活了上千年,一共只有五个朋友。但我的朋友……我的每一个朋友……都被我害了。他们都被我害了。"

岑旷大受震动。她从柯德的语调中,听出了极度的孤独,极度的凄楚,极度的痛苦和悲伤,极度的懊悔和无可奈何。蓦然间,她再次想起了自己,想到了那段无法追寻,只能在某些特殊情况下能模模糊糊感受到的凝聚成形前的时光:混沌、黑暗、不由自主、没有方向。她终于忍不住发问:"你是一个魅吗?"

柯德摇摇头:"我不是。我不是人,不是魅,不是羽人,不是夸父。从头到尾,我根本就不知道我到底是什么。"

"那怎么会?"岑旷难以置信,"你压根不知道自己的来历?"

"既然你们做了很多调查,那一定知道雷州的那座李醇村了?"柯德说。

"我们知道。那是异化的人群第一次出现的地方。"

"那些人,就是被我的同伴们异化的。"柯德说,"但是性质和青石城这一次不一样。青石城的这一次,那些受害者都是因为我的精神力失控,是我一个人把他们变成怪物的。但是在当年,李醇村每一个身体变异的居民,都是因为我的同伴和他们的身体结合了。"

"结合了?"叶空山眉头一皱,"你的意思是……你和你的同伴,那时候根本没有实体?"

"我和这具身体结合之后,过往的记忆几乎消散殆尽,只残留了那么一点点,有时候会在梦境中出现。"柯德说,"我只能记起,过去的我,就是一团精神,完全没有实体。但那时候的我做过些什么，我和我的同族是以什么样的方式生活的，我却始终找不到半点残片。"

"那不就是魅吗？"岑旷又忍不住插嘴。

"不，我很了解魅是什么样的。"柯德看着岑旷，"当你们凝聚成形之前，你们处在虚魅的状态，表面上看起来和我一样，也是纯精神体，但那时候的你们，只是天地间散发的精神游丝的集合体，没有自己的意识，凭借着凝聚的本能行事。"

"但是你们有意识？"岑旷觉得身上有点冷。

"我们有。"柯德回答，"在那些零星的记忆里，我知道，我们一直以精神体的方式存活，一直生存在一个和你所见到的九州截然不同的世界里，但具体那个世界的样貌怎么样，我却没有办法形容出来。我也不知道，在那一个世界，我们的寿命是怎么样的，是会因为脱离了肉体的桎梏而永久地活下去，还是仍然会逐渐衰亡，变为虚无。但是，我们最终闯入了那个村庄，一切都被改变了。"

"你们是怎么进入那个村子的？"叶空山问。

"我仍然不知道。"柯德说，"在我最后的'前世'记忆里，我们好像是在一片绝对的黑暗中游荡，寻找出路，然后眼前突然出现了一丝光明，那道光就是李醇村，也是我们在本能指引下的唯一的活路。我可以把那段记忆化为影像，让你们看一看当年发生的事情。"

"可是你……"

"不用担心。这一点点精神力的运用，对我的寿命不会有太大的影响，何况反正我也活不了多久了。"

柯德的眼球微微转动，闪烁出淡绿色的光芒，那光芒从他的双眼里射出，化为两点小小的光点，聚合在一起，然后不断扩大，从一片绿光中慢慢浮现出了影像。

岑旷看到一座破败的小山村,村里的人们脸上带着被饥馑和劳累所折磨出来的深深的麻木,各自做着自己的事情。但突然之间,没有任何征兆地,他们的动作全部僵住了,片刻之后又重新活动起来,姿态却变得怪异,甚至于连正常的行走都做不到,走不出一步就摔在了地上。村民们的脸上充满惊恐,嘴里大叫大嚷,尽管听不见声音,岑旷也能猜到,他们是在表达对自己身体变化的恐慌与不解。

"我们就是这样侵入了李醇村村民们的身体。但其实我们并不知道自己在做什么,会有什么影响,那只是一种寻找一个'落脚点'的本能驱使。"柯德说,"但是,你们也看到了,这样的侵入,并不能达到完美的结合,反而会和村民们自己的精神产生激烈冲突。在以后的日子里,村民们慢慢产生了各种各样的变化,有的一步步变成了疯子;有的逐渐失去行动能力,残疾或者瘫痪;但更多的,是开始异化。"

记忆的图像换成了另外一幕。一些村民在山村里游走,脸上的神情怪异,身体更是发生了种种畸形的变化,比如生出了难看的翅膀,比如长出了脏兮兮的鳞片,比如个头突然变高或是变矮。这是岑旷已经看过不止一次的场景,但每一次看到,还是会觉得恶心。

"所以,这就是李醇村的真相了。"叶空山说,"你和你的同伴在无意识中侵入了村民们的躯体,异化了他们的精神和肉体,让他们一个个变成怪物。于是有异化程度较轻的人冒险下山求助,遇到了那些秘术师,没想到秘术师们进村后,也被你剩余还没能结合肉体的同族所侵袭。他们不明白这其中的根由,或许是猜测这是一种很可怕的烈性传染病,假如传播到外间,会让整个九州的全部生灵都陷入灭顶之灾,所以牺牲了自己,封锁了山路。只是没想到,山路的封闭留有漏洞,所以有一些人还是下了山,来到山脚下的龙绥湖,被人目击到了。"

"有一条地下河直接通到了湖里。"柯德说,"异化的人们虽然神志不清,但是仍然有生存的本能。其中一些还有行动能力的,以及少数异化后反而体能变强了的,就开始到处乱挖,找寻出路,无意间挖开了封住地下河入口的岩石,于是进入了湖里。只是,那样的身体活不了太久,何况听说消息的官家也不会放过他们,他们最后还是全都死去了,有的自然死亡,有的被抓走杀死。"

叶空山冷不丁地发问:"那你呢?你为什么会成为唯一的幸存者?"

柯德苦笑一声:"可以说是我运气好,简直是极好。我所侵入的那具肉体,基本不存在自己的精神。"

"没有自己的精神?"

"那是一个十余岁的少年,在山间玩耍时不小心滑下了山坡,撞到了头部,脑子受损,以至于变成了一个痴呆儿,除了吃喝拉撒这一类基本的生存动作之外,其他全都不知道了。只是他的父母舍不得扔下他让他就这么死去,所以一直还咬着牙养活他。"

岑旷恍然大悟:"对他而言是不幸,对你而言,的确是极好的运气了。因为他是个痴呆儿,所以不会产生精神冲突,你完整地占据了他的身体。"

柯德点点头:"是的。只是他的精神世界几乎是一张白纸,在逐步同化他身体的过程中,他,或者说我,始终昏迷不醒。等到我终于能掌控这具身体并醒来之后,村子已经被秘术封锁成为死地,村民们要么都已经死了,躺在地上慢慢腐烂,要么就已经通过地下河到了山下。我成为最后一个下山的人。"

"你下山后遇到了什么人?"叶空山目光炯炯,"是不是河络?库涅拉尔部落的河络?"

柯德又是一声苦笑:"是的,是他们。他们是全九州都非常罕见的河络部落,并不信仰传统河络都会信仰的真神,而是无限崇拜殁。之前听说了龙绥湖里钻出拥有多种种族特征怪物的消息,他们立即认为这是殁的使者,于是派人赶来。但当他们赶到时,之前那些村民全都被抓走了,他们不甘心,在那里守候了大半个月,正好遇到我从湖水里出来。我所侵占的身体虽然没有变异,但是在和人体充分结合之后,可以自如地以人类的躯体运用精神力,那些河络立即就感受到了那种精神力的强大,自然把我当成了最后一位使者,把我迎回了他们的地下城。"

"你为什么要跟着他们走呢?"叶空山问,"以你的力量,河络就算是派出一支军队,也未必能抓得走你。"

"并没有什么抓捕或者绑架、强迫,我是自愿跟他们去的。"柯德说,"我刚刚醒来,刚刚能操控身体,对整个世界一无所知,心里本来就浑浑噩噩一片迷茫,不知道该去哪里,不知道该干什么。那个时候,无论谁要我跟他走,我大概都会去的。"

"所以你和那些河络交了朋友?"岑旷问。

"不,他们绝大多数都不算我的朋友。"柯德回答,"我一共只有五个朋友。在库涅拉尔部落里,有一个。"

第三章　木头脸与他的朋友

第一个朋友

地下城原本是个热闹的地方。但是神使的身份不同,他得到了一个由巨大的天然地洞改建而成的居所,与河络们向他祈祷用的祭坛修建在一起,平时根本无人打扰,因此十分安静。除了接受河络的祈祷、赐予他们"勇气"的时候之外,绝大多数时间他都只能一个人待在祭坛。

神使并不知道正常的生活应当是什么样的,无论是人类的还是河络的,所以也无所谓。河络们对他倒是十分尊敬,刚开始的时候他一言不发,于是河络们不敢去打扰他;后来才发现他其实是完全不会九州的各种语言,于是河络们又派了老师来教授他河络语和东陆通用语。他的学习能力很强,只用了一年不到的时间,就掌握了这两门语言,也利用这段时间探查了河络的躯体结构与大脑构造,掌握了改变河络精神的方法。

河络们会在特定的日子来向他祈祷，祈求他赐予信徒们战斗的勇气，声称他们是为了殁而战，为了神使而战。神使也并不清楚自己到底是不是所谓殁的使者——他甚至都不知道殁到底是谁，但要说战斗的勇气，那并不难。他天生就拥有改变一些生物的精神属性的力量，此刻又掌握了河络的大脑结构，河络想要勇气，他就想法子消除他们内心潜藏的恐惧。于是库涅拉尔部落的河络战士一个个都不再恐惧任何事物，当他们来到战场上的时候，完全不惧怕死亡，完全不在乎迎着敌人的刀枪向前凶猛冲锋，他们成为雷州最可怕的一股军事力量。

他们给了我一个地方住，给我东西吃，那我就帮他们做事，这就是神使的逻辑。

祈祷之余，河络们偶尔也会向他汇报一下近期的战绩，并将所有战场上取得的胜利完全归功于神使的赐福。他并不是很懂这样的胜利有什么意义，也不是很懂每次杀掉多少人、割下多少人头到底有什么值得高兴的。但还是那个逻辑：他们高兴就好。

其余的，神使没有兴趣多想，以他对世界的认知，也根本不可能想明白。

有一天，神使照例坐在高高的祭坛上，无所事事地发着呆。忽然一阵脚步声响起，一个十五六岁的河络女孩跑进了祭坛。

这样的事件过去从来没有发生过，因为祭坛被河络们视为神圣不可侵犯，除了祈祷的时候，其余时间绝对不会有河络靠近。而且即使是祈祷求神使庇佑，那也是一项严肃的集体活动，需要由部落长老（河络语称为苏行）统一带领进行，从来没有哪个河络敢单独跑过来。

但眼下偏偏就冒出这么个女孩。神使有些吃惊，也有些好奇，低下头看着这个来到了祭坛下方的女孩。

"你好！你就是神使，对吗？"女孩仰起头来，冲着他挥手打招呼。

神使点了点头，不知道该说什么话。不过女孩也根本等不及他说话："打扰你一会儿，让我在这里躲一小会儿，等他们走了我就离开！"

"他们"是谁，女孩为什么要躲，神使同样全然不解。但他也并不提问。女孩见他没有反对，一猫腰躲到了祭坛背后。神使能感觉到远处有七八个人经过，在祭坛范围之外迟疑了片刻，又继续前行。看来他们也猜不到这个女孩竟然有那么大胆，敢于亵渎神圣的祭坛。

等到追赶者都离开了，女孩重新钻回来，冲着神使再摇摇手："多谢啦，你这个神使还真是个好人呢！"

神使一阵迷茫。他被河络们迎回到这个地下城之后，一直被供在高高的神坛之上，人们在他面前称赞他是神在人间的代言人，是信徒们的救星，却从来没有人夸他是一个"好人"。他怔了一怔，开口说："我……我不是人。我都不知道我自己到底是什么。"

"哎呀，你居然会说话啊！"女孩大为惊奇，"我之前悄悄偷看他们向你祈愿，每次你都不说话，我以为你是哑巴呢。"

"我不是哑巴。只是满足他们的愿望，用精神力就可以，不必说话。"神使想了想，又补充说，"何况我也不知道该说什么。"

"我还以为神使一定是很威风很会装腔作势的那种呢。"女孩说，"没想到你居然是这样。"

"我是哪样？"神使问。

"倒是很和蔼，没什么脾气，就是看起来呆呆的闷闷的，像个木头人。"女孩说。

"木头人应该不会说话吧?"

"这是修辞!修辞你懂吗?"

那是神使的一生中第一次有人和他这样不分尊卑高矮,不带敬仰敬畏的说话,这让他觉得舒服自在。两人慢慢熟了起来。女孩告诉他,自己想要做一个能发出惨叫声的木头鸡,但是缺几样重要的零件,就跑到部落里的铁锤雷吉苏行那里去偷,结果被发现了,于是被一路追到这里来。

"雷吉苏行有整整一个仓库的零件!部落里专门为他准备了一个仓库!我去仓库里拿几个小玩意儿,有什么了不起嘛,居然追着我在地下城跑了三四圈。"女孩噘着嘴,"真是没意思。"

神使也不懂为什么这样就叫没意思,但有一点他想要弄明白:"为什么要做那个可以惨叫的木头鸡?"

"因为好玩嘛,可以拿来吓人啊。"女孩得意地说,"放在老是跟我作对的快腿阿海的门口,他一出门就可以吓他一跳。"

"好玩这个词我学过,河络语和东陆语都有,但我不太懂是什么意思。"神使说。

"好玩就是……好玩就是……好玩就是有意思。"

"那有意思呢?"

"有意思就是好玩……反正就是能让你高兴的事情呗。高兴,高兴最重要啦!"

两个人谈谈说说,不知不觉一个多时辰就过去了。最后女孩说:"我该回去啦。反正躲不过,还是要挨罚……不过我也习惯了,没什么大不了的。我下次再来找你说话,好不好?我看你一个人在

二三三

这儿，应该挺寂寞的吧？"

"我不太懂什么是寂寞。"神使回答，"但是和你说话很好。"

女孩点点头："那就好。不过我不喜欢叫你神使，感觉挺奇怪的，你没有名字吗？"

"我没有。他们从来只叫我神使。"神使回答。

"那我替你取个名字吧。"女孩说，"我小时候，有一位叔叔叫钢刀柯德，他对我很好，可惜后来打仗死了。你也叫柯德好不好？"

神使不明白为什么那位钢刀柯德打仗死了，于是自己也要叫这个名字，但他也没什么意见，于是点点头。

"本名有了，还缺一个绰号。你这么闷，我和你说了那么久的话，你都没有笑一下，也没有难过，也没有生气，也不懂什么是寂寞……一张脸就跟木头一样。那你干脆叫木头脸柯德吧。"

神使完全不懂木头脸这个词在很多语境里的调侃意味，但他想，女孩为他起的名字，总不会有错。

"好吧。我就叫木头脸柯德。"他说，"那你呢？你叫什么？"

"蔷薇慕恬。"女孩回答。

"蔷薇是一种花，对吗？"

"对，很漂亮的一种花，不过他们说，用蔷薇来做我的绰号是因为很多蔷薇都带刺……"

此后的日子里，蔷薇慕恬时不时会悄悄溜到祭坛里来，陪柯德说会儿话，有时还会带一些小玩物给他瞧，多半是她自己制作的用来整人的小道具。绝大多数时候都是她一个人在那里自顾自地说说说，话题忽而东忽而西，今天的午饭真难吃，鼠尾汤里的鼠尾炖得不够烂；我在快腿阿海的竹筐子里放了一只臭屁虫，熏得他摔了个跟头；琴弦路迪苏行今天心情不太好，因为他最心爱的徒弟在上一场对羽人的战役中受的伤没有治好，终于死了，所以今天的音乐课也不上啦；快腿阿海悄悄在我的水壶里撒了很多辣椒粉，我明天一定要揍死他；有一个羽人使者来到地下城，想要求和，被阿络卡赶出去了；快腿阿海今天练习骑地猎兽，我悄悄在他的兽鞍下面插了几根针，他一坐上去就嗷嗷乱叫地跳下来……

蔷薇慕恬滔滔不绝，说得兴高采烈，柯德只是坐在一旁静静地听着。他想，河络的生活原来那么有意思，那么好玩，似乎一锅简简单单的鼠尾汤和一只臭屁虫都能带来很多乐趣。但是当长老们领着战士来祈求祝福的时候，却似乎知道战斗和杀人。

杀人好玩吗？

有一天慕恬又来了，这一次她的话少了很多，而且面庞红红的，眼睛里有一种异样的神采。

"我和快腿阿海悄悄订婚啦！我第一个就跑过来告诉你！"慕恬的眼睛眯成了一条缝，"等我满了十七岁，我们就结婚！他会搬到我家里来，然后……"

慕恬满脸都是幸福的光晕。柯德问："结婚就是男人和女人生活在一起吧？你不是说快腿阿海总是和你作对吗？你不是一天到晚都在捉弄他，然后他再捉弄回来吗？为什么还能和他生活在一起？"

"你这个木头脸木头脑瓜子不明白的！"慕恬依旧笑吟吟的，"我就是要和阿海结婚！"

柯德确实不明白。但慕恬是他唯一的朋友，朋友高兴，他也就跟着高兴。和慕恬在一起，偶尔他也会笑一笑，不再是过去那张一成不变的木头脸了。

后来慕恬来得就少了。可能因为她要花更多时间和快腿阿海在一起。但她还是偶尔会来，来的时候还是一个人不停地说，柯德静悄悄地听。

但他发现，慕恬没有以前那么快乐了。她越来越心事重重，眉头皱得越来越紧。

"你是不是有什么事不高兴？"柯德问她。

慕恬垂下头去："阿海最近每天从早到晚地拼命练习骑术和刀法，想要在下一场战争中成为部落的英雄。"

"成为英雄有什么不好的吗？"柯德又问，"在这个部落里，英雄的地位很高。"

"可是英雄只是少数人，其他人可能就会死啊！"慕恬的眼泪扑簌簌地掉落，"打仗会死人的，想当英雄也是要死人的！阿海这个笨蛋，如果他上阵打仗，一定会拼命往前冲，他会死的！"

柯德说不出话来。他当然也见过死人，几年之前，当他终于彻底控制了那个痴呆乡村少年的肉体后，从长时间的昏迷里刚刚醒来，就闻到扑鼻而来的恶臭味。那是尸臭，还留在村子里的人全死了，尸体正在腐烂。

但那时候，死人对他而言就只是死去的血肉之躯罢了，或许丑陋一点，或许臭一点烂一点，没有什么打紧。现在却似乎多了一点什么。

那就是和"活人"的联系。

如果快腿阿海死了，对他个人而言，就是变成一个死去的河络，从此不能再呼吸，不能再说话，不能再走路。但对他身边的蔷薇慕恬，却是生命中有什么东西被夺走了。阿海死了，慕恬也会变得不再完整。

不能让这样的事情发生,柯德想,为了让慕恬还能像过去那么快乐,阿海不能死。

但是他也不知道有什么办法能让阿海不死。

虽然他是神使。

这一次说话之后,有那么一个多月的时间,慕恬都再也没有来过。然后就到了部落最重要的祭典:血誓之日。在这一天,库涅拉尔部落的河络们会隆重地祭祀他们所信奉的神明——殁,并立誓扫平九州大陆,等待着殁的光荣回归。

傍晚时分,苏行们带来了全部落的精锐战士们。柯德从来没有见过快腿阿海,但他猜测,那个渴望成为英雄的阿海一定也在人群中,正在用充满崇拜和信任的眼神注视着自己。

"尊敬的神使,今天,神的战士们已经再次向伟大的殁献上了他们无比的忠诚;明天,他们将在战场上证明这种忠诚。"领头的苏行对柯德说,"请求你赐予他们无畏的勇气,让他们能战胜一切敌人。"

柯德明白,这就意味着又要打仗了。每一次当有重要的战斗时,苏行都会带着战士们来向他祈求"无畏的勇气",然后他就会将战士们精神世界里的软弱和恐惧都抽离,由自己的精神来吸收掉。于是,这些河络战士们将会在今后的一段时间里变得不再害怕任何事物,可以在战场上轻松地屠杀他们的敌人。

而那些被吸收的恐惧力量,则会沉入柯德的精神世界。他的精神和九州的其他生物都不一样,似乎是可以无限拓展的,恍如一片深不见底的海洋,能够完全容纳这些被吸取的恐惧。因此,他对待苏行完全是有求必应,也不知为河络们吸走了多少的恐惧。

但这一次，他突然有点犹豫了。他眼睛里看到的是祭坛下跪拜着的苏行与河络战士们，心里却在想着蔷薇慕恬。快腿阿海就在这些战士当中吧？他想。如果我拿走了阿海的恐惧，他打仗的时候就会不顾一切地往前冲，而且他一定跑得很快——不然不会叫"快腿"——可能就会冲到最前面去，然后被敌人杀死。

快腿阿海死了，就会有一个叫蔷薇慕恬的女孩很伤心很难过。是这样的吧？

他呆呆地看着人们，心里越来越乱，没有作声。苏行注意到了他的异样，身子依然跪地，努力抬头看向他："尊敬的神使，您可是有什么难处吗？还是您认为明天的日子不妥当？您如果反对，我们就将取消这个计划，重新部署。"

我想反对，但是我说不出口，柯德想。在过去的几年里，他从来就没有拒绝过河络们的任何请求，也不懂得该怎么拒绝。他只觉得这样的生活没有什么不好，不必动什么脑子，不必费心琢磨，河络们要什么，他就给什么。现在是他第一次产生犹豫，但这样的犹豫似乎并不足以让他说出一个"不"字。

他催动了精神力。苏行和战士们感激地将头颅伏在地上，任由神使吸走他们内心的恐惧，让他们可以无所畏惧，一往无前。

河络们狂欢的祭典一直持续到深夜，隐隐的喧哗声不停地传入柯德的耳朵。他孤独地坐在祭坛上，心里只是想着一件事：在明天的战场上，快腿阿海会不会死？蔷薇慕恬会不会因此而哭泣？

慕恬像幽灵一样悄悄地走进，悄悄地靠在祭坛底部的石柱上，然后坐倒在地。尽管没有用眼睛去看，以柯德的精神力，也能轻易感知到。

"你怎么了?"柯德问,"是为了快腿阿海吗?他其实不一定会死……"

"不,他会死的,一定会死。"慕恬的语声显得空洞而麻木,"明天不是一场一般的战斗。部落将会佯攻一个势力很弱的小城邦,但那只是诱饵,部队会在中途转向,去突袭一个兵力比我们多出很多的人类大国。之前我们和他们只有过几次小规模的接战,发现大家谁也赢不了谁,为了各自保存实力,就暂时休战了。但这一次,阿络卡和苏行们决意要一鼓作气拿下他们。"

"所以,这场仗会很难打,但快腿阿海也不一定会死……"

"不,他一定会死。他并不在主力部队里,而是会作为死士,去拦截那个国家的邻国的援军。一共只有一百个死士,并不求获胜,只是要把援军拦住至少半个对时。这一百个人全部都会死,没有谁能活下来。"

柯德一贯的木头脸竟然学着慕恬皱了好久的眉头。最后他说:"那些苏行都很尊重我。要不要我试着去说一说,让他们不要派阿海去打仗?或者至少把他调出死士组?"

慕恬的声音哽咽了:"你不懂的。是阿海自己主动报名去死士组的,那是他追求的荣誉。如果不让他打仗,那是对一个河络战士最大的侮辱,就算没有死在战场上,他以后也再没脸留在部落里。那是不可能的,就像射出去的弓箭,没法再收回来。"

慕恬不再像过去那样总是很多话,或许是因为劝说阿海已经耗费了她太多的力气,让她累到连站都站不起来。她靠在石柱上,嘴里不知道在轻轻呢喃些什么,慢慢地睡着了。

听着慕恬均匀的呼吸声,柯德发了很久的呆。他有生以来第一次意识到了战争是怎么回事,那就是一个人在战场上死掉,更多的人在地下城里为他哭泣。但是河洛们就是爱打仗,不只是河洛,还有羽人和人类,还有慕恬和他讲过的北陆殇州的巨人夸父。大家都爱打仗,都爱死人,似乎也不在乎因为死人而哭这件事。

但是慕恬在乎啊,柯德想,我不想看着她哭。

他呆呆地想了很久,突然有了主意:河络们打仗很勇敢,是因为自己吸走了他们的恐惧之心。如果把恐惧还给他们呢?他们是不是就会变得胆小怯懦,从此不敢和别人开战了?只要不打仗,阿海就不会死,慕恬也不用哭了。

柯德越想越觉得这是个绝妙的点子,眼看着天快亮了,再不施行就来不及了。他从自己的精神之海里打捞出了之前几年里所吸收的全部的恐惧,化为可以被智慧生物吸取的精神游丝,然后释放了出去。

这个过程非常消耗精力,做完之后,他趴在地上休息了很久,终于慢慢恢复过来。这时候,他的耳朵里忽然听到了一些奇怪的声音。

像是有人在激烈地厮杀,像是有人在痛苦地哀号,像是有人在绝望地哭泣。

发生了什么?柯德大惑不解。他走下祭坛,看见慕恬已经醒来,正站在地上,嘴里念念有词。

"阿海要死了,我该怎么办?"慕恬的面孔扭曲,嗓音都变得尖锐刺耳了,"阿海要死了,我该怎么办?阿海死了,我也不活了!"

她突然一把推开柯德,猛地一头向着祭坛的石柱撞去。柯德的精神力虽然强大,却总来没有遇到过这样的事,也完全无法反应。砰的一声,慕恬的头颅狠狠撞在了石柱上,随即倒下,不再动弹,鲜血混合着脑浆流在地上。

柯德惊呆了。过了许久，他才想起了些什么，大步冲出祭坛。

这是他第一次离开祭坛，地下城里的道路完全不认识。幸好还有精神感知，可以迅速找到河络聚集最多的方位，然后跟过去。

"这是……这是怎么回事？"柯德站在地下城里能容纳最多人的议事广场上，几乎不敢相信自己的眼睛。

眼前已经是尸山血海。那些一向最为团结、最擅长互助合作的河络，此刻正在各执武器，疯狂地相互杀戮。地上已经躺满了尸体，但依然站立着的河络们却仍然不肯停手。他们明明是同族，是朋友，是亲人，现在却像生死仇敌一样，不把身边的人全部砍掉就誓不罢休。

柯德不敢靠近。他只能在地上找到一个被砍断了双腿但还没有断气的河络，想要问问他发生了什么。河络仿佛完全没有听到柯德的问话，和刚才的慕恬一样，只是在嘴里自顾自地念叨着。

"我已经没有徒弟了。我已经没有徒弟了。"这个满面皱纹的老河络嘟囔着，"大徒弟被人类杀了，二徒弟被羽人杀了，三徒弟也被羽人杀了。再也没有人能传承我的乐谱，再也没有人能传承我的古琴，我还活着干什么？"

柯德恍悟，这个老河络就是慕恬提到过的教音乐的苏行琴弦路迪！在河络社会中，河络们并不亲自抚养子女，而是由部落统一抚养，所以父母和子女之间的感情并不亲厚，反而是跟随学艺的学徒能和自己的师父保持深厚的情感。此刻琴弦路迪所念念不忘的，就是他的三个死在战争中的徒弟。

"我明白了。"柯德颓然坐在地上。从慕恬和琴弦路迪的话语里，他已经懂了眼前这一切为什么会发生。他所释放出去的恐惧游丝,被河络们吸取之后,并不是如他想象的那样,只是单纯地让他们变得怯懦胆小,于是不敢出去和外敌开战。事实是,这些精神游丝能够击中河络们内心深处的恐惧,并且将这样的情绪放大,让他们完全被深深的恐惧所支配,从而变得疯狂。当一个人害怕到极致的时候,并不仅仅是逃避躲闪那么简单,他有可能会只剩下一种举动。

那就是毁灭。

毁灭自己,也毁灭别人。

所以,其实是我害了这些河络?我想要拯救快腿阿海,拯救慕恬,却毁掉了整个部落?

柯德的脑子不够用了。他浑浑噩噩地回到祭坛,跪在蔷薇慕恬的尸身旁边,突然觉得眼眶里酸楚难耐。

"这是我第一次哭。"他低声说,"原来我也会哭的。"

悲伤的情绪打破了他的防线。紧跟着是痛悔、无奈、失落,以及无处释放的愤怒。而最为可怕的,是河络们临死前所释放出来的最终的恐惧。那是真正面对死亡时的决不甘心和绝对无奈,是对生命的终极留恋,这种可怕的冲击力让柯德根本无法承受,以往一直波澜不兴的精神之海此刻如同遭遇了巨大的风暴,在波涛汹涌之间,柯德感到自己的精神力即将失控。

出于求生的本能,柯德意识到,自己必须用一场漫长的沉睡来消解自己的悲哀与悔恨,来平息这场惊涛骇浪,否则的话,将会陷入自我毁灭的深渊。但一旦河络们全部死去,地下城就会轻易被敌人入侵,即便没有敌人也会有其他的蛇虫野兽,当意识沉睡后,应该如何保全这具躯体呢?

柯德想起了慕恬给自己看过的蚕茧。那种脆弱的小生物会分泌出细丝，将自己的身躯牢牢包裹住，形成一层结实的硬壳，从而避免受到伤害。

他决定，把自己藏进茧里。厚厚的茧。

柯德用精神力吸取周边的物质，化为结实的长丝，慢慢形成了如水晶般坚硬而瑰丽的茧壳，把身体包裹在其中。

茧壳封闭前的最后一瞬间，他的目光停留在蔷薇慕恬的尸身上。这个活泼、热情、顽皮而又多嘴多舌的女孩，将会在茧壳之外的世界里慢慢腐烂，化为白骨，化为尘埃。当柯德收束好精神，重新破茧而出的时候，她在这个世上的印记也许已经永远消失，除了柯德之外，再也没有人会记得她的存在。

我没有朋友了。这是柯德陷入沉睡之前的最后一个念头。

第二个朋友

"村子南边的那片樟树林，半夜里闹鬼了！"何修对章桦说。

"你瞎说，世上哪儿来的鬼！阿爹说鬼都是编出来骗人的！"章桦回答。

"真的，昨天晚上我和小蕊亲眼见到的！"何修说，"就在樟树林里，突然从地底下冒出来，吓了我们一大跳！不是鬼的话，怎么能从地下冒出来？"

"说不定就是只钻地的花鼠，因为你胆子太小，被吓坏了，又不好意思在小蕊面前承认自己胆小，就愣说那是个鬼……等等！你怎么会深更半夜的和小蕊一起出去，还跑到樟树林里去？你这个混蛋太不仗义了！说好了我们俩谁都不对小蕊表白的！我还把你当成兄弟……"

章桦和何修闹腾了一通,最后不得不接受了何修已经和小蕊谈恋爱的现实。但到了夜里,他还是忍不住从床上爬起,跳下树屋,钻进了樟树林,想着如果何修和小蕊今晚又选在那里约会,可以好好地吓唬一下他,算是稍微出口气。

他趴在一根树枝上,焦躁地等待着,但是两人始终没有来。章桦等了半个晚上,等到实在扛不住倦意了,只好决定回去睡觉。但因为太困了,他脚下一滑,没有抓稳旁边的一根树枝,整个人从树上摔了下去。

他短促地惊叫一声,以为自己会狠狠地摔落在地上。羽人体重较轻,倒是不至于摔死,但摔伤多半难免。没想到身体还在半空中,就有一股突如其来的力量托住了他,就像是一只看不见的大手,抵消了他的下坠之力,几乎是把他轻轻放在地上。

背部刚刚沾到泥土,章桦就赶忙跳起来,看见树下有半个人影,之所以说半个,是这个人只露出了上半截身子,下半截似乎还藏在地下。

"你就是那个鬼?"章桦脱口而出。

露出半截身子的人影没有回答,但也没有跑开。

章桦这下子睡意全无了。几经试探后,他发现对方不会说羽族语言,但能说东陆通用语,正好他也会说通用语,虽然说得不太好,但要进行普通交流还是没什么问题。

"所以你是一觉睡醒了,挣破了茧,从地下钻出来的?这里的地下曾经有一个地下城?"章桦兴奋非常,"这个真是太棒了。但是你看起来是个人类,不像是个河络啊?河络不都是小矮人吗?而且我也没听说过河络会结茧啊?"

"我不是河络,但也不是人类。我自己也不知道我到底是什么。"这个名叫木头脸柯德的怪人回答。

章桦和他聊到了天色发白,大致了解了柯德的遭遇。少年人原本就对各种离奇古怪的事件十分向往,何况刚才柯德救他的那一下确实厉害,他几乎完全相信了柯德的讲述。

"那你打算怎么办呢?地下城已经没了,你认识的那些把你当成神使的河络也全都死了好几百年了。"章桦十分同情柯德的遭遇,"要不然你继续假装神使?我们村子里的人不相信殁,但是信星母。你那么厉害,冒充星母的使者没问题,他们一定会收留你的,说不定还要给你修个新祭坛呢。"

"我不是神使,我也不愿意再做神使了。"柯德轻声说,"神使害死了地下城里的所有河络,包括我唯一的朋友。我不要做神使,不管是星母的还是殁的。"

"再说,我也很害怕……见到那么多人。"

章桦搔搔头皮:"那怎么办呢?你打算离开这里吗?"

"我不知道。我从离开山村之后,就被带到了地下城,然后现在来到你们的村子,仍然是地下城的地面。我从来没有自己去过任何地方,也不太懂得这个世界里的事情。"

"那这样吧,你就先在地下藏着。"章桦十分仗义地一拍胸脯,"我会偷偷拿吃的给你,然后教给你九州是什么样的。你救了我,我当然要报答你。"

"谢谢。我的确需要有人来教教我世上的事。"柯德说,"以前在地下城,慕恬只会和我讲她的生活,其他河络除了祈祷之外从来不敢和我说话。不过不必给我吃的,我和你们不一样,可以直接吸取精神游丝转化为物质,维持这具躯体的运转。"

"真厉害!"章桦两眼放光,"如果我们也有这个本事,就再也不怕饥荒啦!"

于是柯德交到了他这一生中的第二个朋友,塔弗亚城邦的乡下羽族少年章桦。他从章桦替他偷来的村里长老保留的基础秘术书籍上学会了一些秘术的运用,平时可以用障眼法隐去自己的踪迹,就不用老是躲在地下了。甚至有那么一两次,在夜深人静的时候,章桦偷偷带着他爬上树,进入到由建造在森林上的树屋构成的羽族村庄,让他好好领略了一番这种和河络地下城几乎截然相反的建筑方式。

而那些基础秘术看似简单,却好像一块敲门砖,指引着柯德越来越深入地了解了自己的力量。他发现,自己不只是能影响其他生物的精神,还能够跨越精神和物质之间的界限,让这种精神影响作用到肉体上,令生物的肉体也发生改变。这个发现让他有些欢喜,但更多的是惶惑,因为他始终不能忘记当年在李醇村里的那些变异的人。

我,或者我曾经的同伴们,为什么能这样改变他人的身体?这样的改变究竟意味着什么?这两个问题困扰着他,让他的内心难以安宁。幸好还有章桦时常来陪伴他,可以让他暂时忘却烦恼。

章桦和过去的蔷薇慕恬有一些相似之处,性情都很爽直,都喜欢来找他说话,而且都擅长自顾自地喋喋不休,让柯德做一个安静的听众。但是和一辈子都住在地下城的慕恬不同,章桦的见闻要广博得多,他每年都要跟随父亲去城邦里的城市贩卖农产品,去年还曾经去过和城邦交好的人类的城市。

"除了海里的鲛人，九州其他五族我都见过。"章桦得意扬扬地炫耀着，"那座人类城市里还有夸父，真的老大老大，我觉得他两根手指头就能捏死我。后来死的时候，那个血喷得，就像下了一场雨。"

"他为什么会死？"柯德问。

"斗兽场啊，他是被东陆的人类在战场上抓住，然后卖到雷州来的，就是为了斗兽。他一个人打两头狰，杀死了其中一头，但是被另一头咬断了脖子。"

柯德看着章桦兴奋的样子，想要说什么，终究没有说出口。但章桦还是他的朋友。

章桦掏空肚肠，把自己所知道的一切知识都教给了柯德，又替他偷了一些书来阅读。柯德终于能真正了解一些这个世界了。他对于雷州此起彼伏的战火仍然心有余悸，听说东陆，尤其是宛州和中州相对而言比较和平，便想要离开雷州去往东陆。

章桦有些舍不得，但也明白地下城的灾难是柯德心中抹不去的阴影，因此不愿意勉强他。

"那你就去吧，没有我这个聪明人在身边，你自己一切多小心。"章桦忧郁地说，"以后如果有空的话，记得回来看看我。"

柯德看着章桦没精打采的脸，知道这位朋友是真心舍不得自己离开，心里也觉得有些不好受。他想了想："七夕快到了，那是你们一年一度的最热闹的节日，对吧？我多留几天，陪你过完七夕再走，好不好？"

章桦立刻开心起来："当然好！我跟你说，再没有比七夕更热闹的时候了，除了长老讲话啰啰唆唆特别烦人之外，大家又唱歌又跳舞又能穿新衣裳，阿爹阿娘还会允许我喝酒，到时候我偷点儿酒给你带过来,虽然你不需要吃东西,尝尝味道也不赖嘛。"

"尝一点也可以。"柯德说,"不过,其实我最想看到你飞起来的样子。看过了你飞之后,我也就能安心离开了。"

章桦的脸上闪过一丝阴云:"可惜,你看不到。"

"为什么看不到?"

"我阿爹阿娘都是无翼民,再往上数,他们的阿爹阿娘,阿爹阿娘的阿爹阿娘……统统都是无翼民。所以从血统上来说,我必定也是无翼民,不可能飞起来的。"

柯德心里一阵难过。他也不懂该怎么安慰人,只好愣在那里不出声,好在章桦性子豁达,反而说起笑话来逗他开心。两人再也不提这个话题了。

七夕那一天,柯德用秘术隐蔽了自己,然后躲在远处看着这个小村里的羽人们一起欢庆节日。如章桦所说,除了长老的讲演稍嫌冗长,男男女女都打扮得很漂亮,羽人们唱歌很好听,由于身体的轻盈柔软,舞蹈也十分赏心悦目。然而,当看到少男少女们纷纷感应着月力凝翅起飞时,他却发现,章桦和另外两个年纪相仿的少年悄悄躲到了远处的森林里,背影里满是落寞。

朋友的难过让柯德一下子失去了好心情。他明白自己不会说什么安慰的话,只能独自回到地下,一会儿想想章桦,一会儿想想蔷薇慕恬,不明白为什么自己的朋友们都那么不幸。

后来他无意中在地层里找到了一块完整的水晶雕塑———一只展翅欲飞的雄鹰,猜想这是当年地下城毁灭后的遗物。章桦应该会喜欢这个,他想,我把这个送给他,也许能让他开心一点。

他兴致勃勃地捧着雄鹰重新回到地面,去往森林里寻找章桦,却发现他正坐在一棵树下，头破血流，另外两个无翼民同伴站在一旁，满面愤慨。

他顾不得隐匿自己的行踪，扔下水晶，三步并作两步跑过去："你怎么了？"

两个同伴有些惊诧地看着他，章桦说："这是我的朋友，从人类的城市过来玩儿的，很快就会走。"

"你怎么了？"柯德又问了一遍。

章桦不答，眼神里充满了愤怒和无奈。两个同伴却不管不顾，你一言我一语地解释了事情的经过。原来是有两个来自城邦首都的贵族少年飞到了村里，无意间撞见了这三个无翼民，对他们百般羞辱，有一个贵族少年还故意绊了章桦一跤，令他跌破了头。

柯德觉得自己脑子里嗡的一声响，生平第一次感受到一种无法遏制的极度愤怒。在地下城的惊变之后，他原本已经打定主意，不想在旁人面前展现自己那无与伦比的精神力量，但是此刻，当唯一的朋友受辱时，他把这个原则忘在了脑后。

"不就是要飞行吗？"柯德"哼"了一声，"我帮你们。"

他很轻易地修改了三个少年的精神，在其中注入了极易感应到明月之力的因子；然后又约略修改了一下三人肩胛骨处的凝翅点，让他们能够凝出超乎寻常的巨大羽翼。

"去找那三个混蛋，和他们比赛飞行。"柯德咬着牙说，"快去！"

接下来的时间里，柯德躲在一旁，看着章桦拍打着雪白矫健的巨翼，如同真正的雄鹰一样翱翔在云天之上，轻松击败了那几个寻衅的贵族少年，满心喜悦。他觉得自己在临行前为朋友做了一件好事，回到地下睡觉似乎都觉得更香了。

几天之后，柯德和章桦告别，离开了村庄。这座村子原本位于西南边境附近，但近期边境外的两个邻国正好准备开战，从此处越境可能会惹上麻烦。所以他向着相反的方向走去。

强大的精神力带动着驱风的秘术，他虽然没有骑马，行路的速度却并不比马匹更慢，很快就向着东北方走出了五六十里地。就在这时候，他注意到前方有一大队人马靠近，连忙爬到附近的一棵树上暂避。

来的是一支全副武装的羽人的军队，约有三百人，行军速度很快。从他们打出的旗帜上的徽记来看，正是塔弗亚城邦的部队。他们行进的方向，是西南方。

自己城邦内的部队行军，似乎没什么特别的，柯德没有太在意，等军队远去后，他跳下树继续前进。但走了一段路程之后，他的心里忽然涌起一股不安。他无法解释这不安的来源到底是哪里，只是这种感觉始终无法消除。

军队……西南方向……会是去章桦所在的村子吗？

去干什么？

他终于忍耐不住，回过头去，一路跟随着部队留下的马蹄印。每往前多跟一段路程，心里的不安就越强烈。

——这就是他来时走的路。

——沿着这条路一直走下去，目的地就是章桦的村子。

当走到距离村子只有最后几里路的时候，他忽然全身一震，感受到了一种很熟悉的精神震荡。那是智慧生灵临死前的终极恐惧。在库涅拉尔部落的地下城覆亡的那一夜，在那几千个河络逐一死去的时刻，他清晰地接收到了这种恐惧，并最终导致他不得不躲进茧里沉睡以求得平静。而此时此刻，那种冲击再度袭来，虽然规模稍小，但对他的刺激却是差不多的。

果然出事了,柯德想着,那些军人杀掉了村子里的人。他的第一个冲动是像章桦给过他的书里讲的历史故事那样,扑过去和那三百个军人拼命。然而,这个念头一闪即逝,紧随而来的仍然是对于和陌生人打交道的恐慌,不管这样的打交道是友善的还是充满敌意的,他都不喜欢。何况他也有了谨慎和小心的概念,不确定自己能不能一个人杀死三百名士兵,毕竟他还从来没有和谁战斗过。最终他还是躲到了森林里,等到军队撤离之后,才重新回到村子里。

没有侥幸,全村人都死了。他在章桦家的树屋的底部看到了章桦的尸体。他一生中的第二个朋友头朝下趴在地上,双手徒劳地抓着树根,连指甲都抓断了好几根,致命的伤口在后颈。这一幕场景让柯德恍惚间觉得往事重现,觉得自己又回到了充满血腥味的地下城里,在祭坛的底部看着蔷薇慕恬的尸身。

"这是为什么?"柯德轻声发问,但却不知道自己到底在问谁,"这到底是为什么?"

远处又传来了部队行军的声音,那是另一支专门负责处理尸体的部队。柯德无法久留,只能回到地下。焚烧尸体的恶臭在地下都能闻到。

几天之后,柯德进入了塔弗亚城邦的都城安叶城。第一次失去朋友的时候,他懵懵懂懂,不通世情;而当第二次失去朋友时,他听过很多故事,读过几本书,虽然还不太多,却已经不是糊涂虫了。他懂得了仇恨,懂得了复仇,懂得了侦察,懂得了躲藏偷袭。

甚至还懂得了欺骗。

你们都知道殁,是吧?你们都很害怕殁,对吧?那我也借用一下殁的名头好了。曾经的殁的神使、如今的木头脸柯德在心里这么想到。

第三个和第四个朋友

杀死了领主全家之后,柯德离开了塔弗亚城邦。当回忆起往事时,他会固执地认为,曾经的两位朋友的死都是因为自己。也许我根本就不适合交朋友,他想,那就一个人待着吧。

他从此一直离群索居,在九州大地上四处流浪。他无事可做,也没有任何目标,往往是脑子里随便转出个什么念头,就会开步远行,一走就是几年。比如当他来到越州南部的炎热地带时,因为听到一个孩童问自己的母亲"什么是雪",就从越州一路向北,翻越雷眼山脉,进入中州,再由中州坐船渡过天拓海峡,进入瀚州,然后折向西北,去往殇州,在真正一望无垠的雪原里住了好几天。等到觉得乏味了之后,又回到瀚州,由瀚州向东跨入宁州,去看一看宁州的大森林是什么样。

当然了,四处行走的时候,不可能完全不和人打交道。但他始终坚持着不多说一个字的闲话,不和任何人过多相处。尤其在阅历丰富之后,他知道了什么样的相貌容易吸引别人搭讪,什么样的相貌容易让别人怀疑警惕——那样虽然会吓走一部分人,却也可能惹来不必要的麻烦——什么样的相貌会让所有人都不在意你。他运用精神力不断改变外貌,让自己呈现出各种平凡普通毫不惹眼的形态,倒也能求得清静。

后来有一年,来到宛州的港口城市柳南城时,他所居住的客栈附近的贫民区在深夜里发生了一起火灾,烧死了好几十人。因为火灾现场离他很近,死者临死前的痛苦精神发散又让他感到十分不适,他不断调整着自己的精神与之相抗,也因此在那短暂的一段时间里变得听力格外灵敏。

正是这灵敏的听力让他无意中听到隔壁两个客人的对话。

那是两位天然居的成员,打算从此地出海,绕过雷州持续向西,去往远洋里的一片海域进行海底打捞。这原本是和柯德无关的事,但两人接下来的话却让他心里一凛。

"希望能在那里找到更多变异的遗骸。"其中一人说,"也许真的能发现一些和殁有关的证据呢。"

他连忙仔细聆听,很快听明白了。原来这两位天然居的邢万里从一位远洋水手那里得到了一副从海里捞起来的骨架,有着夸父的庞大躯体和羽人一般的翅膀。他们立刻怀疑这具骨架可能和流传在雷州的殁的神话有关,于是决定去那里调查一番。这倒很符合天然居的作风:不是为了利益而行动,而只是纯粹为了追求新奇和未知。

雷州远海里吗?柯德想,会不会和我的来历有点关系呢?

虽然他并不是很在意弄清楚自己的真实身份,但如前所述,他在九州各地的流浪原本就是率性而为,全凭心情。此刻听到了这个消息,他立即决定想法子跟着两位邢万里出海。

上船的过程很顺利,因为天然居的出行从来无须保密,也不拒绝同行客。在船上,他结识了两个少年人,一个叫翼途,一个叫顾临。也不知道怎么的,这两人对他甚为友好,他也觉得两位少年人很是讨喜,很多地方会让他想起章桦和蔷薇慕恬。但正因为想到了两位朋友,他又决心不和这两个少年交往过多。

然而身在海船上,统共就那么大的地盘,每天都是低头不见抬头见。翼途总会拉着他和顾临一起聊天,他又不擅长拒绝,每次只能默默地陪在一旁,直到那次刺杀发生,他为了救翼途,展现出了自己那非常人所能有的精神力。

这下子两位少年就对他更感兴趣了，他只好支支吾吾，编个谎话说自己是辰月教徒，因为实在不喜欢打打杀杀，所以退教躲到了海上。这一番话本来破绽不少，但他的精神力确实骇人听闻，也不由得旁人不相信他是辰月教的秘道大师。无论怎么样，既然救了翼途的性命，那他不成为两人的朋友也不行了。

"辰月教在历史上的每一次乱世战争中都起到了很大的作用。"顾临对他说，"你不应该退教，应该成为我的臂助。"

"我……没这个本事。"柯德讪讪地一笑。

不久之后，海船遭遇了大风暴，船舵和桅杆都被毁坏，大船失去方向，但很幸运地没有在海里沉没，而是漂流到了一座荒岛上。两位天然居的船主都在海难里不幸丧生，幸存者们别无他法，只能想法子先在岛上生存，再等待路过的船只。好在这座岛上雨量充沛，因而能贮存淡水；有不少的植物和野兽，可以勉强靠采摘和捕猎来果腹，也能搭建简陋的茅屋。

海岛的中央有一座十分古怪的山，是由无数的巨岩堆叠而成的，上面光秃秃的什么植被都没有长，说是天然的，不是很像，说是人工的，更加说不通。但大家既来之，则安之，也没有办法去多想。除此之外，这里时不时会有地震，尽管并不到天倾地覆的那种强度，却也令人不安。

一直到了两个月后的一天，他们才能知道那座奇怪的石头山到底意味着什么。在那两天，地震明显比以往频繁许多，甚至在连续一两个对时的时间里都震颤不休，人们不得不离开临时的木屋，留在露天里，以防万一。有人甚至怀疑他们的运气糟糕到了极点，正好赶上了这座荒岛的末日，比如海底有一座火山，会在这两天喷发。

事实证明，他们的运气确实糟糕到了极点，但却和火山无关，而是拐向了另一个诡异至极的方向。两天后的清晨，第一缕阳光刚刚照到岛上，地震的强度达到了顶点，人们已经连站立都很困难了，而那座古怪的石头山就在这一时刻突然崩塌。震天动地的巨响之后，地震停止了，山崩后的废墟上赫然探出了一个巨大的鸟头。单是这个头颅，就比一架八乘马车的体积还要庞大。

这就是这群落难者的"好运气"。那座石头山果然不是天然形成，而是一只大风所做的标记。那座石头山的下方，埋藏着一个大风所产的蛋，已经埋了三十多年，正好就在这一年可以破壳而出。

大风雏鸟的孵化给临时岛民们带来了巨大的灾难。人们拼死抵抗，折损了一半的人，也重伤了这只幼年巨鸟，却因此招惹来了它的母亲。成年大风的体形是幼鸟的数十倍，根本不是人力所能抗衡的，幸好柯德本来就不是人，他拼尽全力将恐惧灌注进大风的精神里，吓跑了大风，又杀死了那些试图恩将仇报的人。

到了这种时候，柯德无法再隐瞒自己的身份了，何况三人已经成为生死之交，原本也不用再伪装。他把自己这千年来的经历向两位朋友讲述了，两人都惊叹不已，但都没有因此而对他产生畏惧。顾临更是感叹："可惜你对功名没有任何兴趣，不然如果你跟着我一起去建功立业，一个人就能顶一支军队了。"

"那种事我是做不了的。"柯德摇头，"但是我会经常去看望你们。"

柯德很快恢复了体力。不用再隐藏的他运用自己惊人的力量，和两位少年一起制作了简单的木筏，然后漂流入海，终于被其他海船救回到雷州。他们也从船员那里得知，他们所漂流到的那座海岛名为"拉图斯雅兰",意为风暴之眼。不管怎么样,他们从大风的风暴中活了下来。

然而,刚刚回到雷州,他们就听到了惊人的消息,翼途所在的城邦此刻已经陷入了大乱之中,他的父亲病死了,兄长们为了争夺领主之位,正在各自带兵厮杀。而且,所谓的"病死",其实也未必是真相。

"需不需要我帮助你?"柯德问翼途,"我虽然不会去做那些建功立业的事情,但是帮助朋友不能算。"

"谢谢,但是我不愿意再去多伤人命。"翼途叹息着,"好在我手里还有些钱,去瀚州买一个牧场,或者去宁州买一片林场,就这样等到老死好了。"

"但是那些追随你的百姓怎么办?"顾临问,"你不是说过吗,你的属地人民都厌恶战争,很拥戴你,希望你能当领主,因为无论你的哪个哥哥当上领主,都一定会开始对外扩张发动战争,那样他们迟早是个死。"

"我也很想带着我属地的百姓离开城邦。我甚至都想过了,雷州还有很多没有开垦的荒地,我和百姓们去开荒,种田也好造林也罢,不组织军队,不得罪任何国家,也就是了。但是细细一想,雷州的土地本来就很贫瘠,荒野里又很多蛇虫猛兽,我不忍心让他们抛弃家乡去吃这样的苦,甚至丢掉性命。"

"那我先陪你完成这件事。"顾临说,"我可以训练他们对抗野兽,甚至捕猎。都到了那种地步了,打破禁忌吃兽肉也不是什么大不了的吧?"

柯德满脸踌躇不决,但最终还是开了口:"如果……如果可以的话,我可以和你一起去开荒种田,或者种植森林,随便怎么样。我的精神力量可以在很多地方帮到你,让你的人民不会受那么多苦。"

"你真的愿意吗?"翼途很是惊喜,"你不是不喜欢和外人在一起吗?"

"他们都是你的人民,我想,也不能算外人。"柯德结结巴巴地说。

"既然这样,开荒的事情就交给柯德了,他能起的作用比我大得多。但我会陪着你,等找到合适的迁居地点再回东陆。以后,等我成为大将军,一定派人给你送农具,送粮食,送种子。"顾临说。

翼途脸上带着笑容,一左一右地握住了两位朋友的手。

第五个朋友

"但是后来,你应该没有成功地去陪他开荒。"叶空山说。

"我没有。"柯德叹息着,"如果只有翼途自己离开,也许就没什么问题了,但是他放不下他属地的百姓,想要带着他们离开这一片混乱,对于他的几个想要争夺领主之位的兄长来说,就算是要抢走他们的人民了。"

"他向一位他过去很信任的朋友、一个临近城邦的年轻领主求助,向他借了一些粮食和农具、牲畜。没想到,那个领主出卖了他,把他的计划告诉了他的几位哥哥。所以其中一个哥哥就预先收买了他属地里的一个里长。翼途回去召集百姓的时候,遭到那个里长的偷袭,顾临抢先挡在他身前,被弓箭射死了。"

"这就是我失去的第三个朋友。"

"仔细想想,本来那时候翼途不愿意带着他的人民去受苦,是我自告奋勇要帮助他,他才下定决心,结果导致了顾临的死。到那时候为止,我的三个朋友都是因为我而死的。"

虽然这些是和自己完全不相干的久远的故事,但岑旷听到这里的时候,还是忍不住掉下了眼泪。

柯德向她微微点了点头,似乎是为了她真诚的同情而表示谢意,叶空山却想到了一些别的:"那个出卖了翼途的领主所统辖的,是不是洛瓦普城邦?领主名叫翼恪,和翼途同姓,据说还有些亲戚关系,对吗?"

"是他。你怎么知道?"

"后来的镇远侯征服雷州时,一向的原则是降则生,不降则死。但唯独对于洛瓦普城邦前去投降的使者,他专门再问了一遍城邦的名字和上一任领主翼恪的名字,然后选择了屠城。这一战发生在胡笑萌为他治疗脑伤之后,我猜想,应该是那时候他已经记起了一些零散的记忆残片,模模糊糊地回忆起了翼恪出卖翼途的往事。"

柯德苦笑着摇头:"这还真是他的典型作风啊。其实何止是他,翼途的被出卖和顾临的死也让我怒火中烧,那时候我当场杀死了那个里长,但并不能抵消掉我的怨愤。我想要像以前杀死塔弗亚城邦的领主时那样,去杀了翼途的哥哥们,让他们全家都为顾临陪葬,他却极力阻止了我。他对我说,顾临已经死了,我杀再多的人也救不回来,反而只会让其他人再来追杀我们,那样就会形成一个无穷无尽的套环,到最后谁也无法得到解脱。他说,就让这些人民继续留在城邦里吧,他放弃了。"

"我虽然有些不高兴,但仔细一想,他所说的这番话也不无道理,用东陆华族的谚语来说,叫作'冤冤相报何时了'。我本来也不是喜欢杀人,被他劝阻之后,就决定就此作罢。"

"我们躲到了雷州一个荒僻的山村。没有想到,在我们埋葬顾临之后,翼途却又十分后悔,说都怪他自己心肠太软弱了,软弱到对自己的仇敌都不愿意去伤害,假如他能像顾临那样果决就好了。他每天夜里都会做噩梦,我的耳朵很灵,能听到他在隔壁的房间里不停地在梦中哭泣,有时候喊着要给顾临报仇,有时候痛骂自己的怯懦和优柔寡断。"

岑旷会想起自己所看到的海船上的片段,那时候的翼途浑身上下洋溢着轻松快乐,仿佛万事都不会挂怀于心,再想象一下他在梦中哀哭的场景,心里又是一阵不忍。

"后来有一天,翼途忽然向我提出了一个令我难以置信的要求。他说,反正我拥有改变他人肉体和精神的能力,就让我替他改一改。我很惊讶,问他想要做出什么样的改变,他的回答让我一下子如坠冰窟,只觉得寒意从心底里冒起来。"

"翼途对我说:'请你把我改变成顾临的相貌和体形,然后像你以前吸走那些河络的恐惧一样,把我精神里的一切恐惧、怯懦、优柔、心软全部拿走。我害死了顾临,就要以他的身份继续活下去。我要去东陆替他成为大将军,替他征服九州,他没能做到的事情,我一定会替他全部完成。'"

"我当然极力反对,因为这样的改变其实非常冒险,一不小心他就有可能会死,或者发疯,或者身体失控变成那些异化的怪物,即便以我的精神力,完成这样的转变,也最多只有半成到一成的把握。但是他的决心很大,对我说只要把握不为零,他都一定要试试。最为重要的在于,那时我能感觉到,他的内心已经没有了继续活下去的意志,父亲的去世和城邦分裂对他是一个大的打击,顾临为了救他而死则是更大的一个。如果我不能按照他的心愿为他找到一个活下去的理由的话,他恐怕会自杀的。"

说到这里,岑旷终于明白过来,为什么翼途会变成后来的镇远侯,而镇远侯为什么会是那样一个杀伐果决、冷酷无情的人。

"但是,从后来的事情来看,镇远侯似乎完全不记得他过去曾经是个羽人,也不记得你的存在啊。"岑旷想到了这个重要的疑问。

"因为我抹去了他过去的记忆。"柯德解释说,"改变精神是一个非常冒险的举动,如果他的脑子里仍然留有过去作为羽族王子翼途的记忆,两种不同思想的碰撞,会对他的精神造成很大的损伤,甚至有可能直接变成疯子。我向他说明了这一点,他几乎是毫不犹豫地同意了消除过往的记忆。对他而言,翼途本来就是个该死的人,他只想要作为顾临活下去。所以我重构了他的记忆,给他灌输了'我就是来自乡下的末等贵族顾临,将要去往天启城追寻理想'的潜意识,并且把真正的顾临的遗物都留给了他。凭借着那些信物文书,他就可以去天启城寻找机会了。"

"可是,他从此就不再记得你了。"岑旷咬着嘴唇说,"你的最后一个朋友,也将离你而去,你真的舍得吗?"

"我别无选择。"柯德的眼光中满是悲伤,"我宁可他从此忘记我,也不能眼看着他死。而且,我也知道,即便他没有忘记我,我以后也不愿意再见到他了。别忘了,我已经在人间流连千年,再也不是那个什么都不懂的、坐在祭坛之上的神使了。我知道,这个新的顾临将会成为一位大人物,一个大英雄,但他成为英雄的脚步之下,也将会踏满各族的尸骨。我为了让我的朋友活下去,就把无数的无辜者推向深渊,这是一个自私到极点的抉择,我不是一个好人,我觉得我不配继续活在世上。"

"所以你就是从那个时候开始迅速衰弱的?"叶空山说,"因为过去，无论遭遇到怎样的痛苦和挫折，你并未怀疑过自身存在的价值。而在那一时刻，你萌生了离开人世的念头。"

柯德慢慢地点了点头："是的，我的存在依赖于精神的强大，如果我的意志垮了，就会迅速地走向死亡。当然了，毕竟我和你们还是不一样，即便是迅速走向死亡，也会有好几十年的漫漫时光。我后来又去了一些地方，却渐渐感到精力不济，也不想再那样四处流浪了，于是在青石城住了下来。"

"是住在宛州商会的会馆里，是吗？"叶空山插口问道，"以你的本事，会馆里每天来来往往的人再多，也不可能发现你。"

"我喜欢那座观星台。"柯德说，"那里视野开阔，可以看得很远，也可以看到漂亮的星星。我没有力气再四处行走了，就在那里看一看，用想象代替过去的步伐，等待着生命的终结，这样也不太坏。而且，就在观星台上，我遇到了我的第五个朋友。"

岑旷忙问："就是那个断……受了伤的女子？会馆已经荒废了十年，那么她认识你的时候，应该还只是个小女孩。"

"对，只是个小女孩，但却能自由出入会馆，因为她是会馆主人的女儿。"

岑旷一愣："会馆的主人？是当年宛州商会在青石的分会长？好像是一位姓郭的商人？"

"对，瓷器商郭之浩。"叶空山说，"因为当年那件事，郭氏夫妇都被秘密处决了，但他们的女儿并没有被处死，只是后来不知所踪。"

"她叫郭巧语，但是人和名字却正好相反，并不擅长说话，是个很文静的女孩，总是喜欢一个人安安静静地待着。她就是到观星台上去看星星,才遇到我的。她和我过去的几位朋友也并不一样,却和我很像。我并没有告诉她我的经历,她也不多问,我们经常在那里看星星看到深夜,却一句话都不说。"

"但是她现在竟然成为邪神的信徒,和她那时候的性情应该大不一样了。"叶空山说,"是因为父母的死吗?"

柯德沉重地点点头:"父母被抓走之后,她到处求人,却没有任何人能帮得了她。她并不知道我的能力,自然也并没有向我恳求,但我知道了这件事,也认真想过要不要帮她救出她的父母。可是想了许久,我还是不敢。"

"我懂你的想法。"岑旷说。在过去的岁月里,似乎柯德每次想要帮助他的朋友,都会带来不幸。千年之前,他想要让河络们变得胆小,不敢去打仗,以便拯救蔷薇慕恬的爱人,结果让库涅拉尔部落就此灭亡;数百年前,他想要让章桦高高飞起,还击那几个侮辱他的贵族少年,却使得全村被屠;几十年前,他想要帮助翼途的人民脱离战死的厄运,帮助他们迁徙开荒,却害得顾临被射死。而在十年前的那个时刻,他又想拯救郭巧语的父母,却怎么能不害怕,不犹豫。

"所以最后你没有出手?"叶空山问。

"其实,到了最后,我还是下定决心,要去把他的父母救出来。"柯德的笑容显得凄凉而又充满自嘲,"可是,就是因为犹豫了两天之后才下定决心,所以我晚了那么一步。只迟了两个对时,两个对时而已,他们被斩首了,我救不了死去的人。"

"在那之后,郭家的所有财产都被查封,巧语独自离开了青石。我曾经去找过她,看见她在澜州的八松城住下来了,在一个大户人家里当使唤丫鬟。那一家人人品尚可,虽然日常的活计繁重,但至少不会有无故的欺压侮辱,能让她有饭吃有衣穿。我想,也就只能这样了,即便我提出收养她,让她跟随我,她也不会同意的。巧语虽然文静少语,内心却一向倔强坚定,不会接受别人的施舍。就让她自己照料自己吧。"

"你了解你的朋友。所以并没有做错。"岑旷说。

柯德叹了口气:"是啊,我并没有做错,但她后来的变化却出乎我的意料。几个月前,她忽然来到观星台找我,说是现在她不再当丫鬟了,已经有了喜欢做的事,来到青石城办事,顺便探望一下我。我原本很喜悦,但注意到她的精神里有了大量的怨憎、仇恨和黑暗,连忙追问她。她开始不愿意说,最后才告诉我,她成为殁的信徒。对我而言,再也没有比这更讽刺的了。我之所以会去往库涅拉尔的地下城,引发后来的那许多事,全是因为被当成殁的神使而引起的;没想到千年之后,我唯一的朋友竟然真的信仰了殁。"

"我劝说不了她,眼看着她离去,心情愈发恶劣,感觉这具躯体已经来到了崩溃的边缘。就在那段时间,传来消息,翼途,也就是镇远侯来到了青石城。我想既然我已经离死不远,那么在离开这个世界之前,还能亲眼见一见我的朋友,也算是没有什么遗憾了。于是我就去了刑场,只是挤在人群中,远远地看到他几眼,心里已经满足。但是我太老了,脑子已经糊涂了,忘记了我根本就不应该接近刑场那种地方。"

岑旷怔了怔,随即想起来:"啊,对了,死者的临死恐惧会对你有很大的刺激!"

"是的,我只想着去看一看翼途,忘掉了这回事。那些人被斩首的瞬间,我就像被用刀了戳穿心脏那么难受。而在我跟跟跄跄地离开刑场的时候,凌迟又开始了。那种缓慢而极度痛苦的死法,让发散出来的精神游丝更加尖锐凶狠，彻底搅乱了我的精神。在之后的一天一夜里，我的精神力完全失控，大量游丝散布出去，幸好这里不是封闭的地下城，其中大多数游丝都向着空中消散了，但却还是有少量被周边的居民接收到，所以害得那么多人无辜枉死。"

这就是青石血案的答案，岑旷想。她花费了那么多的时间和精力，只为了找出真相，揪出凶手。现在真相终于大白，凶手就在她眼前，衰弱得仿佛下一秒就可能断气，但她却完全没有破案的喜悦，只觉得心里充满了悲怆与愤懑，偏偏那愤懑完全找不到对象可以发泄。

"再往后，我稍微缓过来一点之后，觉得这样下去不行，我可以不在乎死亡，但不能因为精神的发散去伤害更多无辜的青石居民。于是我躲到了会馆的地窖里，拼尽全力结了一个新茧，希望能就这样死在茧壳里。但是没想到，我还是被找到了，而且还被带到了翼途的身前。"

"那后来呢？你和翼途为什么又会出现在那座木屋里？你为什么会吞掉翼途？"

"我虽然躲在茧里，但被带到翼途身边之后，已经无法再继续沉睡了。我被关在仓房里，却能轻松地通过精神触须'看'到他的一切行踪。我每天看着他坐立不安，看着他阅读资料、苦苦寻找自己的过去，我知道，我以前抹去的他的记忆，已经恢复了很多。他想起了很多往事，也许也想起了我，只是还缺少一些细节，一些把所有的一切串联起来的线索，但是以他的聪明才智，事情的大体面貌肯定已经很清楚了。而且我能感觉到，随着过去记忆的不断复苏，两种截然不同的人格已经开始在他的脑海里碰撞。我之前跟你们说过，那样很容易让他发疯的。"

"果然，到了那个晚上，他忽然来到仓房，第一次开口跟我说话，说知道我在茧壳里能看到他，恳请我去那个小木屋和他面谈。我没有办法拒绝，就去了。在那里，他告诉我，他已经回忆起了所有重要的往事，属于曾经的善良羽族王子的人格每一天都在越来越占据上风，让他后悔自己这三十多年的所作所为，痛悔自己为了功名而造成的那么多死伤。但他又无法改变自己，因为我替他打下的那冷酷的、残忍的精神烙印始终存在着。"

"他告诉我，这些年来他一直追寻过去，追寻我的踪迹，一方面固然是想要解开心中的疑团，但更重要的是，他想要求我去除那些残忍嗜杀的性情，让他重新变回一个善良而怯懦的人。他不想再杀人了。"

"我对他说，那已经是不可能的了，一来他的两种人格都已经出现，我没法精确地消除掉其中一种；二来我已经离死不远，力量远不如过去，要我杀人倒还能行，要我重塑他的精神，我已经做不到了。于是他求我杀死他。他说，由于镇远侯冷酷铁血的精神烙印，他连下手自杀都不可能做到，作为朋友，他只能求我了。否则的话，随着两种人格的相互碰撞，他担心自己在自然死亡之前就会变得癫狂，做出一些非常可怕的军事动作，那样的话，就会有成千上万的人无辜枉死。"

"这一点我倒是知道的，历史上的确有不止一位君王因为脑子出现问题而做出疯狂的决策，从而让无数人为他们坏掉的头脑去陪葬。镇远侯虽然不是皇帝，但手握的兵权比以前的很多皇帝还要大，这样的事情是绝不能发生的。所以，我不得不同意，亲手杀死了我的第四位朋友。"

"只是在死法上，他还想和你们开一个玩笑。他不希望自己的过去被你们挖掘出来，不想让人知道原来镇远侯的死其实相当于自杀，要我用传说中殁的形态吞吃掉他的尸体。这是他最后的遗愿，而且也是我很难得地可以和朋友一起搞一场恶作剧，所以就同意了。只是当时我已经控制不好自己的力量，毒雾的毒性太强，结果又害了好几条人命。"

岑旷想起那几个夔军的死状，一时间不寒而栗。而接下来的事情，不必柯德多说，她也能猜到了。翼途被他吞吃之后，他就找了个地方，默默等死。但没想到，因为青石城这一连串的事件都隐隐指向了殁，原本已经离开青石的郭巧语又回来了，自然是为了寻找和殁有关的线索。柯德感受到了她的精神力，赶去想要像偷看翼途那样再看看她，结果无意间救了她的性命。然而，这最后一位活着的朋友虽然保住了性命，却还是断了一条腿，这样的悲伤终于把柯德推向了生命的尽头。

柯德身体已经萎缩到只有几岁孩童般大小，头颅也开始干瘪。这具无意间从一个痴呆少年那里夺来的身体，在跨越了一千年的漫漫时光后，终于可以消失了。皮肤越来越白，渐渐透明，柯德身体就像是冰融化在水中一样，在空气里越来越淡。像冰的融化，像气泡的破裂，像梦的终结。

"你还有什么遗愿吗？"岑旷擦了一下眼泪。

已经很难看清的嘴唇动了一下："谢谢，不必，人生总有遗憾。我这一生有过五个朋友，很满足了。"

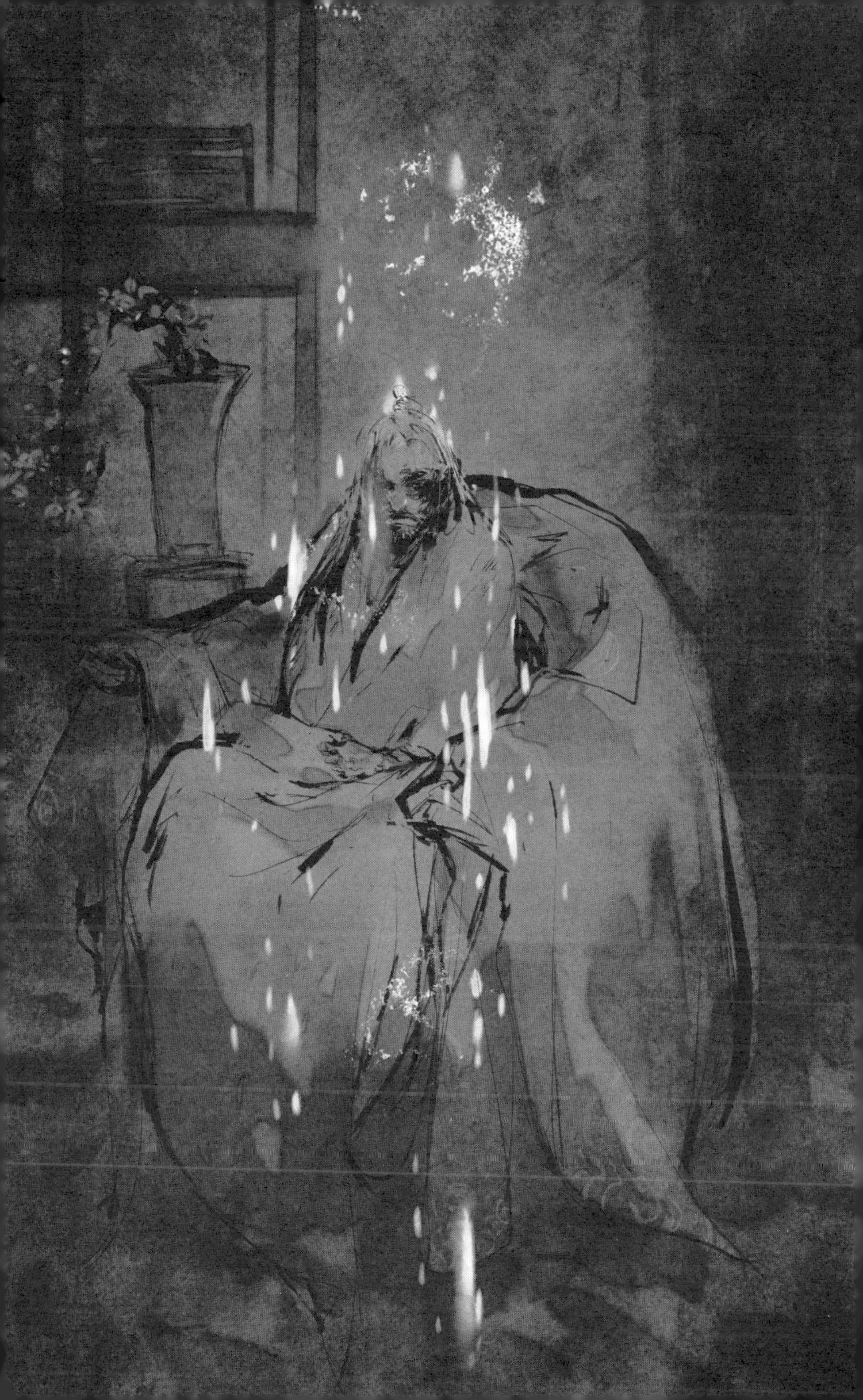

九州·萤语

THE
COCOON
SAYINGS

第四章　毁灭与轮回

案件最终确认了，和传说中的邪神殁毫不相干，但镇远侯原本是一个羽人，还和制造了青石城血案的"千年怪物"是朋友，这个消息显然无论如何不能传出去。但怎么重新书写这个案件，给出一个能让皇帝不丢脸、让民众也勉强接受的说法，那就不是岑旷和叶空山所能操心的了。

"让我老哥去慢慢头疼吧。"叶空山脸上的每一个毛孔都散发出幸灾乐祸的气息，"反正所有人都被放出来了，按照我和老哥的约定，不拿他们当替罪羊，袁圆也入土为安，你就不必多操心了。"

"要是能从朝廷里揪出几个大官来当替罪羊，我觉得我会很高兴。"从来不说谎的岑旷如是说。

而郭巧语被关押了一段时间后，也被释放了，毕竟客栈里的杀人事件她也算是受害者，而殁的信徒们一直以来只是自己默默地信仰，从不害人，官家没有理由一直关着她。

岑旷纠结了很久，终于还是没有告诉郭巧语和柯德有关的种种情由。一直以来，郭巧语只是把柯德当成一个偶然结识的一起看星星的普通朋友，如此而已，既然柯德自己也觉得那样最好，就不必打破郭巧语的记忆了。这个失去了一条腿的年轻女人，将来的生活注定会更加艰难，不如就让她继续抱着对歿的信仰走过这一生吧。

叶空山带着岑旷也梳理出了不少真正的案情细节，尽管这样的细节只能和黄炯在私下里悄悄消化，无法公之于众。比如，经过仔细查访，他们总结出了青石城那二十多位死者每一个人的生活轨迹和性格，大致猜出了这些人产生变化的原因。

"基本都是出于对某种事物的忌惮或者恐惧或者愤怒，总之都是相当激烈的情绪，然后在柯德的力量的作用下，身体就顺应着精神的渴望产生变化。我给你分析几个死者你就明白了。"叶空山对黄炯说，"那个布匹商人的老婆乔娟，一辈子依附着丈夫生活，表面看起来端庄贤淑，其实内心深处最大的恐惧就是担心有一天被丈夫休掉。事发之前，布匹商在樽如月请几个客商喝酒，然后将客人送回客栈休息，但在这一过程中，他悄悄地偷了腥。反正请客喝酒接待客人很费时间，他谎报上那么半个对时的时间差，一般而言也能蒙混过去。"

"但是他自己也喝多了，忘了提前更换衣服，结果乔娟为他换衣服的时候，从酒味里辨认出了脂粉味。她曾经在和自己的闺蜜私谈时说过，很希望自己是一个独立的、有本事的女性，不必依附着丈夫过活，可以有一天狠狠给丈夫一记耳光，然后转身就走。当然，那终究只是一个想法。但是，当被柯德的精神游丝侵入后，她这种获得力量的渴望被无限放大，导致她变成了一个夸父，并且在无意识间捏死了不忠的丈夫——还有什么比夸父更大力更野蛮更无所顾忌呢？"

"那个名叫许阿贵的老头,生性懦弱隐忍,因为年老失去了养活自己的能力,只能轮流在六个子女的家里由他们赡养,每到一处就战战兢兢,唯恐得罪了儿子女儿,唯恐给他们找了麻烦。事发时,他正住在自己脾气最暴躁的三儿子家里,本来就每天提心吊胆,当被柯德精神力侵入时,他终于完成了自己的心愿——他想要做一条鱼,在水里自由自在地生活,只要吞水草河泥就能活下去,永远不拖累任何人。"

"还有那个老是干违法勾当的雇佣兵鲍杰,在事发前几个月,接了个活,去位于雷州和云州交界处的雷云沼泽偷一样当地巫民的至宝,但他们没能偷到,反而被发现了,在巫民们的追杀下几乎全军覆灭,只有鲍杰和领队两个人逃了回来,我们讯问了那个领队的雇佣兵,直到现在,他说起巫民们杀人的手段仍然牙关打战,说从来没有见过那么离奇而又那么残忍血腥的杀人方式。他都怕成这样,鲍杰可想而知,根据他的母亲回忆,鲍杰回到青石城之后就显得心事重重,一有点风吹草动就会如临大敌。可想而知,他一定很想自己能有翅膀,那样即便被巫民追杀,也可以高飞逃走。"

"我甚至明白了在废弃会馆里的那个大个子武士为什么会用临死之前的最后一口气去在地上挖坑。我们当时没有判断错,他真的是想要给自己掘一个坟墓,因为对于一个常年东征西讨的军人来说,死后能够安安稳稳葬在坟墓里,已经是很好的结局了。"

黄炯默默地听完叶空山的讲述,最后长出了一口气:"所以,一切的变异都是顺应着欲望而来。"

当前只剩下了 个问题,却也是最要紧最关键的问题:柯德究竟是什么、从哪里来?

这个问题，柯德生前自己都没能解答，几位殁的信徒也并不知晓。叶空山相信，那几位身份不明的秘术师一定知道，但是，能够追寻着柯德的线索那么久，这绝不可能是能轻松撬开的嘴巴。他们连收监时被强制要求报名字，都只是随口说了个明显的假名，把负责记录的文书气得够呛。

唯一的选择是动用一些非常手段。

半个月后的某一夜，随口报假名为"张三""王七""姚六"的三位秘术师，逃离了监狱，来到了青石城的城北地带。叶空山和岑旷正在一座废弃的磨坊里等着他们。

"我一直听说河络挖掘地道的本领很强，今天算是真正见识了。"化名"姚六"的女秘术师对叶空山说。这就是曾经夜袭叶寒秋的那位，和岑旷已经是第三次见面了。

"但是很抱歉，虽然你把我们救了出来，我们也无法报答你。虽然这会显得我很小气，但相比起我们所在做的事情，这点私人的名节根本无足轻重。"姚六又说，"如果你觉得不满，可以把我们再送回去，我们被关了那么久，身体很虚弱，三个人一起也不是这位女捕快的对手。"

"我救你们出来，不是为了施恩要挟，只是诚恳地想和你们互换一下信息。"叶空山说，"之所以说'互换'而不说'交易'，是因为我很尊敬刚刚去世的那个人，我也并不求任何利益，只是他直到临死，都仍然不知道自己究竟是什么人。我希望能替他发掘出答案。"

姚六听懂了叶空山的意思："你是说，那个精神体死了？"

"精神体，这是你们称呼他的方式吗？"叶空山说，"但在我们和他相处的时间里，我觉得他除了力量足够强大之外，完全就是一个真正的人。这就是我希望交换的目的：我相信你们对他在九州大地上的生存状态非常感兴趣，想要通过他去研究你们手中的秘密；而我，只是想知道这一切的源起，绝不会妨碍你们所要做的事，甚至还有可能帮助你们。"

姚六摆了摆手："你没有明白我的意思，我的确对他的生存方式有一些兴趣，毕竟他是我们唯一能找到的在云州之外存活、并且一直在九州存活的精神体，但他却并不是重点。甚至再出十七八个甚至上百个这样的精神体，都不是重点。"

"重点是九州的毁灭，对吗？"一直没有说话的岑旷突然插嘴，"而且这样的毁灭并不是一次性的，还会反复出现，我们现在所处的九州，已经是不知多少次毁灭轮回之后的产物了。你们这群人一直想要做到的，就是停止这种轮回，是不是？"

包括叶空山在内，所有人都吃惊地望向岑旷。姚六的脸上阴晴不定："你怎么知道的？"

"因为我从来不相信九州的任何神明，但我会觉得，某些神话传说可能来自真实世界的变体。"岑旷说，"在殁的神话里，什么星母和殁的争斗，什么六族本是一体，我都不信，唯独对于那个'世界将会毁灭，并将重生'十分在意。殁的信徒也一定是在云州找到了相关的证据，才会对殁那么深信不疑。但是，世界的毁灭或许是真的，那一定和殁有关吗？"

"我后来在有空闲的时候，也自己查找了许多资料。因为我只是有那么一点点模糊的想法，连个明晰的方向都没有，也就不好意思让青石城的衙役们帮我查，免得浪费人力。"

"那你想到了什么？"姚六问。

"我想到了柯德杀人的方式。他拥有极为纯粹而且强大的精神力，也许远远超过了九州历史上存在过的任何一个人，所以他能用精神力把人像一个皮球一样重重打飞,可以恐吓走一只大风,可以把一整个地下城的河络都变成疯子,然后自相残杀而死。但他最不可思议的能力,是对人体的那种随心所欲的改变。"

姚六听到这句话,脸色又是一变,岑旷接着说:"我们可以用火把一个血肉之躯烧焦,也可以用刀子把他切开,用锤子把他砸碎,却无法像柯德那样,把双腿变成鲛尾,把背脊变成羽翼,让骨头突然变粗好几倍。他的力量似乎是在说,当精神强大到足够的境界时,就足以突破精神和物质的界限,在那种状态下,物质可以在精神的作用下被随意拿捏。那么,假如我们把眼光放得更远一些呢?脱离生物的范畴,放大到九州大地存在的所有物质呢?假如有一种精神比柯德的精神还要强大许多,有没有可能让整个天空大地也那样改变,比如说,让山峦化为海水,让海水化为空气,让一切的一切变成虚无……"

"够了!足够了!"姚六大叫一声。她重重地喘了几口气,闭上眼睛,两个同伴担心地看着她,却并没有说什么做什么,似乎是下定了某种决心,果然,最后姚六睁开眼睛,脸上莫名地露出一丝微笑:"我真是小看你们了。我之前研究过你和叶捕快,一直觉得,在你们俩中间,叶捕快是主心骨,你虽然秘术很强,人很勤奋,但动脑子的能力比他差得远。没想到,居然是你先猜破了谜底。"

"岑旷并不笨。"叶空山说,"她的眼光经常能看到一些我所看不到的事物。这一次她无非是再次证明了这一点而已。"

岑旷没想到叶空山会这样直截了当地在外人面前夸奖自己,只觉得脸上一阵阵发热,想要说两句谦虚的话,也不知该从何说起。但她旋即把注意力放在了姚六身上,知道对方终于要揭开那个最终的谜底了。

"先给你讲讲我们的身份吧。"姚六说,"我们是一群追寻九州大地的终极谜团的人,严格说来,其实我们都算不上一个组织,也许最多能称之为……同好?就类似于一个小规模的天然居。那是因为我们最早的先辈非常不喜欢组织、帮会、门派这样的东西,希望每一个人都是独立的个体,不要被那些奇奇怪怪的条规所桎梏。"

"能这么想的人也真是了不起,他是个什么人呢?"岑旷问。

"是两个人,一对夫妻,其中丈夫是一个长门修士,妻子是一个尸舞者。"

"长门修士……尸舞者……夫妻两人……等等!你不会是在说安星眠和雪怀青吧?"岑旷一下子兴奋起来,"我读过讲他们俩的小说!可是,他们竟然是真人?我一直以为小说家编出来的人物呢!"

"有些传奇人物,本来看上去就像是从小说故事里走出来的。"姚六说,"他们是真实存在的,当年在成婚后就踏遍九州大地,原本只是想要追寻龙的踪迹,但是夫妻俩兴致越来越高,结交了不少同好,开始想要研究九州的本初起源了。"

"这个命题可真够宏大的。"岑旷咋舌。

"用安星眠的话来说,长门僧的生涯,本来就通常选择一个命题,然后穷其一生去钻研,去探索。他觉得虽然自己并不算一个合格的长门僧,却唯独对这样的精神十分佩服,也想要找一件这样有趣的事情,用一辈子的时间慢慢做。而雪怀青是个尸舞者,对生命的本质十分感兴趣,也觉得如果和丈夫一起探求九州的起源的话,或许也能更深入地了解生命的奥秘。"

"到后来,这样的研究就慢慢传了下来。安星眠从来不拒绝向真心求教的人分享他的知识,但只是留下了一条规矩,不许成立任何门派,不许设定任何束缚自由的规条,不许给他和雪怀青安什么乱

二七五

七八糟的头衔,比如什么'创派祖师'之类的,不然他一定会从坟墓里爬出来咬人。"

岑旷忍不住扑哧一声笑出声来,叶空山也难得地点头赞许:"这个家伙,倒还挺对我的胃口。"

"所以,陆陆续续地有人不断把这种研究和探索传承下来,正因为安星眠所倡导的自由无拘束,大家从最开始的探寻九州的起源和生命的奥秘,渐渐扩展到研究一切有趣的谜团,这一点倒是和天然居有几分相似,只不过我们的研究内容更形而上,更艰涩一些罢了。而且不管怎样,大家彼此之间都并无约束。我们三个,也是这样的关系。"姚六指了指张三和王七,"我们三人不过是碰巧都学习过秘术罢了,所以才会出来干这些脏活;同好当中,还有许多人只是手无缚鸡之力的书生。"

"但是,从你的描述来看,你们似乎不应当这么……这么……"岑旷努力寻找着合适的措辞。

"你是想说,我们听上去应当是一些很温和的人,不应该像你所见的那样一出手便想杀人,手段凶狠毒辣,是吗?"

岑旷点点头:"听起来不大好听,但就是这个意思。你们过去应该是不会来干这一类'脏活'的。"

姚六凄然一笑:"是啊,我们原本应该是一群快乐而与世无争的人,但是当发现这个世界的真相时,过去的那些就不得不抛掉了。这样的情形,已经延续了上百年了。"

"大概在一百多年前,有一位我们的同好,得了不治之症,大夫说他只剩下一年的寿命了。他生性豁达,也不想躺在床上等死,索性就决定去云州探秘,说即便死在半道上也无所谓。他家里资产不少,所以做了很精良的准备,但谁都知道云州是个多么危险的地方,大家都觉得他可能很难活着回来了。"

"之后的一年,两年,没有人再看到他。所有人都认定他死了,只是不知道是像过去的绝大多数冒险家那样,死在云州之外呢,还是撞上了大运终于登上云州的陆地。但没想到,到了第三年,他竟然回来了,出现在了同好们的聚会场所里。"

"但那时的他,外形怪异至极,皮肤已经完全透明,能看到下面的血管、肌肉和骨骼。他原本身材修长,这时候却变成了一个矮墩墩的胖子。如果不是因为他的脸型还依稀可辨,以及能准确说出过去和所有人曾有过的对话,人们几乎要把他当成骗子了。他刚一进门,就倒在地上,在费力地取信于我们之后,已经气息奄奄,只说了最后几句话。"

"'去云州!想办法去云州!'他用尽最后的力气喊道,'是云州把我变成了这样,让我多活了两年,但是那里藏着可怕的秘密!九州毁灭和轮回重生的秘密!'"

"说完这句话,他就断气了,身体也突然化为一摊液体。人们都很吃惊,却也明白他所说的绝不是谎话。于是大家依然按照自由自愿的原则,不想出力的绝不强迫,想要查清此事的人则合力一处,前往云州。"

"即便手里掌握着许多资料,可以从理论上进行指导,实际进入云州的过程仍然充满险阻,那一次一共有十七人一同前往,最后却只有六个活了下来。但就是这六个人,在云州那片诡异的地域里苦苦搜寻了四年,终于找到了一个十分奇特的地方。在那一片区域里,有一个深不见底的地陷坑,越是靠近地陷坑,附近的动物和植物的外形就越奇怪,和那位死去的同好一样,好像是变成面团被重新揉过一样,和青石城案子里的那些人差不多是同一性质。那六个人中,有一位是高明的秘术师,他很肯定地说,地陷坑附近有一种非常强大的精神力,对一切生物的影响都很大,而且假如进入到坑里,向着深处进发,那种强度可能会成倍地增长,即便是他都无法抵御。"

"但是已经来到这里了,假如不能进去探寻一番,那岂不是前功尽弃!于是他们又花了好几个月,在云州找到一种特殊的矿石,经过冶炼后做成一副严严实实的盔甲,可以抵消掉绝大多数的精神力入侵。尽管如此,由于那个地陷坑的深度完全未知,穿着盔甲爬下去还是十分冒险的事。"

"但那位秘术师还是下去了。他冒着生命危险,在盔甲的帮助下拼死抵御着精神力的侵袭,努力向下攀爬了很长一段距离。在那里,他看到了足以颠覆九州世界常识的景象。"

"那个地陷坑本身虽然延伸很长,却并不太宽,最窄的地方甚至插不进一根手指头,最宽的地方也就是几丈,所以给了我们错觉,以为下面也很窄。但他向下爬了十多丈之后,眼前突然豁然开朗,竟然出现了一个难以置信的巨大空间,横向面积几乎相当于一座中州宛州的小城市被倒置在了地下,向下更是深不见底,河洛开挖的地下城相比之下简直不值得一提。"

"在这个地下的空间之中,飘浮着几个硕大无朋的透明气泡,每一个的直径都至少等于上百人环抱。这些气泡按照不同的深度依次往下排,因为那里的光线条件很有限,秘术师穷尽目力也只能数清楚五个,再往更深的地方会不会还有更多,他就不知道了。而且,因为越往深处精神力带来的压力更大,超出了他的承受极限,他也只能够看清最上面的那两个。那两个气泡里,包含的就是让我们恐惧的事物。"

"他首先看了第一个气泡,那里面如同琥珀凝固一般,镶嵌了许多东西,有的是动物,有的是植物,有的疑似天然矿物,有的是人造的器物。但只需要一眼就能看出来,那些动物和植物,根本不属于我们现在所处的世界。我不知道该怎样和你们解释,因为我们当中的人,大部分都是学者,那位秘术师是真正研究过生物的分类、生物的演化的,他非常确定,那个气泡里所出现的动物和植物,绝不是所谓'九州某地尚未被发现的新物种',而是根本就不符合九州的生物基础。换句话说,那些都是另一个世界的物种,是需要一个和九州完全不同的环境才可能演化出来的物种。"

"第二个气泡和第一个气泡基本类似,只是其中的生物物种又不一样了。也就是说,这两个巨型气泡当中,包含了两个不同的世界的遗迹。再往下的气泡虽然他无法靠近,但可以想象,也是这样的异世界的陈列。那么,仅仅在他的目力范围内,就看到了五个气泡,加上我们所生活的九州世界,就已经有了六个截然不同的世界。如果深渊下面还有别的气泡呢?那会是多少个世界了?"

尽管已经有了心理准备,听姚六讲完这恍如梦境般的一幕,岑旷仍然惊讶得说不出话来。即便是一向表现得似乎九州明天就毁灭了也毫不在乎的叶空山,这时候也是一脸的凝重。

"那些世界是怎么轮回更替的?又为什么每次都会留下那一点点遗迹?"叶空山问。

"那也是那位秘术师当时思考的问题。"姚六说,"可惜的是,他没有能力再往下深入了,否则精神随时可能崩溃,而那些气泡看起来脆弱不堪,表层却无比坚硬,怎么也无法打破。他没有办法,只能重新回到地面,告诉了其他人先前发生的一切。也就是说,我们发现了重要的证据,却不知道我们最后需要证明些什么。那些气泡里的世界遗迹当然是非常令人震撼,但震撼并不能解决问题。"

"我的那几位前辈很不甘心就这样回去。他们横下了一条心,就在云州留了下来,寻找各种有可能更加深入那个陷坑的方法,然而人力有时尽,又是几年过去了,他们并无进展,反倒是六位前辈中的两位因为云州的艰苦生活而患病去世,只剩下了四个人。"

"最后这四人也心灰意冷,觉得自己已经尽力,再留在云州毫无意义,决定最后再去看一眼那个地陷坑,就此离去。但没想到,也许是天意如此,之前的无数次接近都一无所获,而在决定放弃的时刻,他们却在地陷坑附近遇到了一个人。你们二位不妨猜一猜,那是什么人?"

"是……一个殁的信徒?"岑旷迟迟疑疑地说,但一看到叶空山的表情,就知道自己猜得不对。

"恐怕,是一个你们口中的'精神体',对吧?"叶空山说,"一个和木头脸柯德一样的精神体。那个地陷坑之下的无穷无尽的深渊,就是他们的故乡,对吗?"

姚六点了点头:"不错。那个叫柯德的精神体,因为和九州世界的人类的躯体相结合,已经丧失了过往的记忆;但我的前辈们所遇到的那位,却并没有,他在云州的躯体完全是他吸收各种物质自己创造的,因此他几乎完整保留了自己的记忆。"

"前辈们见到他时,他正在地陷坑的裂缝处,跪在地上悲哀地哭泣,哭得肝肠寸断,那种强烈的哀伤伴随着他的精神力散发出来,险些把那四位前辈全部弄到崩溃,幸好他们每一个人都身穿着那种特殊的铠甲,总算能稍微抵挡一阵子。而精神体也在这时发现了他们四人,连忙收敛自己的精神,这才没有当场杀死他们。"

"看来,这个精神体的本性也不坏。"岑旷说。

"确实如此,因此他们才离开危险地带,并且开始了交谈。从他嘴里，前辈们终于得知了一切的真相。他之所以在那里如此哀恸地哭泣，和叶捕快刚才所猜测的是一致的：那个地陷坑之下的无底深渊，就是他的故乡。那是一个纯粹的精神的世界。"

"纯粹的精神的世界？"

"是的，我们所处的世界，由物质为基础构成，而那个世界却正好相反，在其中生存的都是完全的精神体，没有丝毫物质的存在。那个世界和我们的世界，由于构成全然不同，无法相通，彼此之间有着一道特殊的屏障来进行分隔。"

"我猜，就是那个地陷坑了。"叶空山说，"在那个坑里，精神和物质可以以一种扭曲的方式共存，也相当于形成了一个缓冲地带。如你所说，九州的生物在那个坑里越往下，越容易被纯粹的精神所吞噬，因此无法深入。但我想，反过来的话，深渊底下的精神体也无法进入我们的世界，否则会被物质所同化，就像柯德和他的同伴们的遭遇一样：虽然占据了人类的身体，却因此失去了过去的记忆，连自己究竟是什么都忘掉了。所以大家就隔着那个缓冲地带，老死不相往来——除非出现意外。"

姚六点点头："没错。千年之前——也就是和前辈们在云州相遇时的九百多年前——精神世界里发生了一场类似于我们的战争的大事件，他因为这场战争所引发的意外灾难被抛离了故乡，相当于从深渊之中被强行弹出，从此再也无法回去。当时一同弹出的其他同类，出于机缘巧合，被一块飞散的谷玄星流石吸收，飞离了云州，进入了雷州地界——那就是你认识的那个名叫柯德的精神体的来历。"

"飞散的谷玄星流石？"岑旷一下子想起了她最喜欢读的美女与

大侠们的冒险故事，"难道是云灭……"

"对，就是云灭。"姚六说，"那正是云灭去到云州的那一次，由于和一个大魔头之间的殊死较量，意外导致了那块谷玄星流石碎片的崩坏。而非常凑巧，正好在星流石碎片分裂的同时，精神体所处的世界也正好发生了那场战争，把几十个精神体弹出了他们的世界。这当中，有少量精神体落在了陷坑附近，除了前辈们遇到的那一个运气极好，在失去意识之前果决地快速吸收外界物质，形成了一层保护壳，保住了自己的性命之外，其他的全都消散在了物质世界之中。而那些弹得比较远的，则被一块飞过的谷玄星流石碎片所吸收，在这个意外的保护之下活了下来，并一直飞到了雷州，飞到了那个叫李醇村的山村里。由于谷玄力量的影响，他们虽然是纯粹的精神体，却也产生了如同人类肉体那样的变异，不由自主地开始寻找一个可以在物质世界里容纳他们的躯壳，就这样和村民们的身体结合，并且失去了过去的记忆。"

"所以，柯德只是一个忘记了家乡的精神体，一个永远回不去的流浪者。"岑旷喃喃地说，"而相比之下，你们的先辈所遇到的那个精神体，似乎更为可怜。柯德失去记忆固然很迷惘，却也不会有牵肠挂肚的想念，而他……而他……"

"是的，他的个体所拥有的精神力量，虽然在九州世界里无可匹敌，但想要突破那个通道回到自己的世界，却远远不够。他告诉前辈们，在九百多年的时间里，他想尽了一切办法，也曾经离开云州到九州其他地方去寻找奇迹，但始终没有用。九州大地上最强的秘术师都比他差得远，没有谁能帮助他。而在一次一次的徒劳尝试中，他也耗尽了自己的力量，很快就会形神俱灭，所以，他才会在临死之前来到自己近在咫尺却永远无法接近的家乡，痛哭一场。"

"他和柯德,都很可怜。"岑旷低声说,"那么,他有没有告诉你们的前辈,那些气泡是怎么回事?"

"他说了,正是那些内容改变了后来的我们。"姚六神色阴郁,"在我们的物质世界里,物质会不断地消亡,然后不断地重生,维持一种大体上的平衡。虽然也有学者计算过,认为重生总是比消亡要少,有许许多多的物质会永久地化为虚无。所以物质世界终有一天会彻底消失,陷入永恒的黑暗死寂。但这个日子什么时候会到来,谁也不知道。"

"而精神世界却是完全相反。精神体向我的前辈们讲述了一些精神世界的生存方式,因为和我们的世界相差实在太远,完全是另外一种概念,即便是那些渊博的学者也无法理解。但他们能理解的一点就是,精神世界里不会有死亡,精神体们的世界因此而不断膨胀,当膨胀到了一定的极限之后,那种力量就会冲破两个世界的间隔,导致两个世界的联通。"

"联通之后会怎么样?"岑旷声音颤抖地问,"和我刚才猜的差不多吗?"

"你已经见识过生物怎么被精神体所异化,所以,没错,和你刚才所说的差不多。"姚六的目光中流露出深深的恐惧,"物质世界和精神世界,这两种相互排斥的概念不得不被迫融合,一切的物质都会被吞噬、被消解、化为虚无,而那些膨胀的精神也会在这一过程中被极大消耗,也就是他们的'死亡'。物质消耗了精神,精神消解了物质,最终,世界重新回到平衡,精神世界不再膨胀,而物质世界——则会从零开始。一个崭新的世界开始等待着第一场雨,等待着第一缕阳光,等待着第一个生物的出现。"

"而在此过程中,由于那个联通点的特殊性质,在物质世界陷入终极毁灭、精神世界终于回缩的一瞬间,会有一些物质的残留物被精神外壳包裹起来,保留下来,留下那个化为乌有的世界的最后遗迹、最后证据。那就是飘浮于地陷坑中的那些气泡。即便是那个精神体,也并不知道这样的毁灭多长时间会发生一切。"

"但我们了解一点,至少现在我们生存的九州世界,光是文明存在的年代就已经有好几千年,而文明之前的历史有多长,目前还没有定论,至少数万年是应该有的。照此推想,以前那些被毁灭的世界,每一个也至少得有好几万年的历史吧,但到了最后,除了那一个个气泡,除了气泡里已经不可能再被考证、不可能再被重现的死去的遗迹,每一个世界都不复存在了。"

"我们的世界,就是处在这样无限的轮回中。"

"谁也不知道九州会在什么时候迎来这样的轮回,也许在十万年之后,也许在明天。"

尽管已经模模糊糊猜到了一些,当这些结论终于被姚六证实之后,岑旷还是觉得受到了很大的冲击。但这些日子以来,她受到的冲击已经够多了,大概已经很有些适应能力了。所以她还能冷静地发问:"所以,从发现了这个轮回的真相之后,你们就变了,变得不惜一切代价要守住这个秘密,不让旁人得知?"

"我们无法精准预料如果世人知道了此事会怎么样,但从历史的经验来看,几乎一定是一场灾难。"姚六简短地回答。

岑旷能理解。虽然她仍然并不认同这些人所采取的极端手段,但她懂得他们究竟在害怕什么。人们即便能探索到九州世界的边界,也无法把握人的心。

她又想，那些流传于九州各地的创世神话，星母与殁也好，荒神和墟神也罢，总喜欢弄出两个对立的神明打得你死我活，真的只是一种巧合吗？

　　会不会就在这一次轮回之中，在九州的生灵犹自懵懵懂懂的时候，已经有人隐隐发现了这种精神和物质的对立？那些假托神格的传说，会不会是一种隐藏很深的警告？

　　恐怕很难找到答案了，历史看起来很长，却又短到让人来不及看清它的真面目。

尾声 谎言

两个月之后。青石城。

岑旷押着一个垂头丧气的小青年，走进衙门，叶空山看了看她又看了看那个獐头鼠目的小青年："回来啦？顺手抓的小偷？"

"比小偷还不如，在街上抢女人的金耳环，被我当场抓住了。"岑旷把这个猥琐龌龊的劫匪交给同事，"对，回来了。时间有限，没能走太多地方，但是雷州真的不错，以后有机会的话，我还想再去。"

"上头给你特批这个长假的时候，我还有点担心，怕你心怀着九州的悲惨未来，从此对生活失去信心呢。"叶空山给她倒了一杯热茶。因为在青石城案件中表现出色，他虽然还是没能被升任为捕头，但在衙门里的隐形地位似乎提高了不少，至少人人都知道了刑部主事叶寒秋是他的亲哥哥。虽然这兄弟俩表面看起来很不对付，但毕竟是一家人，真要得罪了叶空山，万一哪天被叶大人秋后算账，那可不是什么好果子。

"你不会的。你了解我。"岑旷坐了下来,开始翻看叶空山正在处理的案件卷宗。

"是的。我了解你。"叶空山嘴角带着温和的笑意,"所以你彻底把这件事抛在脑后了?"

"不算彻底,但它的确影响不了我什么。"岑旷说,"一切事物都会走到尽头,我只需要过好自己的每一天就行了,九州任何时候消失,都妨碍不到我认真做人。对了,说到认真,我听黄捕头说,你现在比以前认真多了,甚至于一个月只迟到了三回?当然,用他的原话来说:'嘴还是那么臭,这一点真是无可救药。'"

叶空山哈哈大笑。笑过之后,他说:"你去散心之后,我和我老哥查出了一件有点意思的事情。"

"什么事情?"

"还记得镇远侯被柯德吞掉的那天夜里,先来了一帮刺客吗?"

"记得,怎么了?"

"那本来和我们无关,但我反正闲得无聊,顺便帮他忙查了一下,最后发现那些刺客并不是雷州羽人派来复仇的,而是被晋王收买的。"

"嗯,刺杀政敌并嫁祸给羽人,并不新鲜的手段。"

"当然,晋王坚称这是他的手下瞒着他干的,属于拍马屁拍到马蹄子上,他自己并不知情。皇帝虽然震怒,为了朝廷的安稳和平衡,也不好轻易动晋王,只是进一步削弱他的兵权,然后把那个手下处理了了事。只是在处理过程中,刺客的名单对不上号。把活着的俘虏和死掉的尸体加在一起,还少了一个人。"

"也许是那个人负伤逃走,因为伤重死在了某个地方,所以没有回去复命？"岑旷分析着，"也有可能是他干脆就借机逃走，隐姓埋名，从此不干了？"

"是的，结案时也是这么给的结论，只不过，我忍不住有一个小想法。"叶空山说。

"什么想法？"

叶空山诡秘地笑了笑："当初柯德跟我们说，他吞吃了镇远侯，因为以他的力量，根本没有办法再恢复过去那个胆小但心肠柔软的翼途了。但是万一他是在说假话呢？要知道，在现场，我们只看到他吞下了一个人，只看到那个人的腿脚，看到裤子和靴子是镇远侯的，可没有见到脸啊。"

岑旷大吃一惊："你的意思是说，镇远侯……翼途，翼途他还活着？大家所亲眼目击被吞掉的，其实就是那个消失的杀手？这是他们玩的调包计？"

"一减一再加一，还是等于一嘛。反正这只是一个没有证据的猜测而已，毕竟我也不可能去证实了。"叶空山说，"只不过，以柯德的性格，面对着朋友的恳求，我觉得他说不定豁出命去也要努力办到。那样轻易地就吞吃掉自己的朋友，不是很像他的作风。当然了，再说一遍，没有证据，随口瞎猜。何况，也不重要了。"

岑旷沉默了一会儿，展颜一笑："的确不重要了。如果柯德确实吞吃了镇远侯，那么镇远侯此刻已经不存在；如果他并没有，而是让这个假顾临变回了真正的翼途，那镇远侯依然不存在，世上只不过是多了一个和善而与世无争的羽人而已。"

她接着说："好久没有吃红汤素面了，下工之后陪我去吃一碗，好吗？"

"没问题，我请客，当是给你接风。"叶空山拍拍胸脯，"这个月被老黄头克扣得少，老子的钱包还没有瘪。"

叶空山的钱包果然没有瘪,今晚没吃红汤素面,而是要了两碗加肉的面,一碗大肠面自己吃,一碗牛杂面给岑旷。尽管仍然不是精肉好肉,还是下水,对于这个万年穷鬼来说也算得上是档次提升了。

岑旷看来胃口不错,一碗面吃掉了一大半。她吃饱之后,安静地坐在油腻腻的桌旁,看着叶空山吃完了面,喝光了加了许多辣椒的面汤,这才开口:"其实我有话想要对你说。"

"我看得出来。"叶空山说,"洗耳恭听。老板!切点儿羊头肉来!"

"我这一路去雷州,是凝聚成人形、被黄捕头收留后,这几年里第一次放一个长假。"岑旷说,"能够暂时丢开工作,只是安心地旅行,让我的心境平静了很多,也想到了很多平时没时间去想的东西。我倒是并不太在乎什么九州的轮回之类的——你知道我不能说谎——但是柯德的一生却让我放不下。他被这个物质的世界同化之后,活了一千年,但是能和朋友们在一起享受快乐的日子却寥寥无几。我不想像他那么遗憾。"

叶空山显得不太明白岑旷想要表达什么,但并没有打断她,只是耐心听着。

岑旷看着叶空山:"你还记不记得,之前我陪你去天启城,调查你父亲叶老将军的案子?"

"当然记得。"叶空山说,"我被背后的那个罪魁祸首用秘术打晕了,失去了很久的意识,全靠你最后想法子把找唤醒了。要不然的话,我也许会一直像个活死人那样昏睡下去。"

岑旷的脸上忽然微微一红:"是的,事后我是这么跟你说的。"

叶空山眉头微皱:"你有什么事瞒着我吗?"

岑旷的脸红得更厉害:"是的,有一件事我一直没有告诉你。在当时,其实你并不是完全彻底地昏迷了,你的肉体虽然不能动,但你的意识其实在你的精神世界里还很清醒,你只是不愿意醒来。"

叶空山以手托腮,认真思索了一阵子:"是不是我对这个世界感到厌倦了,不想再去管那么多无聊的杂事?如果我不愿意醒来的话,我只能想到这一个理由。"

岑旷点头:"你果然是了解你自己的。"

"但我最后还是回来了,毫无疑问是被你硬拉回来的。你跟我说了些什么,打动了我?而我醒来之后,完全不记得这一段了,是你抹去了我的记忆,对吧?为什么?"

岑旷吞吞吐吐,面孔看起来像是连吃了三大碗放了三倍辣椒的红汤素面:"是的,我抹去了你的记忆,整个你昏迷期间的记忆。我不想让你还记得最后我跟你说的话。我虽然不能说谎,但是只要你不问起具体的细节,我只告诉你,你昏迷了,我唤醒了你,那就不是一句谎话。"

"让我来猜一猜吧。"叶空山忽然说,"我了解我,也了解你。如果我真的对世界厌倦了,那我确实会选择就此留在虚假的精神世界里,等待着肉体毁灭,从此轻松安逸。你要用别的话来劝我,什么生命的意义啊,什么捕快的责任啊,那是铁定没用的。"

"嗯,我知道不会有用。"

"也许只有一个说法是可能奏效的。"叶空山直视着岑旷的双眼。岑旷很慌,但横下一条心,没有把自己的目光移开。

"你应该是对我说,我虽然厌倦了这个世界,但并不意味着就完全没有值得我留恋的事物了。你告诉我,我不应该放弃,因为这世上还有一样东西,或者说,还有一个人,是我在意的,对不对?为了这个我在意的人,我必须要醒过来,对不对?"

岑旷的眼神里充满了温柔,轻声说:"对。"

"那个人就是你,对吗?"

"对。"

叶空山的表情古怪至极。岑旷觉得自己能从他的脸上看出一些惊惶,一些尴尬,一些羞赧,一些欢喜,还有其他很多难以细表的情绪。但能从叶空山的脸上看见那一点点的不好意思,岑旷都觉得太阳简直从西边升起了。

"可是最后,你抹去了这段记忆,为什么?"叶空山问,"你在害怕吗?"

"我的确在害怕。"岑旷垂下头,"那时候,在你的精神世界里,我仿佛觉得说什么话都是自然而然的。可是当我离开你的精神,看着你快要醒来时,我害怕了。我不是一个人类,只是一个还在学着做人的魅,还有许许多多的事情我不懂,我不知道当我们说出那些话之后,我要怎么面对你。而且……而且……"

"而且你也在担心我,担心我对你的这种在意有没有那么深,担心我这样的混蛋到底会不会真的可靠,担心你最后会受到伤害,是吗?"

岑旷想要否认,但她终究无法说出违心的谎言,只能点了一下头。

"那么现在,你为什么愿意告诉我了?"叶空山伸出右手,轻轻抬起岑旷的下巴,深深地看着她的眼睛,"一方面当然是柯德的遭遇让你不愿意虚掷时光,另一方面……是不是觉得我比过去可靠一点儿了?"

　　岑旷没有回答,只是握住了叶空山的这只手掌,把它贴在自己的面颊上。

　　与此同时。千里之外的宁州。雪因湖畔。

夕阳映照在一座刚刚建好的树屋上。湖水正在泛出金色的光芒。

一个宁静苍老的羽人,坐在树枝上,眺望着西南方向。

　　他在微笑。

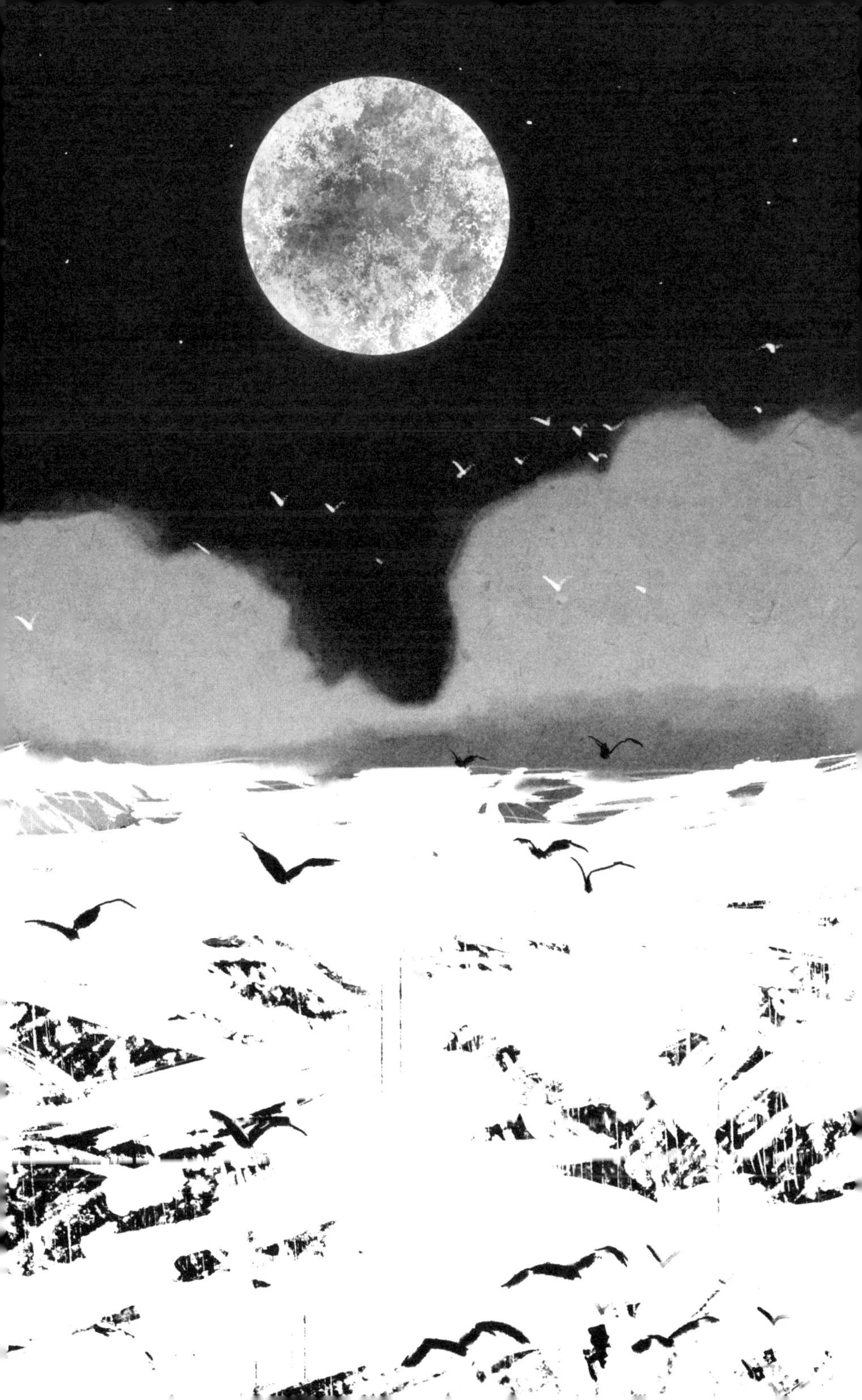

九州·茧语
THE
COCOON
SAYINGS

独角兽书系

九州系列
唐缺
《九州·茧语》
《九州·天空城》
潘海天
《九州·铁浮图》
《九州·白雀神龟》
《九州·死者夜谈》
《九州·地火环城》
遥控
《九州·无星之夜》
水泡
《九州·龙之寂》系列
小青
《九州·大端梦华录》系列
塔巴塔巴
《九州·澜州战争》
苏离弦
《九州·浩荡雪》

新九州系列
水泡
《九州·舞叶组》
裴多
《九州·炽血王座》
麟寒
《九州·荆棘之海》系列
荆泽晓
《九州·狂舞》
秋风清
《九州·乱离之域》
因可觅
《九州·月见之草》系列
沉水
《九州·荣耀之旅》系列

◎选题策划／邹 禾　◎装帧设计／谢颖设计工作室

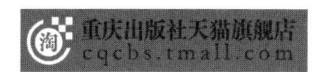

独角兽奇幻文化公众平台
weibo.com/tianjiankt

重庆出版社天猫旗舰店
cqcbs.tmall.com

九州·茧语

THE
COCOON
SAYINGS